KB016414

한국 고전시가의 양식과 수사

한국시가문학연구총서 23

한국 고전시가의 양식과 수사

정종진

보고사

머리말

시적 화자의 바람이나 요구가 실제 현실에서 실현되리라고 믿는 경우, 그것은 시에서 형상화된 질서가 외부세계 즉 실제 현실의 질서로 그대로 이어질 수 있다는 믿음에 기반을 두는 것이다. 이 같은 믿음에 의한 시적 형상화는 주술시가 양식의 인식적 기반이 되는 것으로, 이는 시로써 재구성된 질서를 작품 외적으로 치환코자 하는 것이다. 공공의 목소리를 대변하거나 객관성과 교훈성을 띠고 보편타당한 이념적 비전을 당위(當爲)의 수사미(修辭美)로 제시하는 주제적 양식은 이 같은 주술시가의 시적 양식과 닮아 있다.

이와는 달리, 시적 화자의 바람이나 요구가 현실세계에서는 이루어질 수 없음을 화자 스스로 잘 알고 있는 경우, 화자는 재구성된 시세계 즉 가상적 세계 속에서 갈등을 해소하려 하게 된다. 이는 서정시가 양식이 취하는 세계와 대상에 대한 인식과 갈등 해결 방법이다. 세계와 화자와의 대립의 해소는 실제 현실에서는 실현 불가능하며, 오직 재구성된 현실을 통하여 가상적인 해소를 이룰 수 있다. 현실적으로 이룰 수 없는 꿈을 시세계라는 특수한 시공간으로 불러들여 가상적 화해를 꿈꾸는 것이다. 요컨대 주술시가 양식과 서정시가 양식은 그 시적 형상화의 성격이 판이하다.

이제까지 우리 시가 연구의 대부분은 서정성을 밝히고 드러내는 데에 더 역점을 두어 온 것으로 보인다. 이는 시가라는 것의 본령이 워낙 서정성에 기반을 두고 있기 때문일 것이다. 그러나 서정성만으로 우리 시가 전체의 온전한 성격을 드러낼 수는 없다. 정감성과 교훈성, 서정과 교술, 자설(自說)과 타설(他說)과 같은 양식적 분류의 시각으로 작품 및 작품들의 추상적 특성을 보려한 앞선 시도들은, 총체성 속에서 특수성을 기술하고자 한 인식의 자연스런 산물이며 문예학 일반의 태도이기도 하다.

이 같은 시각을 바탕으로 이 책에서는 우리 고전시가 일반에서 주제적 양식의 성격을 더 들추어 보고 이를 바탕으로 서정적 양식의 작품들과 견주어 볼 수 있게 하여, 한국 고전시가의 양식적 성격을 총체적으로 살펴 볼 수 있도록 하고자 노력하였다. 더불어 두 양식의 시적 제시방식의 주요한 변별적 요소가 시적 대상을 어떻게 인식하여 시세계 속으로 불러들이느냐에 있다고 보고, 그런 제시방식으로서 대상과 관계 맺는 수사법인 돈호법에도 주목하였다.

사실 〈고전시가의 양식과 수사〉라는 이 책의 제목은 담고 있는 내용의 폭과 깊이에 비해 적잖이 과하다고 자인한다. 그럼에도 굳이 이렇게 제목을 단 까닭은 학업에 뜻을 두어 우리의 옛 시가들을 공부하면서 내내 하고 싶었던 분야이기 때문이고, 그러다보니 그 결과물들도 관련된 것들이 많았기 때문이기도 하다. 그러나 무엇보다도, 제목을 이렇게 달아 앞으로 이 공부를 더욱 열심히 하겠다는 약속으로 삼고 싶었기 때문이다. 이 책은 대개 지난 연구의 결과물들을 모아서 정리한 것인데 처음에 발표된 내용들이 수정되기도 했고 다시 쓴 부분도 적지 않다. 그리고 간혹 겹치는 내용도 있는데 논지 전개 상 필요하다고 보아 그대로 두었다.

고전시가 공부를 지성(至誠)으로 열심히 하지는 못했다. 세상의 관심이 과거의 오래 된 시가 따위를 돌아보는 일을 대단치 않아 하는 듯하고, 자질이 어리석고 게으르기까지 하다 보니 생업을 그 핑계로 삼기도 하였다. 하지만 이번 출간을 계기로, 성긴 그물코로 흘려보내듯 한 지난 시간을 부끄러워하고 책 냄새를 접하였던 처음의 마음을 그리워하며 앞으로의 삶을 좀 더 바삐 살아가도록 스스로 채근하고자 한다.

보고사의 후의가 아니었더라면 이 책과 또 이 책을 만드는 과정에서 생긴 귀한 생각들을 얻지 못했을 것이다. 김흥국 사장님과 편집 일을 맡아 주신 이경민 선생께 감사드린다.

2015년 10월 정 종 진

목차

시조의 담화 유형과 그 특성

조선 후기 여항인 시조의 전환기적 특성

한국시가 어조의 유형 분류

1. 서론

이 연구는 고전시가와 현대시를 아우르는 한국시가의 대다수 작품과 장르들에 보편적으로 적용될 수 있을 체계적인 어조(語調; tone) 유형분류를 시도함으로써, 한국시가의 어조 양상과 그 특징을 정치하고 체계적으로 살필 수 있을 방법론적 토대를 마련하고자 하는 것이다.

시는 시인의 사상과 정서를 심미적인 방식으로 형상화하여 표현하는 예술로서, 정서적 체험의 표현을 위주로 하는 서정시가 그 주축을 이룬다. 그러므로 대다수 시 작품들의 의미를 충실히 파악할 수 있기 위한 관건은 정서와 그 표현에 대한 이해라고 할 수 있다.

시에서 정서는 시인의 작품 속 대리자라고 할 수 있는 화자(話者)가 취하는 태도(態度)를 통하여 구현되는 것이 일반적인데, 그 화자의 태도가 곧 어조라고 할 수 있다. 어조는 '화자가 화제(話題)와 청자(聽者), 그리고 때로는 화자 자신에 대하여 가지는 태도를 가리키는 말'로 정의될 수 있는 것이다.[1]

---

1) Cleanth Brooks and Robert Penn Warren, Understanding Poetry, Third

그러므로 시의 어조를 이해하는 것은 화자가 시적 대상으로서의 화제와 발화상대인 청자, 그리고 자기 자신에 대해 가지는 태도를 이해하는 것이며, 나아가 감각·감정·의도 등이 긴밀히 결합되어 생성되는 시의 총체적 의미를 온전하게 파악할 수 있는 길이기도 하다. 이에 어조 연구는 시 연구의 핵심영역의 하나라고 할 것이다.

국문학계에서 어조에 관한 연구는 지금까지 드물지 않게 이루어져 왔고, 그 성과도 얼마간 축적되었다. 그러나 그 연구들은 대체로 개별적·국부적으로 이루어졌기에, 이를 통해서는 한국시가에 나타나는 어조의 양상과 그 특징을 정치하게 파악하고, 어조와 관련된 표현상의 제반 양상들을 체계적으로 살피기가 어려운 실정이다.

1970년대 이래 현대시의 어조 연구는 화자 연구와 함께 이루어지고 있다. 어조가 화자의 태도의 표현이라는 점에서 이러한 접근방법도 타당성을 지니지만, 그 연구가 주로 개별 시인을 대상으로 하여 이루어졌고, 또 화자의 체계화나 유형분류는 얼마간 이루어졌음에 비해,2) 어조에 대한 체계적인 논의나 유형분류는 잘 이루

---

edition; New York: Holt, Rinehart and Winston, 1960/1938, p.181에서 "The tone of a poem indicates the speaker's attitude toward his subject and toward his audience, and sometimes toward himself."라고 한 데서, 'subject'와 'audience'는 시를 談話(discourse)의 한 양식으로 보는 관점에 따라 'topic(화제)'과 'hearer(청자)'로 바꾸어도 무방할 것이다.

2) 1970년대 정재완의 연구와 1980년대 김준오의 연구 등이 주목된다. 정재완의 「한국 현대시와 어조」(『한국언어문학』 14, 한국언어문학회, 1976)는 C. Brooks와 R. P. Warren 및 I. A. Richards의 어조 개념을 바탕으로 하여 한국시가 연구에서 어조 연구의 필요성을 처음 제창한 연구이다. 그리고 김준오는 화자 및 어조에 대한 연구를 활성화시켰는데, Roman Jakobson의 의사전달 모델을 도입하여 어조의 차이에 따른 시의 유형을 (1) 전달이 화자를 지향해서 언어의

어지지 않고 있는 것이다.[3] 고전시가의 경우에도 1990년대에 화자를 중심으로 한 연구가 얼마간 이루어졌지만,[4] 여러 작품들에 두루 적용될 수 있을 어조 유형에 대한 체계적인 논의는 아직 나타나지 않았다.

　이처럼 한국시가의 어조에 대한 지금까지의 연구는 고전시가와

정감적 기능이 우세한 유형, ⑵ 전달이 청자를 지향함으로써 대화적 성격을 띠는 유형, ⑶ 전달이 맥락을 지향할 때 언어의 지시적 기능이 우세한 유형, ⑷ 언어의 시적(미적) 기능이 우세한 유형으로 구분하고(김준오, 『시론』, 삼지원, 1982, 258-279면), 주요 현대 시인들의 작품을 화자이론에 기대어 재해석하였다(김준오, 『가면의 해석학』, 이우출판사, 1987, 1-341면).
　한편 윤석산은 화자를 시학의 중심개념의 하나로 부각시켰고(윤석산, 『소월시 연구』, 태학사, 1992, 24-25면), 윤지영은 화자의 유형을 중심으로 하여 1950~1960년대 시사의 변천을 살폈다(윤지영, 「1950-60년대 시적 주체 연구」, 박사학위논문, 서강대학교, 2003, 1-156면).

3) 근년의 연구들을 살펴보아도, 주로 석사학위논문을 통해 이루어진 어조 연구들은 개별 작가를 대상으로 한 것이나, 여성적인 어조 또는 아이러니 및 풍자적 어조 등과 같이 특수성을 지닌 어조에 대한 연구에로 집중되어 있다.

4) 최미정, 『고려속요의 수용사적 연구』(박사학위논문, 서울대학교, 1990)에서는 고려속요 작품들에 나타나는 화자의 태도를 분석적으로 살피고 그 여성 화자들의 성격을 고찰하였다. 그리고 어조와 직접 관련된 연구들을 수행한 김대행은 판소리를 대상으로 해서는 어조에 대해 비교적 체계적인 논의를 보였음에 비해(김대행, 『시가 시학 연구』, 이화여자대학교출판부, 1991, 93-122면), 고전시가의 경우에는 화자·청자의 유형은 살폈지만 이조의 유형에 대한 체계적인 논의를 보이지 않았다(같은 책, 123-146면).
　한편 이에 앞서 이정임, 『고려가요의 어조 연구』(석사학위논문, 한국외국어대학교, 1985)는 고려가요의 어조 유형을 '직설적 어조'(直情的 어조, 서정적 어조, 설명적 어조)와 '역설적 어조'(상충되는 의미의 이중적 어조, 희화적 아이러니의 어조)로 분류하고 각 작품들이 어떤 유형에 속하는가를 살펴서 고려가요가 직설적 어조를 특징으로 한다고 보았는데, 이는 시의 어조를 지나치게 소수의 유형들로 분류함으로써 어조의 다양한 양상을 충실히 살피지 못하였다.

현대시의 대다수 작품들에 보편적으로 적용될 수 있는 체계적인
틀을 수립하는 데까지는 나아가지 못하고 있는 실정인 것이다.

시의 어조에 대한 연구에서 개별 작품에 나타난 화자의 태도 및
어조를 정치하게 살펴서 바르게 파악하는 일은 물론 중요하다. 그
러나 그것만으로는 그 작품과 다른 작품들과의 차이점 등 특징을
밝혀내기가 어렵고, 또 그 작품이 속한 장르 또는 집단의 특징을
구명하거나 여러 장르들 또는 집단들 간의 관계를 살핌에 이바지
하기도 어려울 것이다(하나의 역사적 장르가 공유하는 일정한 내적 형식
에서 어조도 한 주요 요소일 수 있다).[5] 작품 및 장르(또는 집단)의 특징
이나 장르(또는 집단)들 간의 관계를 구명하기 위해서는 비교 또는
대조가 필수적인데, 이러한 비교 또는 대조를 제대로 하기 위해서
는 많은 작품들과 장르(또는 집단)들에 두루 적용될 수 있는 기준과
항목을 갖추는 어조 유형의 분류가 필요하다.

또한 개별 작품들의 어조를 살피는 데서도 어조의 유형에 대한
이해는 필요하다. 다양하게 나타나는 화자의 태도들에 따른 그 많
은 어조들[6]을 낱낱이 살피는 일이 불가능할 뿐만 아니라, 그러한

---

5) Austin Warren은 장르가 외부 형식(특유한 율격이나 구조)과 내부 형식(태도,
   어조, 목적—좀 더 거칠게 말하면 주제와 청중)의 양쪽 모두에 기초를 두는 문학
   작품 분류로서 이해되어야 한다고 했는데(René Wellek and Austin Warren,
   Theory of Literature, Third edition; London: Peregrine Books, 1963, p.231),
   이러한 점은 역사적 장르(historical genre)의 경우에 더욱 강조될 것이다.
6) 예컨대 '차분한 어조, 풍자의 어조'(김준오); '감상적 어조, 해학적인 어조, 정
   중한 역어체(譯語體)의 어조, 경쾌한 율문체(의 어조), 진지함의 어조, 뒤틀림
   의 어조'(김대행); 그리고 흔히 쓰이는 '반어적 어조, 직설적 어조, 애매한 어
   조, 고백적 어조, 회고적 어조, 격정적 어조, 냉소적 어조, 남성적 어조, 여성적
   어조' 등.

고찰은 각 어조들의 특징을 온전히 밝혀내기 어려운 데다 체계성을 지닐 수도 없으므로, 여러 어조들을 공통성을 지니거나 같은 범주에 속하는 것들끼리 묶어서 보다 소수의 유형들로 분류하는 일이 필요한 것이다.

그런데 담화에서의 모든 어조들을 유형분류하기가 매우 어렵듯이, 시의 어조도 유형분류하기가 매우 어렵다.[7] 그러나 그 일이 불가능하지는 않을 것이다. 인간의 태도는 광범위한 영역·부면에 걸쳐 천태만상으로 나타나지만 한정된 수의 유형들로 분류될 수 있을 터인데, 시에 나타나는 화자의 태도는 보다 제한적인 데다, 주로 청자와 화제에 대한 것에 국한되는 것이기도 하다. 그러므로 화자가 청자와 화제에 대해 가질 수 있는 태도의 여러 양상들을, 한편으로는 사유(思惟)에 따른 연역적인 방법으로 범주화(範疇化)하고, 또 한편으로는 경험에 의거한 귀납적인 방법으로 적절한 범위내로 한정함으로써, 어조의 유형분류를 꾀할 수 있을 것이다.

이에 이 글에서는 어조의 형성에 관여하는 제 요소와 그 요소들간의 관계를 살핀 다음, 어조 형성에 가장 큰 영향을 끼치는 요인을 위주로 합리적인 기준을 세워서 한국시가의 어조 유형을 체계적으로 분류하고, 그 각 유형들의 특징을 살펴보겠다. 그리고 그 유형분류가 실제 한국시가의 어조 연구에서 적합성을 지닐 수 있

---

7) 지금까지 우리나라에서는 물론이고 미국 등에서도 어조 연구가 개별 작품의 어조를 파악하거나 특정 시인의 작품들에 나타난 주된 어조의 경향을 살피는 데 그치게 된 것과, 유형분류한 경우에도 제한된 시각에서 제한된 작품들을 대상으로 하여 귀납적으로 도출하였기에 여러 작품들에 보편적으로 적용하기에는 불충분한 한계가 적지 않게 나타나게 된 것도 이 때문일 것이다.

는지를 부분적으로나마 검토해 보기로 한다.

2. 어조 유형분류의 고려 요소

1) 태도와 담화 구성요소

시도 담화의 일종으로서 어떤 화자가 어떤 청자에게 어떤 화제에 대하여 말하는 것이다. 어조는 그 시적 담화의 의미를 효과적으로 전달하기 위한 구실을 하는 것으로서, 그 담화에 배어들어서 화자가 청자와 화제, 그리고 화자 자신에 대해 가지는 감정·태도·신념 등에 대한 정보를 색칠하여 나타낸다.8) 그러므로 시의 의미를 온전히 이해하려면, 그 담화를 구성하는 요소들에 대한 정보를 나타내 주는 어조를 잘 파악해야 한다. 그리고 그러한 어조를 잘 파악하기 위해서는 어조 유형들의 특징에 대한 이해가 필요하고, 또 이를 위해서는 체계적인 어조 유형분류가 필요하게 된다.

영미의 신비평(New Criticism) 이래 강조되어 온 바처럼 어조의 핵심개념을 '태도'9)로 보고 이에 따라 어조를 유형분류하기 위해서는, 인간의 태도에 대한 이해와 더불어, 담화의 여러 구성요소들

---

8) Alex Preminger, Frank J. Warnke and O. B. Hardison Jr. ed., Princeton Encyclopedia of Poetry and Poetics, Enlarged edition; London: Macmillan Press, 1975, p.856.

9) I. A. Richards는 시의 어조를 '독자에 대한 시인 또는 화자의 태도'로 보았는데(I. A. Richards, Practical Criticism, London: Harcourt, Brace and Co., 1964/1929, p.206, p.331 등), C. Brooks와 R. P. Warren은 그 범위를 주제와 화자 자신에 대한 태도로까지 확장시켰다(C. Brooks and R. P. Warren, Op. cit., p.181).

에 대한 이해 및 그 요소들과 어조와의 관련 양상에 대한 구명이
필요하다.

태도는 어떤 대상(사람, 사물, 사실, 관념 등)에 대해 일관적이고 평
가적인 방식으로 행동하려는 학습된 성향을 가리키는 말이다. 태
도는 신념('……에 대한 생각')과 평가(또는 감정) 등으로 구성되는데,
보다 특정한 대상에 대한 것이며 평가적 요소를 강조한다는 점에
서 신념의 요소를 강조하는 의식과는 구별된다.10) 그리고 태도는
일정한 자극에 대하여 일정한 반응(주로 정서적 반응)을 보이는 경향
성을 지닌다.11)

예술작품에서 태도는 대상을 바라보는 한 방식으로, 그 방식은
어떤 정해진 초점들에 의해 특징지어진다. 이 초점들은 행위 주체
가 대상에 주목하면서 가지는 목적들에 의해 설정되거나, 행위 주
체가 고려하거나 바라보고자 희망하거나 의도하는 대상의 특정한
속성들에 의해 설정될 수 있다고 한다.12) 곧 태도는 대상 자체보다
는 대상을 바라보는 행위 주체의 목적이나 희망·의도 등에 따라서
달라진다는 것이다.

이로써 보면, 시적 담화에서 화자의 태도는 대상 자체보다는 화
자와 대상과의 관계에 따라 결정된다고 할 수 있다. 다같이 '꽃'을
화제로 하면서도 그것에 대한 애정이 나타나는 시도 있지만 그렇
지 않은 시도 있는 것처럼, 화자의 태도는 화제가 무엇이냐에 따라

---

10) 서봉연 외 7인, 『심리학개론』, 박영사, 1984, 445~446면 참조.
11) 서울대학교 교육연구소 편, 『교육학 대백과사전』, 하우동설, 1998, 393면 참조.
12) David E. W. Fenner, The Aesthetic Attitude, New Jersey: Humanities
　　Press, 1996, p.3.

서가 아니라 화제와의 관계에 따라서 결정되며, 청자가 누구냐에 따라서가 아니라 청자와의 관계에 따라 달라지는 것이다. 그러므로 태도는 화자와의 관계를 통해서 파악되어야 할 것이다.

시가 담화의 하나이므로, 그 어조의 유형분류를 위해서는 담화의 구성요소들인 화자·청자·화제를 중심으로 하여 시 작품에서의 의사전달구조를 살피지 않을 수 없다.

첫째, 화자는 어조의 주인이자 태도를 결정하는 주체이다.

화자는 개별 작품의 발화주체를 지칭하는 개념인데, 시인의 작품 속 대리자로서 실제의 시인과는 구별된다. 동일한 시적 대상이나 발화상대라 하더라도 시인들이 그들에 대해 갖는 태도는 매번 다를 수 있으며, 그때마다 각각 특유한 어조를 갖는 개별 작품들이 창조되기 때문이다. 또한 동일한 유형의 화자라고 해서 단일한 어조로만 말하는 것도 아니다. 이러한 점은 어조의 유형이 화자의 유형보다 복잡하므로, 어조의 유형분류가 화자의 유형분류보다 상세해야 함을 알려준다. 그러므로 어조 즉 태도는 시인의 것이 아니라 화자의 것이라고 보아야 하며, 어조의 유형은 화자의 유형과는 구별되어야 할 것이다(다만, 특정 시인의 작품들에서 특정한 화자가 자주 나타나는 점은 그 시인의 경향성을 보여줄 수 있다. 그리고 의도적으로 시인과 뚜렷이 구별되는 화자를 내세우는 시일수록 어조에 대한 지각이 두드러지게 될 것이다).

둘째, 화자의 발화상대인 청자도 어조의 형성에 관여하는 중요한 요소이다. 화자와 청자와의 관계나 청자의 성격에 따라 화자의 어조가 전체적으로나 부분적으로 조정될 수 있기 때문이다.

화자가 실제 시인과 구별되듯이, 청자도 실제 독자와 구별된다.

화자는 특정한 청자에 한정된 발화를 하기도 하고, 불특정한 청자에게 말하기도 하며, 때로 독백(獨白)처럼 따로 청자를 설정하지 않고 자기 자신을 청자로 삼기도 한다. 특정한 청자에게 말하는 경우에도, 그 청자는 실제 인물일 수도 있고 허구적 인물일 수도 있으며, 때로는 사물이나 이념일 수도 있다. 이러한 다양한 방식으로 나타나는 청자 가운데서 시의 담화구조와 화자의 태도에 직접적인 영향을 끼치는 청자는 텍스트에 나타나는 현상적 청자이다.

셋째, 화제는 외부세계의 객관적인 대상(사람·사물·사실 등)이나 화자가 갖고 있는 관념이나 정서 등 시상을 촉발시키는 계기이자 구조의 뼈대가 되는 모티프 차원의 소재를 말한다.[13] 시 작품에서는 여러 소재·제재들이 함께 나타날 수 있지만, 배경적 요소나 지엽적인 소재·제재들은 화자의 태도에 큰 영향을 끼치지 않기 때문에 화제에서 제외된다.

이 셋은 화자의 태도에 직접적으로 관여하여 영향을 끼치는 기본적인 요소들이므로, 어조 유형분류에서는 이 요소들 간의 상관성을 정치하게 살펴 적절하고도 합리적인 기준을 세워서 유형들이 누락되거나 중복되지 않도록 해야 할 것이다.

2) 한국어의 특징

어조를 유형분류하기 위해서는 언어적 요소들에 대한 고려도 필요하다. 시에서 화자의 태도를 직접적으로 드러내 주는 것이 언어

---

13) 문학작품에서 표현되는 대상을 'subject'라고도 하지만, 이 말은 중심사상인 '주제(theme)'와 혼동될 수 있기에, 주제를 이끌어내는 이야깃거리로서의 사람·사물·사실·관념 등을 가리키는 용어로는 '화제'가 적합할 것이다.

인데다, 어떤 언어적 요소를 선택하는가, 그리고 선택된 요소를 어떤 방식으로 배열하여 어조를 형성하는가 하는 선택과 배열의 문제가 어조의 다양한 잠재형을 실현하는 관건이 되는 것이다. 그리고 한국시가에서 특정한 어조를 구별하게 하는 구체적인 요인이 한국어의 특징적인 자질들에 의한 것이라는 점에서, 다른 언어들과는 변별되는 한국어만이 지닌 특징을 이해할 필요가 있다.

한국어의 특징이라 할 만한 것들 가운데서 어조와 관련하여 주목해야 할 몇 가지를 들면 다음과 같다.[14]

문법 면의 특징으로는 한국어가 '주어-목적어-서술어'(SOV) 구문의 언어에 속한다는 점과 첨가어로서 조사·어미가 매우 발달한 점, 그리고 경어법(敬語法)이 발달한 점 등을 들 수 있다.

어순변이(語順變異)등을 통해 일반적인 통사구조에서 벗어나는 문장은 특징적인 어조를 나타낼 수 있게 된다(핵심화제가 무엇인지 또는 화자의 감정이 격해 있다는 점 등을 표지함). 그리고 체언이나 용언의 어간 뒤에 연결되는 조사나 어미와 같은 문법형태들의 다양한 결합 양상도 어조와 긴밀히 관련될 수 있다. 특히 명제(命題)에 대한 화자의 심리적 태도의 표현은 어미(특히 선어말어미)에 의해 실현되고,[15] 어떤 보조사를 쓰는가에 따라 미묘한 어조의 차이가 발생

---

14) 이익섭·이상억·채완, 『한국의 언어』, 신구문화사, 1997, 20-24면, 138-140
   면; 이지양·조남호·배주채, 「국어의 특질」, 이승재 외 3인 편, 『한국어와 한
   국문화』, 새문사, 1999, 11-25면 등을 참고함.
15) 언어학에서는 이러한 문법범주를 '서법(敍法; mood)'이라고 하는데, 한국어의
   서법은 '(1) 무의지적 서법 ① 敍實法(직설법·회상법), ② 敍想法(추측법), ③ 강
   조법(원칙법·확인법); (2) 의지적 서법 ① 약속평서법, ② 명령형, ③ 청유형,
   (④ 경계형)'으로 체계화된다고 한다. 남기심·고영근, 『표준 국어문법론』, 탑

할 수 있다.16) 주체존대·상대존대·주체겸양 등의 경어법은 화자
와 청자의 관계의 일면을 직접 나타내준다. 또 이와 관련하여 종결
어미가 의례적인 격식체(합쇼체·하오체·하게체·해라체)인가 정감적
(情感的)인 비격식체(해요체·해체)인가에 따라 청자에 대한 화자의
태도가 텍스트의 의미와 무관하게 달라지기도 한다.17)

어휘 면의 특징으로는 한자어가 많은 점과 자음과 모음의 교체
에 의한 다양한 단어의 발달 등을 들 수 있다.

한자어는 한국어에 많은 단어를 제공하여, 비슷한 뜻을 지닌 고
유어와 한자어가 공존하는 이중의 의미체계를 형성하였다(1945년
광복 후에는 '고유어-한자어-외래어'의 삼중 체계가 형성됨). 한자어는
추상적·관념적인 분위기를 자아내기에 적합하며, 대체로 점잖은
어휘로 인식되어 존칭을 나타내는 데 많이 사용되어 왔다. 그리고
자·모음의 교체에 의한 다양한 단어의 발달은 풍부한 의성어·의
태어들을 낳았는데, 이는 감각적인 어휘의 발달을 뜻한다.

음운 면에서는 모음이나 자음의 교체를 통한 음성상징의 발달
등을 들 수 있다. 대다수 의성어·의태어와 일부 형용사 등에서 발
달한 음성상징은 음상(音相)의 차이를 통해 어감(語感)의 차이를 나

출판사, 1987, 315-321면.

16) 격조사(格助詞)가 체언에 붙어서 그 말과 다른 말과의 관계를 표시함에 그치
는 데 비해, 보조사는 그 표시 이외에 어떤 특수한 뜻을 더해 준다. 같은 책,
93면, 407면 등 참조.

17) 일반적으로 격식체는 표현이 직접적이고 단정적·객관적임에 반해, 비격식체
는 부드럽고 비단정적·주관적이다. 비격식체의 어미는 격식체에 비해 훨씬 더
풍부한 어조와 결합되어 나타나는데, 격식체가 갖는 심리적 거리감을 해소하
고 더 친근한 정감적인 태도를 보일 수 있다. 같은 책, 331-333면.

타내고 의미를 세분화하여 한국시가의 특징적인 어조 형성에 영향
을 끼친다.

3. 한국시가의 어조 유형분류

1) 어조의 유형분류

(1) 어조 유형분류의 기준과 방법

어조가 '화자의 태도'를 가리키므로 어조의 유형분류는 화자의
태도를 유형별로 나누는 일이라고도 할 수 있는데, 일정한 자극에
대하여 일정한 정서적 반응을 보이는 경향성이 있는 화자의 태도
에 직접적으로 관여하여 영향을 끼치는 요소는 '화제'와 '청자', 그
리고 '화자 자신'이다.

그러나 이들 세 요소가 모두 화자의 태도에 똑같은 정도로 영향
을 끼치는 것은 아니다. 어떤 작품에서는 화제가 가장 중요한 요소
가 되며, 또 어떤 작품에서는 청자가 가장 중요한 요소가 된다(화제
와 청자가 함께 나타나더라도 화자의 태도를 결정하는 것은 그 중의 한 요소
라고 할 것이다). 로만 야콥슨은 어떠한 담화도 의사전달구조를 이루
는 제 요소들 가운데 단 한 가지 요소만으로써 이루어질 수는 없지
만, 그 가운데서 지배적인 기능을 하는 지배소(支配素; dominant)가
있어서 다른 요소들과 작품 전체의 체계에 결정권을 행사한다고
보았다. 곧 요소들의 작동 정도와 담화의 구조는 지배소에 따라 결
정된다는 것이다.[18]

그러므로 시의 어조를 유형분류하기 위해서는, 먼저 그 시의 의

사전달구조에서 지배소가 무엇인가를 분간하고, 그에 따라 그것에
대한 화자의 태도를 구별하는 기준을 세워야 한다. 그러므로 시의
어조 곧 화자의 태도는 화제가 지배소일 때의 태도, 청자가 지배소
일 때의 태도, 화자 자신이 지배소일 때의 태도의 세 가지로 나눌
수 있을 것이다.

그런데 시가 기본적으로 세계와 자아에 대한 인식을 다루는 것
이므로, 화자 자신에 대한 태도는 모든 시의 기저에 놓이게 된다.
이 때문에, 시적 담화의 지배소가 무엇이든 간에 화자는 늘 자신의
발화내용에 대해 긍정적이든 부정적이든 어떤 태도를 취하게 된
다. 이러한 점은 표면에 나타난 것만으로는 작품의 진정한 의미가
온전히 파악되지 않는다는 점과 관련된다.

시적 담화의 표면적 의미와 심층적 의미가 반드시 일치하지는
않는데, 양자가 일치하지 않는 반어적인 표현들에서는 긍정을 가
장하면서 오히려 부정의 뜻을 신랄하게 나타내고자 하는 경향이
높게 나타난다(특히, 말하려는 뜻과 정반대로 말하는 표현은 대체로 조롱
이나 모욕을 목적으로 한다).[19] 그리고 이러한 이중적인 태도는 모순
되는 태도들 가운데서 어느 하나만을 선택해야 하거나 혹은 어느
것도 포기할 수 없는 상황 등으로 인해 비애감(哀愁)을 초래하기도
한다. 이러한 점은 화제가 지배소인 작품에서건 청자가 지배소인
작품에서건 마찬가지이다.[20]

---

18) 로만 야콥슨, 『일반언어학이론』, 권재일 역, 민음사, 1989, 222면.
19) A. Preminger, F. J. Warnke and O. B. Hardison Jr. ed., Op. cit., p.407;
  M. H. Abrams, *A Glossary of Literary Terms*, Third edition; New York:
  Holt, Rinehart and Winston, 1971, p.82 등 참조.

그렇다면 어조의 유형은 화제가 지배소인 경우와 청자가 지배소
인 경우의 두 가지로 나누고, 그 각각을 다시 화자가 화제나 청자
에 대해 취한 자신의 태도를 긍정하는가(일치) 부정하는가(불일치)
에 따라 다시 구별함이 적절할 것이다.

화제가 지배소인 경우에는 화자의 태도에 주된 영향을 끼치는
것이 화자와 화제 간의 관계이므로, 이에 따라서 화제에 대한 화자
의 태도를 구분할 필요가 있다. 그리고 청자가 지배소인 경우에는
화자와 청자 간의 관계가 화자의 태도에 가장 큰 영향을 끼치므로,
영향력이 큰 면 위주로 단일한 기준을 설정하고, 이 기준에 따라
양자 간의 관계를 적절히 구분해야 할 것이다.

(2) 화자의 태도와 어조의 유형

A. 화제에 대한 태도와 어조 유형

시의 구조와 특질을 결정짓는 주된 요소가 화제인 시 작품들에서
어조를 살피기 위해서는 화제에 대한 화자의 태도를 구분할 필요가
있는데, 그 구분을 위한 적절한 개념으로 '심리적 거리(psychical
distance)'[21]가 있다. 이 말은 시인이 화제 속에 등장하는 대상들을

---

20) 이와 관련되는 용어로 '목소리(voice)'라는 것이 있다. 이 말은 개별 목소리들
　의 배후에 존재하는 또 하나의 목소리로서, 개별 작품 속에 들어있는 내용을
　선택·배열·표현하는 결정자로서의 지성 및 도덕적 감성의 비유적 개념이다
　(Ibid., pp.125-126). 이 목소리는 표면에 드러난 어조와 일치할 수도 있지만,
　시인이 일부러 어조와 어긋나게 할 수도 있다는 점에서, 화자가 자기 자신에
　대해 갖는 태도를 설명함에 유용할 수 있다.

21) Edward Bullough의 "'Psychical Distance' as a Factor in Art and as an
　Aesthetic Principle"(British Journal of Psychology, Vol. 5, 1912)에서 쓰이

서술하기 위해 취하는 거리를 뜻하는 것으로서, 대상에 대한 작가
의 태도를 나타내며 가치관·인생관을 반영하기도 하다. 시인은 시
라는 미적 양식에 의해 감정을 양식화하는데, 심리적 거리는 이런
감정의 양식화 과정에서 발생하게 된다.[22] 이 점에서 이 개념은 시
인의 작중 대리자인 화자의 태도를 설명함에 매우 유용하다.

이 심리적 거리는 '매우 가까운 거리-가까운 거리-먼 거리-매
우 먼 거리'의 네 가지로 구분될 수 있다. 이러한 거리 구분은 다소
주관적일 수도 있지만, 인간이 대상에 대해 취하는 태도를 포괄적
으로 다룰 수 있는 스펙트럼으로서, 그 태도들 간의 차이를 비교적
뚜렷이 드러낼 수 있게 해 준다.

오르테가 이 가세트는 대상에 대한 목격자의 '정서적 거리(emo-
tional distance)'[23]를 ①거리가 거의 없음(대상과 거의 일치됨), ②약
간 떨어짐(진지한 관심을 가지고 간섭함), ③먼 거리(정서적 접촉이 없이
관찰만 함), ④매우 먼 거리(무관심함)의 네 가지로 나누었는데,[24]

기 시작하여 미학의 중요한 개념이 되어 있다.
　심리적 거리(또는 미적 거리)는 개인이 대상을 관조할 때 대상을 향한 그의
태도나 시각을 기술하기 위한 것으로서, 비평가나 창조자가 예술적 대상을 관
조하기 위해서는 필수불가결한 것이라고 한다. A. Preminger, F. J. Warnke
and O. B. Hardison Jr. ed., Op. cit., p.5.

22) 김준오, 『시론』, 250-252면 참조.

23) Ortega y Gasset는 하나의 동일한 현실이 상이한 관점들 곧 정서적 거리의
차이에 따라 많은 다양한 현실들로 갈라지게 된다고 보았다. Ortega y Gasset,
The Dehumanization of Art and Other Essays on Art, Culture, and Li-
terature, Princeton, New Jersey: Princeton University Press, 1968/1948,
p.15.

24) Ibid., pp.14-17.

이는 화자의 화제에 대한 심리적 거리와 대체로 일치한다.

이에 따라 화제에 대한 화자의 태도를 네 가지로 구분하여, 화제와의 거리가 거의 없는 '매우 가까운 거리'를 취하는 경우는 '몰입', 화제와 약간의 거리를 두고 끼어드는 '가까운 거리'를 취하는 경우는 '개입', 화제를 객관적으로 대하는 '먼 거리'를 취하는 경우는 '관찰', 그리고 화제에 무관심한 '매우 먼 거리'를 취하는 경우는 의미부여나 감정전이를 배제하고 차단한다는 점에서 '배제(또는 해체)'로 부르기로 하겠다.[25]

한편 화자의 태도는 표면에 드러나는 것과 심층적인 것이 일치하지 않을 수도 있다. 표면적으로는 화제에 대해 매우 가까운 거리 및 태도를 취하는 것처럼 보여도, 실제로 화자는 그러한 태도를 취하는 자신에 대해 부정·회의하거나 조롱할 수도 있는 것이다.

그러므로 화제에 대한 화자의 태도 유형으로는 앞의 네 가지가 있다고 하겠고, 또 이들 각각은 표면적인 태도와 심층적인 태도가 일치하는 경우와 일치하지 않는 경우로 구별될 수 있다.

이를 표로 정리하면 다음과 같다.

---

25) Ortega y Gasset는 이를 '비인간화(非人間化)'로 말했지만, 그 말은 20세기 초의 예술이 보여주던 특징의 일단을 지적하기 위한 것이어서, 20세기 중반 이후에 급증된 다양한 현상들을 지칭하기에는 적합하지 않다고 판단된다.

		화자 자신에 대한 화자의 태도	
		일치	불일치
화제에 대한 화자의 태도	매우 가까운 거리	몰입	몰입'
	가까운 거리	개입	개입'
	먼 거리	관찰	관찰'
	매우 먼 거리	배제(해체)	배제(해체)'

어조의 유형도 이러한 태도 유형에 따라 분류함이 적절할 것이다.

(ㄱ) 몰입 유형

화자가 화제에 대해 심리적 거리를 거의 두지 않는 경우에, 화자는 화제에 몰입해 있다고 할 수 있다.[26] 화자가 화제에 대해 매우 가까운 거리를 취하면, 그 시적 발화는 화자의 감정을 양식화하지 않고 직접 표출하는 형태(환호·탄식·절규 등)로 나타나게 된다. 이 때문에 몰입의 어조는 감상적(感傷的)으로 여겨질 가능성이 많다. 그 통사구문은 일상적 어법에서 다소 벗어날 수도 있으며, 감탄사나 감탄형어미 등 화자의 감정을 직접적으로 드러내는 표지들이 자주 나타난다.

감상적이고 자아도취적인 것을 특징으로 하는 이러한 어조는 주요한으로 대표되는 1920년대 감상적 낭만파의 시에 많이 나타난다.

---

26) Ortega y Gasset는 이를 화자가 '사건에 지나치게 깊이 빠져듦으로써 그 사건의 일부가 되는 상황'을 말하는 것으로 보고, 남편의 죽음을 바라보는 아내의 입장으로 비유하였다.

아아 꺾어서 시들지 않는 꽃도 없건마는, 가신님 생각에 살아도 죽은 이 마음이야, 에라 모르겠다. 저 불길로 이 가슴 태와버릴까, 어제도 아픈 발 끌면서 무덤에 가 보았더니, 겨울에는 말랐던 꽃이 어느덧 피었더라마는, 사랑의 봄은 또다시 안 돌아오는가, 차라리 속 시언히 오늘밤 이 물속에…… 그러면 행여나 불쌍히 여겨줄 이나 있을까…….

【불노리 일부】/ 주요한

이 작품의 중심화제는 '불놀이'이며, 부분별로 '정사(情死)', '연인과의 사별' 등의 하위화제로 이루어져 있다. 그런데 강물 위의 불놀이 장면을 바라보고 있는 화자는 이와 같은 화제들로부터 거의 거리를 두고 있지 않다. 감탄형어미의 사용과 '아아'·'에라' 같은 감탄사의 남발, 그리고 빈번히 사용된 말줄임표 등이 화자가 화제에 몰입했음을 단적으로 보여준다. 또한 스스로에게 묻는 설의법과 완결되지 않은 문장도 화자가 자신의 감정들을 정리할 시간적·심리적 거리를 두지 않고 떠오르는 대로 바로바로 표출하고 있음을 알려준다.

고전시가에서는 이 유형이 드문 편이지만, 다음의 작품 등에서는 이에 가까운 태도가 나타난다.

내님믈 그리ᅀᆞ와 우니다니/ 산졉동새 난 이슷ᄒ요이다/ 아니시며 거츠르신ᄃᆞᆯ 아으/ 殘月曉星이 아ᄅᆞ시리이다/ 넉시라도 님은 ᄒᆞᆫᄃᆞ 녀져라 아으/ 벼기더시니 뉘러시니잇가/ 過도 허믈도 千萬 업소이다/ 물힛마리신뎌/ 술읏븐뎌 아으/ 니미 나ᄅᆞᆯ ᄒᆞ마 니ᄌᆞ시니잇가/ 아소 님하 도람 드르샤 괴오쇼셔

【정과정(鄭瓜亭)】/ 정서(鄭敍)

몰입의 어조는 정서의 격렬함과 진솔함을 표출하는 데는 적합하
다. 그러나 그 정서가 반드시 독자들의 공감을 얻는다고는 하기 어
려우며, 정서를 미적 형식으로 가공하는 과정을 거치지 않기에 작
품의 질적 성취도 면에서 높이 평가하기 어려운 예가 적지 않다.

(ㄴ) 개입 유형

개입의 어조는 화자가 화제에 대해 얼마간 심리적 거리를 두는
경우에 발생한다.27)

개입 유형에서는 몰입 유형에 비해 감탄사나 정서를 나타내는
어휘들의 사용이 적지 않게 절제된다. 통사구문에서 완결된 문장
이 주를 이루고, 대체로 정치법(正置法)으로 기술된다. 작품구성에
서는 먼저 대상을 서술·묘사하고 나서 그것에서 느낀 감정이나 생
각을 표현하는 '선경후정(先景後情)'의 구성을 많이 보이며, 표현에
서는 감정을 노골적으로 드러내지 않고 객관적 상관물을 사용하여
의탁하는 경향이 많다.

> 咽鳴爾處米/ 露曉邪隱月羅理/ 白雲音逐于浮去隱安支下/ 沙是
> 八陵隱汀理也中/ 耆郎矣皃史是史藪邪/ 逸烏川理叱磧惡希/ 郎也
> 持以支如賜烏隱/ 心未際叱肹逐內良齊/ 阿耶 栢史叱枝次高支好/
> 雪是毛冬乃乎尸花判也 [목메어 울어 힘들어하매/ 나타나 밝힌 달

---

27) Ortega y Gasset는 이를 의사가 죽어가는 그의 환자를 바라보는 정도의 거리
라고 했다. 그는 진지한 관심과 책임감을 갖고 사건에 관계하지만, 자신의 직
업적인 운명으로 그 사건에 연루되는 것이다. 여기에는 정제된 정서적 개입은
물론이고 합리적 판단과 윤리적 판단 같은 이성적인 사고도 작용한다.

이/ 흰 구름 좇아 떠가 숨은 아래./ 모래가 벗겨나간 물가에/ 耆郞
의 모습이로구나./ (모래) 일은 내의 자갈에/ 郞이 지니시던/ 마음
의 가를 좇고자./ 아아! 잣가지가 높고 좋아/ 눈이 꽂지 못할 고깔
이여.28)]

【찬기파랑가(讚耆婆郞歌)】/ 충담사(忠談師)

한편 현대시에서는 화제에 대해 화자가 표면적으로 드러내는 태
도와 심층적으로 취하는 태도가 일치하지 않는 경우를 보이기도
한다.

　돈 없으면 서울 가선/ 용변도 못 본다.
　오줌통이 퉁퉁 뿔어 가지고/ 시골로 내려오자마자/ 아무도 없는
들판에 서서/ 그걸 냅다 꺼내 들고/ 서울 쪽에다 한바탕 싸댔다./
이런 일로 해서/ 들판의 잡초들은 썩 잘 자란다.

【야초(野草) 일부】/ 김대규

이 작품의 화제는 시골 사람인 화자의 서울 나들이 경험인데, 화
자는 자신이 경험한 일로부터 어느 정도 거리를 두면서 행위에 대
한 보고만을 하고 있다(화제에 몰입하는 태도를 취했다면, 자신의 감정
을 직접적으로 표출했을 것이다). 표면적으로는 화자가 그의 서울 나
들이 경험에 대해 그다지 불만을 갖고 있는 것처럼 보이지 않는다.
그러나 "이런 일로 해서/ 들판의 잡초들은 썩 잘 자란다."에는 용변
도 마음대로 볼 수 없게 하는 서울 인심에 대한 비아냥거림이 숨어

---

28) 성호경, 『신라 향가 연구』, 태학사, 2008, 315-316면에서의 해석을 따름.

있다. 겉으로는 화제에 대해 우호적인 것처럼 표현하고 있지만, 실상은 그것을 비판하고 있는 것이다.

이처럼 화자의 표면적 진술과 심층적 진술이 일치하지 않는 경우에는 조롱 또는 자조의 어조를 지니게 된다.

그런데 개입의 어조는 서정시의 어조로 가장 흔한 것이어서 시 작품들의 다수를 차지하는 데다, 그 많은 작품들에서의 개입의 양상이 모두 동일하지도 않다. 그러므로 어조를 유형분류하는 일의 실효성을 위해서 이 개입의 어조 유형은 보다 세분될 필요가 있다.

개입의 태도는 화자가 화제를 인식하는 방법에 따라 차이를 보인다. 동일한 화제를 다루더라도 화제에 대한 경험을 구체화함에 중점을 두기도 하고, 개념화하거나 추상화함에 중점을 두기도 한다. 이를 각각 '경험적 개입'과 '관념적 개입'이라고 부를 수 있다.

(ㄴ)-1. 경험적 개입 유형

이 유형의 어조는 화제에 대한 경험을 구체화하는 태도에서 발생한다고 할 수 있다. 그 경험이 실제적이건 상상적이건 간에 화자는 화제와 관련된 경험을 전달·표현하면서 정서를 간접적으로 환기한다. 이 경우에 어조는 대체로 회고적·술회적인 것으로 나타나고, 그 작품들에서는 육화(肉化)된 표현으로 현장감을 드러내는 예가 많다.

현대시에서는 화제와 관련된 경험의 현장성을 강조하기 위해 사실적인 시·공간적 배경을 제시하거나 인물의 실명을 들기도 한다. 그런 만큼 감각적이고 생생한 표현이 두드러진다.

　　이월 하순/ 산간을 흐르는/ 강나루에서/ 배를 기다리다가/ 나는 문득 거기가/ 1951년 봄 어느 날/ 도강작전에서 전우 K가 죽은/ 바로 그 자리인 것을 되살려냈다./ 해질 무렵에야/ 돌아온 배에 오르려다가/ 나는 봄눈 녹는/ 나루터 찬물 속에서/ 삭은 뼈처럼 하얀/ 돌 하나를 건져냈다./ 날개 뼈 같은 그런 모양이었다./ 벌써/ 어둡기 시작하는/ 여울 쪽에 이름 모를/ 새 한 마리가/ 날고 있었다.

【돌·1】/ 전봉건(全鳳健)

　이 작품의 화제는 ‘돌’인데, 이 돌은 화자에게 전사한 전우 K를 상기시켜 준 보조관념(매체어)이기도 하다. 화자는 돌에서 출발하여 자신의 6·25 전쟁체험을 이끌어낸다. 화제에 대한 정서를 직접적으로 드러내는 대신에, 경험을 기술함으로써 간접적으로 정서를 환기시키는 것이다. 텍스트에 시간적·공간적 배경이 구체적으로 제시되며, 특정인도 등장한다. 돌을 ‘삭은 뼈처럼 하얀’·‘날개 뼈’로 표현한 것은 생생하며 개성적이라고 할 수 있는데, 이는 그 수사가 화자의 개별적인 체험에서 유발된 것이기 때문이다.

　고전시가에서도 이러한 유형의 작품들을 많이 찾아볼 수 있다.

　　无等山 흔 활기 뫼히 동다히로 버더 이셔/……/ 너르바회 우희/ 松竹을 헤혀고 亭子룰 안쳐시니/ 구름 탄 청학이/ 千里를 가리라 두 나리 버려눗 듯/ 玉泉山 龍泉山 느린 물히/ 亭子 압 너븐 들히/ 兀兀히 펴진 드시/ 넙써든 기노라 프르거든 희지 마니/ 雙龍이 뒤트는 듯 긴 깁을 치폇눈 듯/ 어드러로 가노라 므슴 일 비얏바/ 닷는 듯 따로눈 듯 밤눗즈로 흐르눈 듯/ 므조친 沙汀은 눈곳치 펴졋거든/ 어즈러온 긔력기는 므스거슬 어르노라/ 안즈락 느리락 모드락 훗트

락/ 蘆花을 사이 두고 우러곰 좃니는뇨/ ……

【면앙정가(俛仰亭歌) 일부】/ 송순(宋純)

개를 여라믄이나 기르되 요 개 굿치 얄미오랴/ 뮈온 님 오며는 쏘리를 홰홰치며 뛰락 느리뛰락 반겨서 내둧고/ 고온 님 오며는 뒷발을 버동버동 므르락 나으락 캉캉 즈져서 도라가게 혼다/ 쉰밥이 그릇그릇 난들 너 머길 줄이 이시랴

【만횡청류(蔓橫淸類)】/ 무명씨(無名氏)

(ㄴ)-2. 관념적 개입 유형

이 유형의 어조는 화제를 보편화·개념화하는 태도에서 생겨나며, 화제에 대한 체험보다는 화제의 의미를 추구함에 초점이 맞추어진다. 그 보편화·개념화의 경향이 화자의 내면을 지향할 때 어조는 사색적·종교적으로 나타나는 반면, 그 경향이 외부를 지향할 때는 교훈적·(교조적)敎條的으로 나타난다.

이 유형의 작품들에서는 감각적이고 구체적인 어휘보다는 추상명사 같은 관념적인 어휘(특히 한자어가 많음)가 자주 나타난다.

다음의 작품은 앞에서 든 전봉건 작 〈돌·1〉과 마찬가지로 '돌'을 화제로 하면서도 어조에서 얼마간 차이를 보인다.

돌은 거기 있다. 침묵의 덩어리인 양. / 보는 사람에 따라 조금씩 음영을 달리 하지만/ 돌은 원래의 돌대로 엄연히 존재하고 있다/ 누구에게 지배 당하지 않고/ 스스로가 주인인 돌

그 돌을 바라본다. / 돌 앞에서 눈은/ 청천벽력 같은 섬광이다/ 돌은 그 섬광 속에 엿보이는 무의 정복자   【돌·3 일부】/김윤성(金潤成)

　화자는 돌을 감각적으로 경험하기보다는, 돌의 의미와 상징성에 천착하는 사색적·성찰적인 태도를 보이고 있다. 통사 면에서는 산문처럼 안정된 형태를 보이며, 형태 면에서는 '침묵'·'존재'·'지배'·'무' 등의 추상적이고 관념적인 어휘의 사용이 두드러진다.

　고전시가에서는 다음의 작품 등이 관념적 개입 유형에 들 것이다.

> 靑山는 엇뎨ᄒᆞ야 萬古애 프르르며/ 流水는 엇뎨ᄒᆞ야 晝夜애 긋디
> 아니는고/ 우리도 그치디 마라 萬古常靑 호리라
>
> 【도산십이곡(陶山十二曲) 11】/ 이황(李滉)

　그런데 관념적 개입보다는 경험적 개입이 화제와의 거리가 더 가깝다고 여겨지는데, 이는 사고보다 지각과 체험이 즉각적이며, 사고는 지각과 체험을 자료로 하여 추상화하는 것이라는 점[29]과 관련될 것이다.

　(ㄷ) 관찰 유형

　관찰의 어조는 화자가 화제에 대해 먼 거리를 두어 객관적인 관찰자적 태도를 취하는 경우에 발생한다.[30]

　관찰 유형에서는 화자의 정서적 상태나 이념적 성향 등을 텍스

---

29) 랄프 루드비히, 『순수이성비판: 쉽게 읽는 칸트』, 박중목 역, 이학사, 1999, 72-73면.

30) Ortega y Gasset는 이를 한 사람의 죽음을 취재하는 신문기자의 시각에 비유하여 설명했는데, 기자는 객관적인 사실의 기록과 보고에 관심을 가지며, 개인적인 감정은 억제한다.

트에서 직접 포착하기가 어렵다. 감정의 상태를 나타내거나 가치 판단을 표시하는 어휘들의 사용은 절제되고, 객관적인 사태를 진술하는 개념적·설명적인 어휘들이 주로 사용된다(극단적으로는 서술어가 생략되고 명사로 종결되기도 함). 그리고 사실·사태들만을 있는 그대로 보여줌으로써 비정하고 무심한 느낌을 불러일으킨다.

전당포에 고물상이 지저분하게 늘어슨 골목에는 가로등도 켜지는 않았다. 죄금 높드란 鋪道도 깔리우지 않았다. 죄금 말쑥한 집과 죄금 허름한 집은 모조리 충충하여서 바짝바짝 친밀하게는 늘어서 있다. 구멍 뚫린 속내의 팔러 온 사람, 구멍 뚫린 속내의를 사러 온 사람. 충충한 길목으로는 검은 망토를 두른 주정꾼이 비틀거리고, 인력거 위에선 차와 함께 이미 하반신이 썩어가는 기녀들이 비단 내음새를 풍기어가며 가느른 어깨를 흔들거렸다.

【고전(古典)】/ 오장환(吳章煥)

이 작품은 골목의 풍경을 화제로 삼고 있지만, 골목에서 보이는 것들이 기술될 뿐, 그것들에 대한 화자의 감정상태나 가치판단은 표면에 드러나지 않는다. 다만 그 화제들이 대체로 황폐한 상태에 있다는 점과 네 개의 문장에서 두 개가 '않았다'는 否定으로 종결된다는 점을 통해, 어둡고 암울한 정조를 느낄 수 있게 할 뿐이다. 곧 화자가 화제에 대해 어떻게 느끼고 어떤 의미를 부여하는지는 드러내지 않고, 다만 소재 자체에 대해 독자들이 가진 인상을 통해 정서를 환기시킬 뿐인 것이다.

이러한 경우에 화자의 태도는 텍스트에서 감추어지므로, 독자는 적극적인 읽기를 통해서 이를 인지할 수 있게 된다.

고전시가에서는 이 유형의 예가 흔치 않지만, 일부 가사(특히 조선 후기의 장편가사) 작품들에서 얼마간 찾아볼 수 있다.

> ……/ 발씨을 기다려서 칙문으로 향히 가니/ 목칙으로 울을 ᄒ고 문 ᄒ나을 여려놋코/ 봉황성장 나와 안져 이마을 졈검ᄒ며/ 초례로 드러오니 범문신칙 엄졀ᄒ다/ 녹창쥬 여염들은 오식이 영농ᄒ고/ 화ᄉ치란 시졍들은 만물이 번화ᄒ다/ 집집이 호인들은 길의 나와 구경ᄒ니/ 의복기 괴려ᄒ여 쳐음 보기 놀납도다/ 머리ᄂ 압홀 싹가 뒤만 ᄯᄒ 느리쳐셔/ 당ᄉ실노 당긔 ᄒ고 말익이을 눌러쓰며/ 거문 빗 져구리ᄂ 깃 업시 지어쓰되/ 옷고름은 아니 달고 단초 다라 입어쓰며/ 아청 바지 반물 속것 허리씌로 눌너미고/ 두 다리의 힝젼 모양 타오구라 일홈ᄒ여/ 회목의셔 오금까지 희미ᄒ게 드리씨고/ 깃 업슨 쳥두루막기 단초가 여러히요/ 좁은 ᄉ미 손등 덥허 손이 겨오 드나들고/ 공방디 옥물쑤리 담빈너ᄂ 쥬머니의/ 부시까지 쩌셔들고 뒤짐지기 버릇시라/ ᄉ람마다 그 모양니 쳔만인이 한 빗라/ ……
>
> 【년힝가(丙寅燕行歌) 도남본(陶南本) 일부】/ 홍순학(洪淳學)

(ㄹ) 배제(해체) 유형

배제의 어조는 화자가 화제의 본래적 성질이나 의미를 의도적으로 배제하거나 왜곡함으로써 발생하는데, 현대시에서만 나타난다. 이는 화제에 대해 극단적으로 심리적 거리를 두는 경우로서,[31] 사

---

31) 이는 Ortega y Gasset가 '비인간화'라는 말로써 한 사람의 죽음을 '어떻게 표현할 것인가'에만 관심이 있는 화가의 시각으로 설명한 것에 해당한다.

건의 전모나 사물·풍경의 의미 또는 그것에서 촉발된 정서 대신에, 그것에 대한 지각과 표현방법 자체에 관심을 둔다.

이러한 지나친 거리두기는 언어 자체나 이미지 또는 음성적인 요소들을 전경화(foregrounding)하는 것으로써 구체화되는데, 통사·어휘·음운 면에서의 일탈과 문법성의 파괴, 그리고 의미 면에서의 왜곡과 '낯설게 하기' 등을 통해 나타난다.

> 모래밭에서
> 수화기
> 여자의 허벅지
> 낙지 까아만 그림자
>
> 비들기와 소녀들의 랑데부
> 그 위에
> 손을 흔드는 파아란 깃폭들
>
> 나비는
> 기중기의
> 허리에 붙어서
> 푸른 바다의 층계를 헤아린다.　　　　【바다의 층계 일부】/ 趙鄉

> 키큰해바라기/ 네잎토끼풀없고/ 코피/ 바람바다반딧불
> 毛髮또毛髮/ 가느다란갈라짐
> 　　　　　　　　　　　【들리는 소리·7 일부】/ 김춘수(金春洙)

이 두 작품에서는 중심화제가 무엇인지 알 수 없을 정도로 여러 소재들이 파편화되어 있으며, 그것들 간의 유기성도 찾기 어렵다. 앞의 작품은 이미지 자체의 어울림에 초점을 두고 있고, 뒤의 작품은 'ㅋ'·'ㄱ'·'ㅂ'·'ㅁ' 등의 반복과 양성모음 'ㅗ'·'ㅏ'의 교체 등 음성적인 효과에 주의를 기울이고 있는데, 화자는 화제의 의미보다는 그것이 환기하는 이미지나 언어적 미감(美感)에 관심을 집중하고 있을 뿐이다. 그 결과로 제시된 이미지들은 파편화되어 하나의 이미지나 의미로 수렴되지 않는 낯선 대상으로 나타난다.

B. 청자에 대한 태도와 어조 유형

시의 구조와 특질을 결정짓는 주된 요소가 청자인 작품들에서 어조를 살피기 위해서는 청자에 대한 화자의 태도를 적절히 구분할 필요가 있는데, 그 구분도 청자가 누구인가에 따라서가 아니라, 화자와의 관계에 따라서 이루어져야 할 것이다.

이러한 화자-청자 간의 관계는 횡적 친소관계와 종적 위계관계로 구분될 수 있다. 전자는 개인 간의 정감적인 거리를 뜻하며, 후자는 사회적 위계로서 계층·연령 등의 면에서의 고하가 이에 해당하는데, 지적·윤리적·심리적인 면에서의 고하도 있다. 계층 면에서는 청자가 우위에 있더라도 윤리적인 면에서 화자가 우위에 선 경우에는 화자가 청자를 비하할 수 있고, 또 청자가 화자보다 연령이 낮더라도 화자는 청자를 숭배하는 태도를 지닐 수 있다.

그런데 횡적 친소관계는 종적 위계관계를 결정짓는 여러 요인들 가운데서 심리적 요인이 주된 동인으로 작용하는 경우(심리적 종속)라고 할 수 있을 것이다(예를 들어, 화자가 청자를 사랑하거나 미워하는 두 가지 상반된 상황들에서 화자가 취하는 태도는 각각 위계관계에서 청자가 우위에 있는 경우와 화자가 우위에 있는 경우에 취하는 태도와 유사하게 나타난다). 그러므로 화자-청자 관계 중심의 담화에서 화자의 태도는 청자와의 위계관계에 따라 달라진다고 할 수 있게 된다.[32] 이에 청자에 대한 화자의 태도는 화자가 우위에 있는 경우, 청자가 우위에 있는 경우, 그리고 화자와 청자가 동등(等位)한 경우의 세 가지로 나누는 것이 적절할 것이다.

그런데 텍스트 표면에 나타난 것이 늘 화자의 진정한 태도인 것만은 아니다. 표면적으로 청자에 대해 공손한 태도를 보이더라도, 심층적·실제적으로는 화자가 자신의 그 같은 태도를 부정하거나 회의할 수도 있는 것이다. 그러한 경우의 어조는 표면적으로는 공손한 것으로 나타나지만, 그 최종적인 목적이나 효과는 조롱이나 비아냥거림이 된다. 그러므로 청자에 대한 화자의 태도 유형에서도 화자의 표면적 태도와 심층적 태도가 일치하는지의 여부를 따져보아야 할 것이다.

이상의 설명을 표로 제시하면 다음과 같다.

	화자 자신에 대한 화자의 태도	
	일치	불일치
청자에 대한 화자의 태도	화자 우위	화자 우위'
	청자 우위	청자 우위'
	화자·청자 등위	화자·청자 등위'

32) 야콥슨은 명령적 기능이 우세한 2인칭 시의 어조를 애원조와 권고조의 둘로 나누었는데, 그 기준이 되는 것 또한 1인칭이 2인칭에 대해 종속적인가 아닌가 하는 위계관계이다. 로만 야콥슨, 앞의 책, 222면.

이에 따라서 어조의 유형도 다음의 세 가지로 분류하고, 그 각 유형들 속에서 화자 자신에 대한 태도와의 일치 여부를 구별할 수 있을 것이다.

㈅ 화자 우위 유형

화자가 청자보다 우위에 있는 경우의 작품들에서는 화자가 청자에 대하여 대체로 설교적이며 명령적인 태도를 보인다. 이와 같은 어조는 교훈시가에서 특히 많이 나타난다.

> 강원도 빅셩들아 형데송수 ᄒᆞ디 마라/ 죵쉬 밧쉬는 엇기에 쉽거니와/ 어딘가 ᄯᅩ 어들 거시라 홀긋할긋 ᄒᆞᄂᆞ다
>
> 【훈민가(訓民歌) 3】/ 정철(鄭澈)

특히 화자가 청자보다 사회적 지위 면에서 우위에 선 경우에는 그 태도가 보다 강압적인 양상을 띨 수 있다. 이에 비해, 화자의 우위가 사상이나 앎·깨달음 등의 인식적인 면인 경우에는 화자의 태도가 한결 완곡한 권유의 어조로 나타나는 경향이 많다. 사상은 강제할 수 있는 것이 아니기 때문이다.

> 자 좋다, 바로 종로 네거리라 예 아니냐!/ 어서 너와 나는 번개처럼 두 손을 잡고,/ 내일을 위하여 저 골목으로 들어가자,/ 네 사내를 위하여,/ 또 근로하는 모든 여자의 연인을 위하여……
>
> 이것이 너와 나의 행복된 청춘이 아니냐?
>
> 【네거리의 순이(順伊) 일부】/ 임화(林和)

　지식인인 화자가 노동자인 누이에게 노동자와 지식인이 연대하여 계급투쟁에 승리하자는 당부를 하고 있다. 화자가 청자보다 우위에 있지만, 태도는 강압적이거나 명령적이라기보다는 설득적이다. 이는 화자와 청자의 사적인 친분관계가 전제되어 있기 때문이기도 하지만, 화자가 청자보다 우월한 존재라고 할 수 있는 주된 요건이 계급이나 나이가 아니라 사상적인 면이기 때문일 것이다.

　이상에서 살펴본 바와 같이, 화자가 청자보다 우위에 있을 때는 기본적으로 설득적·명령적·권계적(勸戒的)인 어조를 지니게 된다.

　텍스트에서는 격식체의 '해라체'(극하대)의 명령형어미나 청유형어미를 자주 볼 수 있다(현대시에서는 비격식체의 '해체'도 쓰임).

　(ㅂ) 청자 우위 유형

　청자가 화자보다 우위에 있는 경우에, 화자는 청자에게 기본적으로 공손한 태도를 취한다.

　이 유형에서 청자가 초월적 존재라면 화자는 대체로 숭배·경외 또는 찬양의 태도를 취하고(텍스트에서 격식체의 '하소서체'나 '합쇼체'가 주로 쓰이고, 상대존대나 주체겸양을 나타내는 '저', '-습/좁-' 등의 어휘나 형태소들이 나타나기도 함), 연인이나 어머니처럼 심리적으로 가까운 존재라면 화자는 투정부리거나 원망하는 태도를 취하기도 한다(텍스트에서 앞에 든 언어적 특징 이외에 격식체의 '하오체'와 비격식체의 '해요체'가 쓰이기도 함). 그러나 청자가 초월적 존재라도 심리적 거리가 매우 가까운 경우에는 화자는 이러한 '幼兒的 화자'가 될 수도 있다.

月下伊底亦/ 西方念丁去賜里遣/ 無量壽佛前乃/ 惱叱古音多可
支白遣賜立/ 誓音深史隱尊衣希仰支/ 兩手集刀花乎白良/ 願往生
願往生/ 慕人有如白遣賜立/ 阿邪 此身遺也置遣/ 四十八大願成遣
賜去 [달님이시여, 이대로(?)/ 西方까지 가시겠습니까?/ 無量壽佛
前에/ 報告의 말씀 빠짐없이 사뢰소서./ '誓願 깊으신 부처님을 우
러러 바라보며,/ 두 손 모아 곧추 세워/ 願往生 願往生/ 그리는 이
있다' 사뢰소서./ 아아, 이 몸 남겨 두고/ 四十八大願 이루실까.33)]

【원왕생가(願往生歌)】

"달하"라는 존칭의 부름(頓呼法)으로 시작하는 이 작품에서는 청
자 우위의 위계관계가 전제되어 있다. 서방정토(西方淨土)에의 왕
생(往生)을 희구하는 화자는 서방으로 가는 달(청자1)에게 자기가
서방정토의 무량수불께 사뢰고 싶은 말을 대신 사뢰어 줄 것을 부
탁한 뒤, 무량수불(청자2)을 향해 자신의 서방정토 왕생을 간구(懇
求)하고 있다. 초월적 존재들에 대한 공손한 태도가 화자의 기본적
인 태도이지만, 그 표현에서 투정套도 뚜렷하다. 첫 부분에서의
'달에의 질문'과 끝 부분에서의 독백에 가까운 '무량수불(法藏比丘)
의 성불(成佛)에 대한 회의(懷疑)'는 모두 투정부리는 어조로 표현
된 것이다.34)

현대시에서 청자 우위 유형은 주로 종교적 기원의 시나 연가(戀

---

33) 주로 김완진, 『향가해독법연구』, 서울대학교출판부, 1980, 118-119면에서의
해석을 따랐지만, '月下伊底亦' 부분은 성호경, 앞의 책, 126-128면에서의 논
의를 참고하였음.
34) 같은 책, 같은 면 참조.

歌) 등에서 나타나는 편이다. 그 작품들은 대체로 청자에 대한 직접적인 칭송이나 찬미보다는 화자 자신의 신념이나 소망을 다짐하고 희구하는 태도를 보인다.

그런데 다음의 작품들에서 화자가 보이는 태도는 이중적이라고 할 수 있다.

> 나보기가 역겨워/ 가실 때에는/ 말없이 고이 보내드리우리다.
> 寧邊에 藥山/ 진달래꽃/ 아름따다 가실 길에 뿌리우리다.
>
> 【진달래꽃 일부】/ 김소월

> 하나님, 시험에 들게 하옵소서./ 조그마한 미끼라도 저는 물겠나이다./ 날파리나 날빛 하나 놓치지 않고/ 이것저것 덥석덥석 물겠나이다./ (그리하여 저 스스로 죄를 사하겠나이다.)
>
> 【기도】/ 황인숙

앞의 작품의 청자는 텍스트에 직접 나타나거나 호명된 바는 없지만 '떠나가려는 님'인데, 화자는 님을 보내기 싫다는 의사를 직접적으로 표출하지 않는다. 이때 청자에 대한 화자의 태도는 '보내드리우리다'·'뿌리우리다'·'가실' 등의 어휘에서 알 수 있듯이 매우 공손하다. 특히 '말없이 고이 보내드리우리다' 구절은 화자의 태도가 지나치게 순응적이라고 여겨지게 한다.

그러나 화자가 님을 보내고 싶어 할 리 없다는 점에서, 표면에 드러나는 태도를 화자의 진정한 태도로 인정하기는 어렵다. 곧 화자의 표면적 진술과 심층적 의도가 일치하지 않는 경우로서 일종의 반어(irony)가 발생하고 있다고 할 수 있는 것이다.

앞 작품의 화자가 외견상 순응적인 태도를 취함에 비해, 뒤의 작품의 화자는 적극적이고 능동적인 태도를 보인다. 이 또한 화자의 표면적인 태도와 심층적인 태도가 일치하지 않는 경우로, 화자는 청자인 '하나님'께 자신을 시험에 들게 해달라고 청하고 있다. 화자는 '저'·'하겠나이다'와 같은 겸양법을 써서 청자에 대한 공경의 태도를 보이고 있지만, 이러한 태도는 표면적일 뿐이다. 첫 행을『신약성서』「주기도문」의 "우리를 시험에 들게 하지 마옵시고"와 비교해 보아도 그렇지만, 끝 행의 '저 스스로 죄를 사하겠나이다'는 신의 권능을 침범하는 내용인 것이다. 이처럼 표면적으로는 공손한 듯한 화자의 태도 때문에, 그 어조에서는 오히려 화자보다 우월한 청자에 대한 조롱과 비판이 강조될 수 있다.

(ㅅ) 화자·청자 등위 유형

화자와 청자 간에 위계관계가 설정되지 않거나, 또는 화자와 청자가 동료나 친구로 설정되어 있는 경우도 있다.

이와 같은 경우에는 청자에 대한 화자의 태도가 두드러지지 않는다. 청자에게 말을 건네는 담화구조를 취하고는 있지만, 결국은 화자가 청자에게 말하는 척하면서 자기 자신에게 말하는 것이나 다름없기 때문에, 자기성찰적인 어조가 보인다고 할 수 있다. 이처럼 화자·청자 등위 유형에서는 청자 못지않게 화제도 화자의 태도와 어조를 결정하는 중요한 요인이 될 수 있다.

여보소 農夫들아, / 이내 말들 드러보소. / 이 논빼미에 모를 심으 니, / 장잎이 펄펄 영화로구나, / 얼널럴 상사두야.

【모심기노래(移秧歌) 일부】 / 동래민요(東萊民謠)

이 작품의 청자는 '농부들'로서 화자와 대등한 관계를 지닌 동료들인데, 여기서 화자는 청자에게 무엇을 가르치거나 훈계하지 않으며, 청자를 칭송하지도 않는다. 화자는 그의 실세 관심사인 화제 (모심기)에 대하여 그 결과를 기대하는 낙관적인 태도를 보일 뿐, 청자에 대하여는 뚜렷한 태도를 보이지 않는다.

이러한 유형은 노동요 등에서 주로 나타나고, 다른 고전시가 작품들에서는 흔치 않은 편이다.

현대시에서도 이 유형은 주로 참여시나 선동적인 시들에서 나타난다.

우리 모두 화살이 되어/ 온몸으로 가자/ 허공 뚫고/ 온몸으로 가자/ 가서는 돌아오지 말자/ 박혀서/ 박힌 아픔과 함께 썩어서 돌아오지 말자

【화살 일부】 / 고은

이 작품에서 '불의의 시대를 올곧게 살아내자'라는 청유는 반드시 화자가 청자보다 윤리적으로나 연령 면에서 우위에 있는 경우에만 나타난다고 볼 수는 없으므로, 화자와 청자는 등위관계에 있다고 할 것이다. 그런데 '우리'라는 주어에서 알 수 있듯이, 그 청유는 소수의 특정한 청자가 아니라 화자 자신을 포함하여 다수의 불특정한 청자들을 대상으로 하고 있는데, 이와 같이 광범위하고 막연한

청자와의 관계는 화자의 태도에 큰 영향을 끼치기 어렵게 된다.

이처럼 화자와 청자가 등위적인 관계를 지닌 경우에는 청자와 화자의 관계가 화자의 태도를 좌우하는 주된 요인으로서 작용하지 않는다. 이러한 경우, 담화상대인 청자는 화자의 발화욕구를 불러일으키는 중심요소이기보다는, 화제에 대한 태도를 표현하기 위한 수사적 방편으로 등장하는 경향이 높다.

텍스트에서는 '하오체'·'하게체'·'해라체'가 두루 쓰일 수 있는데, 현대시에서는 비격식체의 '해요체'·'해체'가 쓰이기도 한다.

이 유형에서도 표면적 태도가 심층적 태도와 일치하지 않으면, 그 어조는 자조적인 것이 된다.

2) 한국시가의 어조 유형과 그 특징

앞에서 살핀 바처럼, 화자의 태도 즉 어조를 결정하는 지배소는 그 시적 담화가 '화자-화제의 관계'에 초점이 맞추어지는가, '화자-청자의 관계'에 맞추어지는가에 따라 다르다. 그러므로 어조는 작품의 담화구조에 따라 구별될 필요가 있다. 이에 그 유형은 '화자-화제의 관계'에 초점이 맞추어진 시적 담화의 경우는 화제에 대한 화자의 심리적 거리를 기준으로 하고, '화자-청자의 관계'에 초점이 맞추어진 시적 담화는 화자와 청자 간의 위계관계를 기준으로 하여 구분됨이 바람직할 것이다.

이러한 기준을 적용할 때, 한국시가에서 찾아볼 수 있는 어조의 유형은 기본적으로 다음의 일곱 가지가 될 것이다.

A. 화자−화제 관계 중심의 담화구조: 심리적 거리를 기준으로 함

(ㄱ) 몰입/ (ㄴ) 개입/ (ㄷ) 관찰/ (ㄹ) 배제(해체)

B. 화자−청자 관계 중심의 담화구조: 위계관계를 기준으로 함

(ㅁ) 화자 우위/ (ㅂ) 청자 우위/ (ㅅ) 화자·청자 등위

그리고 그 각각의 유형들은 표면에 드러나는 화자의 태도와 심층적인 태도가 일치하는가의 여부에 따라 다시 두 가지로 구별될 수 있다(시에서 나타날 수 있는 어조의 유형은 이처럼 모두 열네 가지가 되겠지만, 이는 이론상의 유형분류일 뿐 실제로 그 모든 유형들을 한국시가에서 다 찾아볼 수 있는 것은 아니다).

이렇게 분류되는 각 어조 유형들의 특징을 앞에서 살핀 바를 참고하여 출현의 계기·조건, 심리적 특질, 언어 표현, 출현사례 등의 면에서 정리해 보면 다음과 같다.

A. 화자−화제 관계 중심 시가의 어조 유형

(ㄱ) 몰입 유형

화자가 화제에 대하여 매우 가까운 심리적 거리를 취하는 경우에 출현한다.

시적 발화의 구조는 화자의 감정을 양식화하지 않고 직접 발화하는 형태(환호·탄식·절규 등)로 나타난다. 따라서 이와 같은 어조는 감상적이고 자아도취적인 것을 특징으로 한다.

텍스트에서 감탄사와 감탄형어미가 빈번하게 관찰되고, 통사구문의 도치나 생략이 나타나기도 하며, 어휘 면에서는 감정을 직접 표현하는 명사들이 자주 나타난다.

　이러한 어조는 고전시가에서는 드물고, 현대시의 경우에도 1920
년대 감상적 낭만파의 시에서나 찾아볼 수 있을 정도이다.

　그 이후로 몰입의 어조를 보이는 작품들은 표면적인 화자의 태
도와 심층적인 태도를 일부러 어긋나게 하여 화자나 화제를 풍자
하고 조롱하거나 비꼬는 효과를 노린 경우가 대부분이다(화제에 대
한 화자의 지나친 몰입은 독자가 참여할 여지를 차단하여 거부감을 주거나
위선적으로 받아들여질 가능성이 있기 때문이다).

　　(ㄴ) 개입 유형
　화자가 화제에 대해 감정적으로 연루되기는 하나, 약간의 거리
를 두는 경우에 출현한다.

　이러한 시적 발화는 감정의 직접적인 진술 대신에 다른 사물들
에 감정을 의탁하는 방식을 많이 취한다. 객관적 상관물이나 작품
전체를 아우르는 비유, 그리고 '선경후정'과 같은 구조가 자주 나타
나는데, 이러한 표현 및 구조는 이성적인 사고과정을 통해 정서를
재해석하는 것이기 때문이다.

　개입 유형은 화자가 화제에 대해 어떠한 방향으로 개입하는가에
따라 다시 두 가지로 나눌 수 있다. 동일한 화제를 다루더라도 화
제에 대한 경험을 중심으로 하여 사고를 진행하는 것과 관념을 중
심으로 하여 사고를 진행하는 것은 어조의 차이를 보인다.

　경험적 개입의 유형에서는 화제와 관련된 경험을 전달·표현하
면서 정서를 간접적으로 환기하는데, 감각적이고 구체적인 표현이
두드러지며, 회고적이고 술회적인 어조가 나타난다. 이와는 달리,
화제를 보편화·개념화하여 그 의미를 추구하는 관념적 개입의 유

형에서는 추상적인 관념어들과 통사적으로 완결된 평서형의 문장
이 사용되며, 사색적·명상적인 어조나 교훈적인 어조를 띤다.

　시에 정서적 체험을 표현하는 서정시가 많으므로, 이처럼 화제
에 개입하는 어조는 한국시가에서 가장 많이 나타날 수 있는 유형
이다.

　한편 현대시에서는 화제에 대한 화자의 표면적 태도와 심층적
태도를 일부러 어긋나게 하여 화자나 화제에 대한 조롱과 자조의
어조를 취하기도 한다.

　(ㄷ) 관찰 유형

　화자가 화제에 대해 정서적 관여를 하지 않고 화제의 외적인 상
태에만 주목하는 경우에 출현한다.

　이러한 시적 발화는 화제에 대한 감정은 물론, 가치판단을 최대
한 유보하고 눈앞에 보이는 사실과 사태만을 있는 그대로 보여주
는 사실 기록의 구조를 갖는다. 따라서 이와 같은 어조는 사무적이
며 객관적인 느낌을 불러일으킨다.

　텍스트에서는 화자의 태도에 대해 진술한 부분을 찾기 어려우며,
화제에 대한 관찰내용만이 진술되어 있다. 이때 화자의 정서는 직
접적으로 드러나 있지 않지만, 독자는 그 화제가 일반적으로 환기
하는 정서에 비추어서 화자의 태도를 간접적으로 유추할 수 있다.

　이러한 어조 유형이 고전시가에서는 가사 등 일부에서만 나타나
지만, 현대시에서는 드물지 않게 나타난다.

(ㄹ) 배제(해체) 유형

화자가 화제로부터 심리적인 거리를 극대화하는 경우에 출현한다.

이러한 유형에서는 초점이 화제의 객관적인 전모나 화자의 주관적인 느낌보다는 지각과 표현 자체에 맞추어져 있다. 화제가 무엇이며 그것이 화자에게서 어떠한 정서를 촉발하는가가 아니라, 어떻게 표현할 것인가가 중요하다. 따라서 이와 같은 어조는 비인간적인 느낌을 주며, 심한 경우는 난해해지기도 한다.

텍스트에서는 유사성이나 인과성이 파괴된 언어나 이미지들의 나열을 볼 수 있으며, 이들은 하나의 의미나 이미지로 수렴되는 것을 거부하고 파편화된 채 남아 있게 된다.

이러한 유형은 고전시가에서는 나타나지 않았으며, 현대시에서도 1950년대에 들어서 등장하기 시작했는데, 점점 더 그 비중이 높아지고 있다.

B. 화자-청자 관계 중심 시가의 어조 유형

(ㅁ) 화자 우위 유형

화자가 청자보다 우위에 있는 경우에 화자는 설득적·명령적·권계적인 어조를 보인다.

이 가운데서 화자가 사회적 지위 면에서 우위에 선 경우에는 그 어조가 보다 강압적인 양상을 띨 수 있고, 화자가 사상이나 앎·깨달음 등의 면에서 우위에 있는 경우에는 설득적이거나 권유적인 어조로 나타난다.

텍스트에서는 '해라체' 또는 '해체'의 명령형어미나 청유형어미를 자주 찾아볼 수 있다.

화자 우위 유형은 주로 상층계급 사람이나 지식인이 창작한 교훈시가와 계몽적인 작품 등에서 나타난다.

(ㅂ) 청자 우위 유형

청자가 화자보다 우위에 있는 경우에 화자는 기본적으로 공손한 어조를 보인다.

이 경우에서 청자가 초월적 존재라면 대체로 숭배·경외하거나 찬양하는 어조를 보이고(텍스트에서 격식체의 '하소서체'나 '합쇼체'가 주로 쓰이고, 상대존대나 주체겸양을 나타내는 어휘나 형태소들이 나타나기도 함), 심리적으로 가까운 존재라면 투정부리거나 원망하는 어조를 보일 수 있다(텍스트에서 앞에 든 언어적 특징 이외에 격식체의 '하오체'와 비격식체의 '해요체' 등이 쓰이기도 함). 특히 전자의 경우, 고전시가에서는 청자에 대한 직접적인 숭배·찬양의 어조가 우세한 반면, 현대시에서는 화자 자신의 신념을 다짐하는 고백적인 어조가 우세하다.

그런데 청자가 화자보다 우위에 있지만 양자가 갈등상황에 놓인 경우에, 화자의 태도는 이중적인 것이 된다. 이처럼 화자의 표면적 진술과 심층적 의도가 일치하지 않는 경우, 겉으로는 청자에게 공손한 것처럼 보이지만 실제로는 조롱하거나 비판하는 일종의 반어가 발생하기도 한다. 이러한 어조는 사설시조처럼 창작계층이 사회적으로 상층계급이 아닌 경우나 현대시에서 농민이나 노동자가 화자로 채택된 경우에 주로 나타난다.

(ㅅ) 화자·청자 등위 유형

화자와 청자 간에 위계관계가 설정되지 않거나 동료 또는 친구 사이로 설정되는 경우에, 화자는 기본적으로 자기성찰적인 어조를 보인다. 이는 화자가 청자에게 말을 건네는 형식을 빌려서 자기 자신에게 이야기하는 것과 다름없는 것이다. 따라서 이 경우에는 화자와 청자 간의 위계관계가 화자의 어조를 결정하는 주된 요인으로서 작용하지 않는다. 청자는 화자의 발화욕구를 불러일으키는 중심요소이기보다는, 화제에 대한 태도를 표현하기 위한 수사적 방편으로 등장하는 경향이 높다.

화자가 자기 자신을 포함하여 청자들에게 청유하거나 권고하는 이 유형의 어조는 화자 우위 유형의 어조와 유사하게 되기 쉽다.

텍스트에서는 '하오체'·'하게체'·'해라체'가 두루 쓰일 수 있는데, 현대시에서는 비격식체의 '해요체'·'해체'가 쓰이기도 한다.

이러한 어조 유형은 흔치 않으며, 주로 전래하는 노동요와 현대의 참여시들 등에서 나타난다.

한편 표면에 드러나는 화자의 태도가 심층적인 태도와 일치하지 않을 때는 그 어조가 자조적인 것이 된다.

4. 실제 연구에서의 적합성 검토

앞에서 수립된 어조 유형분류가 실제 한국시가의 어조 연구에 적합하고 유용한가의 여부를 개별 작품 및 작가 간의 어조 차이를 밝히는 경우와, 장르 또는 집단 간의 어조 차이를 밝히는 경우로 나누어서 검토해 보기로 한다. 앞의 경우는 현대시에서의 작품 및 작가를 비교하여 화자-화제 관계에 따른 어조 유형분류의 적합성을 살펴겠고, 뒤의 경우는 고려속요와 시조를 비교하여 화자-청자 관계에 따른 어조 유형분류의 적합성을 살펴보겠다.[35]

1) 개별 작품 및 작가의 어조

화자-화제 간의 관계에 따른 어조 유형들 가운데 개입 유형은 고전시가에서는 많이 나타났지만, 현대시에서는 1930년대 모더니즘 시의 출현 이후에 보편화되었다. 1920년대 감상적 낭만파의 시에 많이 나타났던 감정의 과다한 노출에 대한 반발로서 등장한 모더니즘 시에서는 이성적 사고를 통해 화제로부터 약간 거리를 두는 태도를 취하였다. 이에 이 두 유파는 어조에서 각각 몰입 유형과 개입 유형을 주로 취한다는 점에서 서로 뚜렷이 구별될 수 있을 것이다.

그런데 모더니즘 시 작품들이 거의 모두 개입의 태도를 취했다

---

35) '고려속요'는 그 범주 속에 형식과 성격을 달리하는 다양한 작품들이 함께 들어있어서 단일한 역사적 장르라고 하기 어렵지만(김흥규, 『한국문학의 이해』, 민음사, 1986, 41~44면 참조), 현전하는 작품들이 주제(남녀 간의 애정이나 그에 따른 이별의 애틋함을 담은 것이 주류를 이룸)와 그 표현방법 등의 면에서 공통성이 많다는 점에서(성호경, 『고려시대 시가 연구』, 태학사, 2006, 258면 참조), 이를 하나의 시가집단으로 묶어서 그 어조의 특징을 살펴볼 수 있을 것이다.

그리고 고려속요와 시조를 '화자-청자 관계 위주의 장르(또는 집단)'라고 할 수는 없으나, 그 시적 담화에서 그러한 관계가 중요한 기능을 하는 작품들이 하나의 부류(class)로 분류될 수 있을 만큼 많이 나타나므로, 이 둘을 비교대상으로 한다.

고 해서, 그 구체적 양상들까지도 모두 동일한 것은 아니다. 이에 개입의 다양한 양상들을 화자가 화제에 개입하는 방향에 따라 구분하여 살펴볼 필요가 있다.

1930년대 초반에 '바다'를 화제로 하는 시를 다수 지은 김기림과 정지용의 작품들을 비교해보면, 화자가 화제에 개입하는 방향에 따른 차이를 확인할 수 있다.

> 에머랄드의 정열을 녹이는 象牙의 해안은 해방된 魚族 해방된 제비들 해방된 마음들을 기르는 유리의 목장이다. / 法典을 무시하는 대범한 혈관들이 푸른 하늘의 캔버스에 그들의 宣言—분홍빛 꿈을 그린다.
>
> 하나—둘—셋/ 충혈된 白魚의 무리들은 어린 곡예사처럼 바다의 탄력성의 허리에 몸을 맡긴다. / 상아의 해안을 씻는 투명한 칠월의 거친 살갗. / 바람은 신선한 해초의 입김으로 짠 舞衣를 입고/ 부프러 오른 바다의 가슴을 차며 달린다.
>
> 【상아(象牙)의 해안(海岸) 일부】/ 김기림

> 바다는 뿔뿔이/ 달어 날랴고 했다.
> 푸른 도마뱀떼 같이/ 재재발렀다.
> 꼬리가 이루/ 잡히지 않았다.
> 흰 발톱에 찢긴/ 珊瑚보다 붉고 슬픈 생채기!
>
> 【바다 9 일부】/ 정지용

두 작품 모두 '바다'라는 화제에서 촉발된 정서를 직접적으로 토로하지 않고 비유법을 사용함으로써, 화제에 대해 얼마간 거리를 두고 있다. 일견 앞 작품의 '충혈된 백어(白魚)의 무리들'이나 '바다의 탄력성의 허리', '신선한 해초의 입김' 등과 같은 표현은 모더니즘적 형상화의 대표작으로 일컬어지는 뒤의 작품에 못지않게 생생한 감각을 담고 있는 것으로 여겨진다.

그러나 두 작품은 개입의 태도 면에서 차이를 보이는데, 전자가 관념적 개입 유형이라면 후자는 경험적 개입 유형이라고 할 수 있다.

앞 작품에서 보조관념(매체어)들은 '해방'·'선언'·'법전'·'탄력성'처럼 추상적이며 관념적인 범주에 들며, 모두 해방과 자유의 공간에 관한 것들이다. 이러한 비유는 화자가 '바다'라는 화제를 경험세계의 체험적 대상으로 다루기보다는 새로운 희망이라는 이념적 대상으로 다루고 있다는 증거이다. 이에 비해, 뒤의 작품에서는 〈바다 7〉·〈바다 8〉과 마찬가지로 바다를 직접 경험할 때만 취할 수 있는 구체적이며 생생한 비유들이 나타난다. 또한 〈해협(海峽)〉·〈풍랑몽(風浪蒙) 2〉에서도 서두에서는 화제에 대한 감각적인 묘사를 보이지만, 이어지는 뒷부분에서 화자의 정서를 펼쳐 보인다. 이에 정지용의 〈바다〉 연작에서는 바다가 화자의 경험 속에 선택된 화제이며, 화제를 구체적으로 묘사할 수 있을 만큼 화제에 대해 거리를 두고 있다고 할 수 있다.[36)]

---

36) 한편 경험적 개입 유형은 화자를 나타내는 표지가 텍스트에 얼마나 나타나는가에 따라 다시 구분될 수도 있을 것이다. 화자가 텍스트에 자주 등장할수록 화자의 존재가 더 생생하게 감지되고, 화제에 대한 화자의 거리도 더 가깝게 느껴지기 때문이다. 그리고 화자의 개입 정도가 약한 작품들의 어조는 경험적

이상에서 살펴본 바와 같이, 어조 유형분류는 화제에 대해 작품
마다 취하고 있는 각기 다른 심리적 거리를 구분함으로써 작품을
유형화하는 데 이바지할 수 있다. 뿐만 아니라, 그 거리들이 만들
어내는 화자의 태도를 구체적으로 구별하고 그 특징을 밝힘으로써
개별적인 시적 특징을 드러낼 수도 있다. 여기서는 화자-화제 관
계 중심의 어조 유형들 가운데서 개입의 유형을 보이는 작품 및 작
가들을 대상으로 공통점과 차이점을 살펴보았지만, 이는 몰입이나
관찰, 혹은 배제의 유형에 속하는 작품들에 대해서도 마찬가지로
적용할 수 있을 것이다. 그러므로 앞에서 수립한 어조 유형분류가
개별 작품 및 작가들 간의 차이를 밝혀내고 또 구체적인 특징을 드
러냄에 적지 않게 이바지할 수 있다고 할 것이다.

2) 장르 또는 집단의 어조

고려속요와 시조에서 화자-청자 관계가 중요한 기능을 하는 작
품들을 중심으로 하여 화자의 태도가 작품에 어떻게 실현되는지를
비교함으로써 양자 간의 어조 표현의 차이를 밝히고, 그 변별되는
어조 표현 양상이 그 장르(또는 집단)들이 지니는 한 유형적 특징일
수 있는지의 여부를 살펴보겠다.

개입 유형에 속하면서도 관념적인 방향에 조금 더 가까운 양상을 보일 수 있
다. 둘 다 산책자(散策者) 화자를 등장시킨 김광균과 정지용의 작품들을 비교
해보면 이러한 차이를 확인할 수 있다. 1930년대 후반에 주로 도시 산책자 화
자를 등장시킨 김광균의 작품들(〈가로수〉 등)에서는 화자가 빈번하게 텍스트
에 등장하고 있음에 비해, '백록담(白鹿潭)'·'장수산(長壽山)' 같은 자연공간의
산책자를 등장시킨 정지용의 작품들에서는 화자의 존재가 최대한 감추어지고
있다.

고려속요와 시조는 감탄어·호칭어 등의 어휘와 종결어미, 그리고 통사적 호응관계 등의 사용에서 뚜렷한 차이를 보인다.

고려속요 작품들에서는 '아소'·'아으'·'위' 등의 감탄사를 다양한 위치에서 자주 써서 감정을 크게 고조시키거나 고조된 분위기가 지속되게 하며, 종결어미나 전체 시상과 연결되어 청자에 대한 기원과 호소의 어조를 효과적으로 드러냄에 기여한다.

특히 '아소 님하'는 고려속요 종결부의 한 유형적 특징을 이루는 것인데(〈정과정〉, 〈이상곡〉, 〈사모곡〉, 〈만전춘별사〉 등), '아소'(마십시오)와 '님하'(님이시여)는 모두 영탄 속에서 청자(상대)에 대한 공경의 어조가 깔려 있다. 이러한 감탄사가 상대존대의 종결어미('-쇼셔', '-이이다' 등 극존대의 '하소서체' 또는 아주높임의 '합쇼체')와 호응하여 화자와 청자 간의 위계관계를 뚜렷이 드러낸다. 더욱이 그 가운데는 화자의 기원과 호소를 나타내는 경우가 많은데, 그 청자는 사모하는 님이거나 초월적 존재('달', '처용' 등)이다.

이처럼 고려속요에서는 감탄어와 종결어미가 청자 우위의 태도를 드러내기 위해 유기적으로 사용되며, 청자 우위 유형에 가까운 어조 표현을 보이는 작품들이 적지 않다.

이에 비해, 시조에서는 화자 우위 유형에 가까운 어조 표현을 보이는 작품들이 많다.

그 종결어미에서는 상대존대가 드물고 명령하거나 권유하는 방식을 보이는 사례가 적지 않은데, 이를 통해 화자는 사회적인 면이나 인식적인 면에서 청자보다 우위에 선 태도를 드러낸다.[37]

---

37) 시조 작품에서 가장 많이 나타나는 '(-ㄴ가/-ㄹ까) ᄒᆞ노라' 등에서 판단을 명

그리고 감탄사나 그 비슷한 구실을 하는 말(문장수식부사 등)에서도 화자와 청자 간의 위계관계를 드러내는 것들이 적지 않다. '두어라'·'너희는'··'엇더타'·'하물며' 등으로 시작하는 표현은 화자가 불특정한 청자들을 대상으로 하여 권위 있게 훈계하거나 선언하는 말투로서, 스스로의 도덕적 정당성이나 지적인 우위를 드러내는 것이다.

시조의 제3행(종장)의 첫머리에 자주 등장하는 '아희야' 등도 감탄사 등과 유사한 구실을 하는데, 그 부름 자체가 청자에 대한 화자의 우위를 나타낸다. 게다가 이는 화자가 '아희' 등과 대면하여 직접 말을 건넴을 목적으로 하기보다는, 불특정한 허구적 청자를 끌어들여 화자의 주관적인 정서나 판단을 객관화하려는 것이다. 곧 시적 담화가 화자만의 독백 상황이 될 것을 '아희' 등을 끌어들여 화자-청자 간 대화 상황으로 전환하고 그 위계관계를 화자 우위로 설정하여 말하는 방식인데, 이러한 방식은 화자가 근엄하게 격식을 차리면서 그의 정서나 판단을 청자가 공감하거나 받아들이도록 표현·전달하기에 적합할 것이다.

　　頭流山 兩端水를 녜 듯고 이제 보니/ 桃花 쁜 묽은 믈에 山影조
　　ᄎ 잠겻셰라/ 아희야 武陵이 어듸미오 나는 옌가 ᄒ노라

　　　　　　　　　　　　　　　　　　　　　　　　【조식(曹植)】

이처럼 시조에서의 감탄사 구실을 하는 시어들과 종결어미들은

확히 하지 않고 다소 애매한 추측의 수준으로 나타냄으로써 청자에 대해 여유 있는 태도를 보이는 것도 화자 우위의 태도를 드러내는 것이라고 할 수 있다.

담화상황을 화자 우위로 설정함으로써, 公的이거나 권위 있는 화자로 느껴지게 하면서 청자에 대한 설득과 권계를 꾀하거나 또는 화자의 정서나 판단을 효과적으로 표현·전달함에 기여하고 있다.

이상과 같이, 화자-청자 관계가 시적 담화에서 중요한 기능을 하는 작품들을 중심으로 하여 고려속요와 시조를 비교해 보면, 고려속요 작품들이 주로 청자 우위 유형에 가까운 어조 표현을 보임에 비해, 시조 작품들에서는 대체로 화자 우위 유형에 가까운 어조 표현을 보이는 것으로 나타난다.

이러한 양자 간의 어조 표현의 차이는 담당층과 창작 및 향수 상황의 차이38)와 관련되면서, 시조와 고려속요 간의 문학적 성격의 차이를 드러내거나 그 장르(또는 집단)들의 특성을 이해할 수 있게 하는 주요 징표의 하나일 수 있다. 그러므로 앞에서 수립한 청자와의 관계에 따른 어조 유형분류는 장르론적 연구에도 도움이 될 수 있다고 할 것이다.

5. 결론

이상에서 우리는 고전시가와 현대시를 아우르는 한국시가 대다수에 보편적으로 적용될 수 있는 체계적인 어조 유형분류를 시도하고, 그 각 유형들의 특징을 살펴보았으며, 그러한 유형분류가 실

---

38) 고려속요는 궁중악의 일부로서 왕과 그 측근들을 주된 독자(수용자)로 하여 창작·향수된 작품이 많은 데 비해, 시조는 사적인 자리에서 양반 사대부들이나 中人들이 그들의 개인적인 시상(사상·정서)을 표현하여 창작·향수한 작품들이 대다수이다.

제 연구에 적합하고 유용할 수 있음을 부분적으로나마 확인하였
다. 이를 간략히 요약하면 다음과 같다.

어조의 유형은 어조가 '화제와 청자, 그리고 그 자신에 대한 화
자의 태도'를 의미한다는 기본개념에 의거하여 분류되어야 한다.
그런데 어조를 결정하는 요소는 시 작품의 담화구조에서의 지배소
가 무엇인가에 따라 달라진다. 그러므로 어조 유형은 화제가 지배
소인 작품들에서는 화제에 대한 화자의 심리적 거리를 기준으로
하고, 청자가 지배소인 작품들에서는 화자와 청자 간의 위계관계
를 기준으로 하여 분류되는 것이 적절하다. 한편 지배소가 무엇이
든 간에 화자는 그 자신에 대해 항상 어떠한 태도를 취하기 때문
에, 화자 자신에 대한 태도가 앞의 두 경우 모두에서 고려되어야
한다.

화제가 지배소인 작품들의 경우, 어조는 화제에 대한 화자의 심
리적 거리가 매우 가까운 것에서부터 매우 먼 것에 이르기까지 몰
입 유형, 개입 유형, 관찰 유형, 배제(또는 해체) 유형의 네 가지로
분류될 수 있다. 그리고 가장 많은 작품들이 속하는 개입 유형은
다시 경험적 개입 유형과 관념적 개입 유형으로 구분될 수 있다.

청자가 지배소인 작품들의 경우, 어조는 화자 우위 유형, 청자
우위 유형, 화자·청자 등위 유형의 세 가지로 분류될 수 있다.

이 모든 경우들에서 화자는 자신의 태도를 부정하거나 회의할
수도 있는데, 이때 어조는 반어적이거나 자조적인 것이 된다.

이러한 어조 유형분류는 한국시가의 개별 작품과 시인, 그리고
장르 또는 집단의 특징을 밝혀냄에 객관적인 기준으로 활용될 수
있을 뿐만 아니라, 그것들 간의 관계를 구명하는 연구에도 적지 않

게 이바지할 수 있을 것으로 여겨진다.

그런데 시론적인 연구이기에, 이 어조 유형분류에는 불충분한 점들이 적지 않을 것이다. 특히 시 작품의 담화구조가 화자-화제 중심 구조인지 '화자-청자 중심 구조인지를 판단하는 기준이 실제 적용에서는 명쾌하지 못하여, 그 판별에서 논란의 여지를 다소간 남기게 되었다. 그리고 다수의 작품들이 몰려 있는 개입 유형을 다시 경험적 개입 유형과 관념적 개입 유형으로 구분하였지만, 그 하위유형들은 좀 더 세분될 필요가 있을 터인데, 이 연구는 이를 자세히 살핌에까지는 이르지 못하고 말았다. 또 한국시가의 모든 장르 및 작품들을 두루 살피지 못하였기에 각 어조 유형들의 출현사례를 바르게 파악하지 못한 점도 있을 수 있다. 이 밖에도 문제점들이 없지 않을 것인데, 앞으로 좀 더 진전된 연구가 이루어져서 그 문제점들을 보완해야 할 것이다.

그리고 이 연구의 결과와 이를 보완·개선하는 연구의 성과를 기반으로 해서, 한국시가의 어조의 제 양상과 그 특징을 정치하게 파악하여, 이와 관련되는 표현상의 제반 양상들에 대하여 체계적으로 살필 수 있도록 해야 할 것이다. 또한 어조와 긴밀히 관련되는 정서에 대한 체계적인 연구로도 나아갈 필요가 있다.

고시가의 주제적 양식에 대한 검토

1. 서론

　이제까지의 우리 시가 연구의 수많은 업적들은 주로 작품의 서정성을 밝히고 드러내는 데에 더 역점을 두어 온 것으로 보인다. 이는 시가라는 것의 본령이 워낙 서정성에 기반을 두고 있기 때문인 것으로 이해할 수 있다. 그러나 서정성만으로 우리 시가 전체의 온전한 성격을 드러낼 수는 없다.

　정감성과 교훈성[1], 서정과 교술[2], 자설(自說)과 타설(他說)[3]과 같은 양식적 분류의 시각으로 작품 및 작품들의 추상적 특성을 보려한 것은, 총체성 속에서의 특수성을 기술하고자 한 인식의 자연스런 산물이며 문예학 일반의 태도이기도 하다. 여기서 총체성이라 함은 시가라는 전체 장르의 범주을 서정으로 파악하는 것이고, 특수성이란 작품을 통한 개별적 실현의 다양한 모습들이라 할 수 있을 것이다. 이때에도 역시 이른바 '서정적 서정'이 시가장르 본연

---

　1) 김열규, 「韓國詩歌의 抒情의 몇 局面」, 『동양학』 2집, 단국대 동양학연구소, 1972.
　2) 조동일, 「판소리의 장르 規定」, 『어문논집』 제1집, 계명대 국문학과, 1969.
　3) 박철희, 「시조의 구조와 그 배경」, 『영남대 논문집』 제7집, 1974.

의 특성이 될 것이다. 그러나 그럼에도 불구하고 우리 시가사(詩歌史)의 실상에 있어서, 그 나머지의 부분이 차지하고 있는 양식들을 단순히 장르의 다양성에 기여하는 부수적이고 주변적인 요소라고 치부해 버리기에는 너무 뚜렷한 흐름이 있음을 부인하기 어렵다. 이것은 특히 '교훈성'·'교술'·'타설'과 같은 속성적 명칭으로 대변되는 일련의 '주제적 양식'을 두고 이르는 말이다.

우리 시가사(詩歌史)에 있어서 주제적 양식의 작품들은 작품의 출현 빈도가 매우 높을 뿐 아니라, 개별 장르들 전체에서 지속되는 모습을 보여준다. 그러므로 이 양식의 작품들이 차지하고 있는 당대 사회적 기능과 의미도 클 것으로 생각된다. 이러한 주제적 양식에 주목하는 것은, 개인의 개성 발로와 대조되는 시대적 당위의 추구라는 노래의 목적에서, 시적 발상과 그를 통한 작품 생산의 작가적 방법이라는 측면에서 그리고 담당층의 사회관 및 세계관의 반영이라는 측면에서, 하나의 전체 장르가 지닌 다양성을 볼 수 있게 하리라 생각되기 때문이다.

본고는 위와 같은 관점에서 우리 시가사(詩歌史)에서 지속되는 주제적 양식의 중요성을 상기시키고자 하며, 특히 담화적 전달방식과 노래의 목적(이것은 서정적 양식이 추구하는 것과는 변별되는 화자와 세계와의 동일화 방식이 될 것인데)이라는 측면에서 우리 시가사(詩歌史)에서의 주제적 양식의 대강을 검토해 보고자 한다.

2. 시적 담화의 전달방식의 특성과 주제적 양식

1) 전달방식을 통한 시적 담화의 두 양식

시 텍스트를 하나의 담화로 파악한다는 것은 시 텍스트를 화자와 청자 간의 의사소통이란 측면에서 파악코자 하는 것이다. 이때 시 텍스트가 어떤 특징적 전달경로를 가지느냐 혹은 어떤 전달방식의 체계를 따르느냐에 따라, 시적 담화는 서로 상이한 두 가지의 양식적 특성으로 변별될 수 있다.

정보의 전달방식의 차이에 의해서 의사소통은 '나-남 체계' I-He/She communication와 '나-나 체계' I-I communication라는 두 가지 모델로 구축될 수 있다.[4] '나-남 체계'는 화자가 동일한 코드를 공유하고 있는 타자인 청자에게로 정보를 전달하는 경우이다. 이 경우 주어진 정보의 내용은 변화가 없으며 화자나 청자가 가지고 있는 정보량은 거의 비슷하다고 할 수 있다. '나-나 체계'는 새로운 코드의 도입에 의해 변형되고 증가된 정보가 전달되는 경우이다. 이 경우 청자는 화자와 동일하며, 화자인 나와 나 자신 간의 내적인 발화가 이루어진다. 전자가 타인을 향하여 자신의 입장을 표명하는 공개적인 발화의 양식으로서의 일상적인 의사소

---

4) 전달방식의 차이에 따른 두 가지 의사소통의 체계에 대한 논의는 로트만의 소론을 따랐다. 로트만의 두 가지 커뮤니케이션 모델에 대한 논의는 다음을 참고 하였다.

Y. M. Lotman, *Universe Of The Mind*, trans. A. Shukman, Indiana Univ. Press., 1990.의 part 1.; Y. M. Lotman, "Primary & Secondary Communication-Modeling Systems", "Two Models Of Communication", *Soviet Semiotics*, trans.& ed. Daniel P. Lucid, The Johns Hopkins Univ. Press, 1977.; 송효섭, 『문화기호학: 대우학술총서 인문사회과학92』, 민음사, 1997, 3장.

통의 방식이라면, 후자는 화자인 내가 자신과의 내적 대화를 나누는 사적이고 독백적인 발화 양식으로서의 특수한 소통의 방식이라 할 수 있다. 일상적인 의사소통 행위는 전자인 '나-남 체계'를 통해서 이루어지고, 문학적 의사소통 행위는 후자인 '나-나 체계'를 통해서 이루어진다고 볼 수 있다. 그런 측면에서 시적(詩的) 소통행위도 '나-나 체계'에 근본적으로 기대어 있는 것이다.

그러나 실제 시 텍스트를 하나의 소통행위로 파악하고 보면, 개별적인 시 텍스트들 속에서도 단일한 하나의 소통체계만이 존재하는 것이 아니라 '나-나 체계'와 '나-남 체계'가 공존하고 있음을 알 수 있다. 원론적인 의미에서, 문학적 혹은 시적 담화양식은 일상언어의 소통체계인 '나-남 체계'와는 달리 '나-나 체계'의 모델로 구성되는 것이라고 상대적으로 통털어 말할 수 있지만, '나-나 체계'인 시 텍스트의 개별적인 소통양상에 있어서는 다시 양자의 측면이 동시에 작용하고 있는 것이다. 이것은 서정장르 아래에 다시 그 양식적 특성으로, '서정적'·'서사적'·'극적'·'교훈적' 등과 같은 하위분류가 가능한 것과 같은 맥락이다. 그래서,

그러나 일반 원리로서의 시와 실제 시 텍스트와는 차이가 있다. 실제 시 텍스트를 '나-나 체계'로만 파악하는 것은 과노하게 단순화한 것이다. 실제의 시 텍스트에서는 이 두 체계가 동시에 작용한다.[5]

라는 로트만의 언급은, 실제 시 텍스트에 있어서, 이런 측면-즉 거

---

5) Y. M. Lotman, op. cit. p.29.

시적으로는 '나-나 체계'가 전제되는 것이지만, 다시 그 안에 '나-나', '나-남'의 두 가지 다른 체계의 상호작용이 있음-을 지적하고 있는 것이다. 따라서 본고는 시적 담화가 근본적으로는 '나-나 체계'에 놓여있음을 전제로 하지만, 그 '나-나 체계'를 구성하는 두 가지의 하위 체계가 있음에 주목하고자 한다. 그리고 이 두 체계는 하나의 시 텍스트 안에서 상호 배타적으로 존재하는 것이 아니라, 어느 한 체계가 다른 한 체계보다 강화되어 지배적 요소로 기능하게 되는 것으로 파악하여 본 논의를 진행하고자 한다.

시적 담화가 '나-나' 소통모델의 방식을 주도적으로 하여 전달될 때 언어의 감정표시적 기능과 시적 기능이 강화된다. 이와는 달리 '나-남' 소통모델의 방식을 주도적으로 하여 전달될 때에는 언어의 지시적 기능과 능동적 기능이 강화된다.[6] 그러나 하나의 시 텍스트가 내적 발화를 통하여 언어의 감정표시적 기능과 시적 기능이 강화되어 형상화되었다 하더라도, 그것은 어디까지나 외적 발화의 기반 위에서 구축된 것이다. 또한 시 텍스트가 타인에게 영향을 주고자 하는 목적으로 작가의 신념이나 의지의 실현에 초점 지워져서 외적 발화를 통해 언어의 지시적, 능동적 기능이 강화된 경우이더라도, 그것이 하나의 시라는 형식을 전제하고 있는 이상 언어의 시적 기능에 힘입어 형상화되는 것이다. 시 텍스트의 생산은 이 양자의 측면 모두에서 가능하다. 즉 "시 텍스트는 '나-나 체계'와 '나-남 체계'를 오고가는 시계의 진자와 같"은[7] 것으로, 시

---

6) Roman Jakobson, "Linguistics and Poetics", *Style in Language*, T. A. Sebeok ed. The M.I.T. Press, 1960, pp.353-357.

7) Y. M. Lotman, op. cit. pp.32-33.

텍스트는 '나-나 체계'에 의해서도 만들어지고 역으로 '나-남'의
체계에 의해서도 만들어진다. 하나의 시 텍스트 안에서, 전자의 성
향이 두드러질 때는 서정적 양식에 보다 가까울 것이고 후자의 성
향이 두드러질 때에는 주제적 양식에 보다 가까울 것이다. 그래서
개별 작품군들은 '나-나 체계'를 통해 전달된 의미가 우세하느냐
혹은 '나-남 체계'가 우세하느냐에 따라 두 가지의 유형화가 가능
할 것이다.

　　본고는 고전시가 텍스트의 소통상황에 있어서 시적 담화의 전달
방식을 중심으로 하여 대별할 수 있는 '주제적' 및 '서정적'이라는
두 가지 양식 중, 주제적 양식을 중심으로 논의를 전개하도록 하
겠다.

2) 주제적 양식의 담화적 전제

　　이상의 관점에서 볼 때, 시인에 의한 비전의 직접적 제시는 바로
문학의 주제적 양식에 상응하는 것으로 이해할 수 있다. 주제적 담
화양식을 통한 극단적인 주석적 제시의 양식의 경우는 헤르나디의
좌표적 장르 설정[8]에서 금언이나 속담과 같은 것들이 될 것이다.
주석적 제시의 성격을 가지고 있는 주제적 양식은 모든 사람에게
진리로 여겨질 수 있는 보편 타당한 비전을 제시하므로, 화자의 목
소리-대개 작가의 권위적 목소리-는 객관성과 교훈성을 띠는 경
우가 많다.[9] 이에 비해 서정적 양식에서는 어떤 진실이나 비전을

---

8) Paul Hernadi, *Beyond Genre; New Directions in Literary Classification*,
　　Ithaca and London: Cornell Univ. Press, 1972, pp.156-170.

사적인 것으로 수용, 표현한다. 주제적 양식에서는 보편적 내용을
강조하며, 그것이 사적인 전달행위로 화하지 않는 범위 내에서 설
명하기telling의 방법으로 작가의 목소리를 드러내는 것이다.[10] 즉
경구(警句)와 마찬가지로 발화자의 사적인 목소리는 드러내지 않은
채 권위적인 목소리로 보편적인 내용을 제시하는 것이 주제적 양
식의 기본적인 모습이라 할 수 있다.

주제적 양식에서는 실제 화자와 실제 청자의 직접적인 관계가
강력히 전제된다. 주제적 양식은 보편 진리나 당위를 수사미(修辭
美)로써 전달코자 하는 목적이 있으므로, 작품 구조 밖에 더 관심
을 둔다. 이 경우, 화자는 공공(公共)의 목소리를 대변하는 구실을
하게 되는 경우가 많으며, 그 목소리는 권위적이고 설득적인 남성
적 목소리로 나타난다. 그리고 자기 표출의 방식이란 측면에서 또
시세계에 반영된 시정신의 측면에서 볼 때, '타설적[11]'이다. 이렇
게 주제적 양식은 수사적 구조에 의한 윤리적 내용의 설득적·선언
적 전달에 놓여 있으므로, 화자와 세계는 해결과 화해를 지향하는
것으로 나타나며 환유적으로 파악된다.

주제적 담화양식에서는 화자와 실제 청자와의 직접적인 관계 설
정이 초점화되어 나타난다. 일반적인 시적 담화가 〈실제 화자−함
축적 화자−함축적 청자−실제 청자〉의 관계 속에서 이루어진다고

---

9) 서정시는 그 본질에 있어서 자기 표현의 제시 양식이다. 따라서 주제적 담화
   양식을 취하는 경우에 있어서도 장르적 기본 범주는 서정이기 때문에, 시적 자
   아인 화자가 드러나는 경우가 많다.
10) 신은경, 『사설시조의 시학적 연구』, 개문사, 1995, 203면.
11) 박철희, 『韓國詩史硏究』, 일조각, 1980, 10-11면.

보았을 때12), 주제적 양식에서는 시 텍스트 내의 〈함축적 화자-함축적 청자〉의 관계보다는 〈실제 화자-실제 청자〉의 관계에 더욱 큰 비중을 두고 있다.

시인이 발신자라면 수신자는 실제 청자라 할 수 있다. 주제적 양식의 담화적 상황에서는 발신자가 제시한 정보내용과 수신자가 수용한 정보내용이 거의 같다. 그래서 시 텍스트가 담고 있는 정보 내용은 수신자에 의해 다양하게 해석될 여지는 거의 없고 다만 정보의 내용이 폐쇄적이고 일의적(一意的)인 형태로 수신자에게 일방적으로 '전달'된다. 자연히 이러한 시 텍스트는 암시성과 함축성이 적으며, 수신자가 읽어내야 할 정보의 양은 전달된 메시지 그 자체에서 크게 벗어나지 못하기 때문에, 정보성은 줄어들게 된다.13) 정보성이 적다는 것은 그만큼 직접적인 의미 전달에 강조점이 주어져 있는 것이라고 볼 수 있다. 발신자와 수신자간의 이러한 직접적인 전달관계는 서정적 양식이 취하는 전달의 양상과 가장 큰 차이점이다.

시를 하나의 담화로 이해하고자 할 때, 화자와 이 화자의 목소리에 대해 살펴보는 일은 필연적인 것이다.14) 주제적 양식에서의 화자는 개별적이고 개성적인 '나'로서의 화자가 아니라, 공동사회의 한 구성원으로서의 성격이 부각된다. 따라서 이런 화자의 목소리

---

12) 화-청자간의 담화적 소통상황에 대한 것은, S. Chatman, *Story And Discourse*, Cornell Univ. Press, 1978, p.151.의 도식을 참조하였음.
13) Beaugrande & Dresser, *Introduction to Text Linguistics*, Longman, 1981, pp.139-160.
14) 김준오, 『詩論』, 三知院, 1991, 172면.

에는 사회적인 규범에 대한 인식이 반영된다.[15] 그런 측면에서, 주제적 양식에서의 화자는 사회의 대변인으로서의 시인의 목소리를 드러낸다고 할 수 있다. 이때 시인은, 그를 둘러싼 세계와의 관계에서 생긴 갈등을 사적으로 수용하여 자기표현적 목소리로 고양된 감정을 새롭게 설정한 시세계 속에서 응축시켜 드러내 보이는, 개성적 개인으로서의 시인이라기 보다는 자기가 살고 있는 사회의 대변자가 되는 데 열중하는 시인이다.

> 시인은 별도의 사회를 상대로 이야기하는 것이 아니므로, 사회에 잠재하는 또는 사회에 필요한 시적 지식과 표현력이 시인을 통해서 명확하게 되기 때문에, 사회의 대변자라고 말할 수 있는 것이다. 이러한 태도가 가장 넓은 의미에서 교육적인 시를 만들어 낸다.[16]

또, 무카좁스키가 시인과 사회의 관계양상을,

> 시인은 다른 환경과 대비되는 어떤 특정한 환경의 해설자로, 이 환경의 해설자나 옹호자가 될 수 있다. 또한 시인은 작품을 통해서 그가 창조해 내거나 환경의 이름으로 창조해 내는 그런 환경의식을 불러일으키려고 활동할 수도 있다.[17]

고 말할 때, 이 말들은 시인이 작품을 통해 자기가 속한 사회의 사

---

15) N. Frye, 임철규 옮김, 『비평의 해부』, 한길사, 1982, 416면.
16) N. Frye, 같은 책, 81-82면.
17) Jan Mukarovsky, *The Poet*, 박인기 옮김, 「시인이란 무엇인가」, 『현대시의 이론』, 지식산업사, 1989, 36-38면.

회적 관습·윤리·이데올로기 등을 드러내는 대표자로서 기능하는 점을 말한 것이다. 이러한 관점에서, 화자가 대상의 존재나 의미를 사적으로 파악하여 드러나게 되는 경우를 서정적 양식이라 한다면, 시의 화자가 사회와의 관계를 통해서 파악될 때의 경우를 주제적 양식이라 할 수 있다. 이와 같은 의미에서 교훈적이고 설득적인 목소리를 지닌 화자의 부름을 통해 형상화된 시에 있어서는, 시인의 사회적인 역할이 중요해 진다. 그 사회적 역할이란, 시인 스스로가 한 구성원을 이루고 있는 특정 사회의 환경에 조응되는 보편타당한 진리의 내용을 시 형식에 담아, 일의적(一意的)으로 또 직접적으로 제시하는 것이다.

다음에는 이러한 주제적 양식이 구체적으로 실현되는 양상을, 상고시가부터 시조에 걸쳐서 살펴보기로 하겠다.

3. 주제적 양식의 고시가 검토

1) 상고시가의 경우

龜何龜何
首其現也
若不現也
燔灼而喫也

〈구지가〉는 제의적·신화적 맥락에서 수용되어야 하는 노래이다. 그것은 「가락국기」가 가락국의 신화를 말하고 있는 것이며, 그래서 신과 인간과의 관계가 전제되어 있다는 점 때문이다. 게다가 삼월 계욕지일(三月 禊浴之日)이라는 종교적인 정화행위가 치러지는 시간과, 재생의 봄의 대지이면서 신탁(神託)의 자리이기도 한 구지봉(龜旨峰)이라는 공간은, 이 노래와 더불어 있는 신화적이고도 제의적인 배경이 되고 있다. 신성시간과 신성공간의 제천의식에서 그 제의의 핵심적 부분을 담당하고 있는 것이 이 〈구지가〉이며, 노래의 목적은 신군(神君)으로서의 왕을 맞이하는 영군(迎君)이다. 그 영군(迎君)을 이뤄줄 존재는 신이다. 따라서 가락국인들이 신에게 신탁을 받아서 영군(迎君)을 기원하는 노래가 〈구지가〉라고 할 수 있다. 그러므로 이 노래에는 가락국사람들인 화자와, 노래를 통한 기원을 들어줄 신으로서의 실제 청자라는 화—청자의 관계가 전제되어 있다. 산문전승이 보여주는 이러한 사실 때문에 이 노래의 의미는 다양한 해석가능성이 있을 수 있는 개방적인 담화체가 아니라, 폐쇄적인 담화체로서 이해될 수밖에 없다. 이 노래의 의미의 폐쇄성은 이러한 담화적 전제에서 기인하는 것이다.

〈구지가〉의 화자는 개성적인 '나'로서의 화자가 아니라 공동체의 구성원들(구간(九干)과 같이 모인 이삼백의 무리들)로서의 화자이다. 그래서 가락국 사람들의 당면한 문제에 대한 공동체적 인식이 반영되어 있는 화자가, 그 문제를 해결할 수 있는 신에게 보내는 메시지(사적인 전달행위로 화하지 않은 채)가 〈구지가〉라고 해도 좋을 것이다. 노랫말은 시인 즉 가락국 사람들이라는 실제 화자에 의해, 비전이 직접적으로 제시된 형태[18]라 할 수 있다. 따라서 〈구지

---

18) 이 비젼의 제시가 시텍스트 내에서 거북이라는 대상과의 관계를 통해 이루어

가〉의 담화양상은 실제 화자로서의 시인과 실제 청자로서의 신과
의 '직접적인 관계'가 강력히 전제되어 있다고 할 수 있다.

　이렇게 볼 때, 〈구지가〉는 담화적 전달의 양상이나, 노래의 목적
이라는 측면에서 주제적 양식의 특징을 보여주는 최초의 작품이라
할 수 있다.

2) 향가의 경우

　향가에서 주제적 담화양식을 보여주는 작품으로는 〈도솔가〉·
〈혜성가〉·〈풍요〉·〈원왕생가〉·〈안민가〉·〈보현시원가〉 등을 들
수 있다.

　가사부전(歌詞不傳)의 〈도솔가〉를 민속환강의 내용을 지닌 일종
의 치리가(治理歌)로 볼 수 있는 것처럼, 월명사의 〈도솔가〉도 국태
민안(國泰民安)을 추구하는 구체적 기능을 수행하는 노래로 볼 수
있으므로, 역시 치리가(治理歌)의 맥락으로 파악된다. 왕이 청양루
(靑陽樓)에 가행(駕行)하여 연승(緣僧)을 맞이하고자 한 까닭도, 또
월명사가 〈도솔가〉를 지어서 부른 까닭도 모두가 일괴(日怪)를 '다

져 있다. 그러나 이때 거북은 신격의 등가물이거나 '유사주술(거북의 머리가
나오듯이 수로왕도 나오게 되리라는)'의 대상으로서 이해되는 것이다. 이러한
형상화가 일상 언어적 화법 그대로가 아니며 일정한 잉여적 코드를 지니고 있
음은 분명하다. 그러나 그럼에도 불구하고 〈구지가〉의 언어가 사적인 전달행
위로 화하여 있다거나 노래의 해석에서 언어조직의 잉여적 코드가 더 중요한
구실을 한다고 볼 수는 없다. 하나의 시적 담화는 언제나 일상언어(나-남 소통
체계)와 시적언어(나-나 소통체계)의 동시적 교류와 갈등으로서 파악될 수 있
는 것이고, 그런 전제 하에서 〈구지가〉는 일상 언어적 소통체계가 가지는 외적
발화의 성격에 보다 더 강음부가 주어져 있는 것이라고 할 수 있다.

스려서' 안정을 되찾고자 한 것이니 성격상 실용성을 지닌 것이다. 따라서 노래의 의미와 화자의 성격은 사회와의 관계를 통해서 파악된다.

> 오늘 이에 散花 블어
> 샌술본 고자 너는
> 고돈 모슨미 命ㅅ 브리옵디
> 彌勒座主 뫼셔롸   / 양주동 해독

　이 노래에서 '곶'을 부르는 행위는 개인적이고 사적이며, 구체적인 정황이나 감정의 순간을 환기하는 것이 아니다. 그것은 공공의 목적을 실현하기 위한 것이며, 노래의 의미는 개인적이 아니라 집단적 차원에서 이해되어야 할 성질의 것이다. 그리고 그런 공공의 목적 실현에 대한 강력한 요구의 발화이다. 따라서, 이 노래의 의미는 화자와 대상과의 관계에 초점이 있다기보다는, 시의 작자와 현실 세계와의 관계에 초점이 있다고 할 수 있다.

　〈도솔가〉를 시적 표현의 측면에서 본다면, 그것은 일반적인 시가 취하는 것과는 매우 거리가 먼, 일상 담화와 비슷한 모습을 보인다. 형식적 정제미나 운율도 거의 찾아볼 수 없고 순간적 정조를 포착하고 있는 것도 아니다. 내적 독백이 아니라 일방적 명령이며 선언이다. 시적 화자가 스스로에게 하는 다짐이나 독백이 아니라, 주어진 노래의 가사 내용이 실제 현실에 그대로 미쳐지기를 바란다. 따라서 〈도솔가〉의 노랫말이 담고 있는 의미는 의미의 재생산이 가능한 개방적인 것이 아니라 일의적(一意的)인 의미를 전달하

기 위한 폐쇄적인 것이다. 그리고 이러한 의미를 작품 외부적 현실로 치환 성취시키기 위한 전달행위이다. 노래를 둘러싸고 있는 정황이 이러하므로, 〈도솔가〉가 지니는 담화적 상황은 작품 내적인 관계보다는 작품 외적인 관계가 더욱 중요하게 작용하고 있는 것으로 볼 수 있다. 이러한 〈도솔가〉에서 '고자 너는'이라고 대상을 부르는 화자의 목소리는 권위적이고 설득적 목소리로 파악된다.

〈도솔가〉에서 화자는 돈호법으로 대상인 꽃을 부르고 그 꽃에게 명령법을 가하고 있다. 그러나 그 꽃이 이 시 텍스트에서 지향하는 바의 실제적인 청자는 아니다. 꽃을 불러 그 꽃으로 하여금 미륵의 불력(佛力)에 미쳐지게 하여서 화자의 주관적 의지를 이루려고 하는 것이다. 따라서 이 작품의 실제적인 청자는 미륵좌주(彌勒座主)로 보아야 할 것이다. 미륵좌주(彌勒座主)의 힘을 통해 일괴(日怪)를 발양(祓禳)하고 또 당대의 정치적 문제를 해결하고자 하는 미륵좌주(彌勒座主)에게로의 기원을, 꽃에게 명령법을 가하는 형태로 우회적으로 나타내고 있는 것이다. 부름의 소리는 꽃에게로 향하고 있는 듯하지만, 화자가 궁극적으로 부르고자 하는 것은 꽃이 아니라 미륵좌주(彌勒座主)이며, 그 미륵좌주(彌勒座主)의 하현(下現)과 그의 불력(佛力)을 환기하고자 하는 것이다.

〈원왕생가〉는 달에게 말을 건네는 담화형식으로 이루어져 있다. 그리고 그 어조는 원왕생(願往生)을 갈구하는 청원(請願)의 목소리이다. 그 간절함은 주체존대어미들을 통해서도 확인할 수 있다.

돌하 이뎨

西方ᄭ장 가샤리고

無量壽佛前에

닏곰다가 ᄉᆞᆲ고샤셔

다딤 기프샨 尊어히 울워러

두 손 모도호 ᄉᆞᆯᄫᅡ

願往生 願往生

그릴 사ᄅᆞᆷ 잇다 ᄉᆞᆲ고샤셔

아으 이몸 기텨 두고

四十八大願 일고샬까   / 양주동 해독

넷째 줄 '닏곰다가 ᄉᆞᆲ고샤셔'나, 여덟째 줄의 '그릴 사ᄅᆞᆷ 잇다 ᄉᆞᆲ
고샤셔'는 달이라는 현상적 청자에게 건네는 말이다. 그리고 마지
막 두 줄의 '아으 이몸 기텨두고 사십팔대원(四十八大願) 일고샬까'
는 서방정토의 아미타불에게 건네는 말이다. 노래의 형식이 종교
적 기원가(祈願歌)의 모습을 띠고 있는 것이지만, 동시에 주가(呪歌)
일반이 보여주는 형식도 취하고 있다. 그것은 달이라는 대상을 부
르고 그 대상에 명령(기원)하는 말이 잇따르고 있기 때문이다. 즉
이 노래는 종교적 기원가의 형식을 지닌다는 점에서 또 주가 일반
의 틀거리를 취하고 있다는 점에서, 화자의 주관적 의지를 실현하
고자 하는 주제적 양식의 작품으로 파악된다.

이 노래에서 원왕생(願往生)에 대한 믿음은, 지금 이 순간 서승(西
昇)을 이루지 못하고 있는 시적 화자의 갈등이 드러내는 서정의 성
격보다도 우선한다. 현실에 대한 절망과 갈등을 노래하는 것이라

기보다는, 왕생에 대한 화자의 간절한 염원이 불교적 信心을 통해서 아미타불의 사십팔대원이라는 서원(誓願)에 끼쳐지기를 바라는 노래가 이 〈원왕생가〉인 것이다. 이 서원이 현실적으로 이루어질 수 없는 것이라면, 〈원왕생가〉는 비극적 서정을 노래하는 것이겠으나, 화자의 信心은 노래에서의 기원이 그대로 현실로 이어져 이루어질 것이란 점을 의심하고 있다고는 볼 수 없다. '아으 이몸 기텨두고 사십팔대원 일고샬까'의 구절은 아미타불의 서원에 대한 의심이라기보다는, 아미타불로 하여금 사십팔대원의 약속을 환기하는 것이고 그 믿음의 완곡한 확인으로 볼 수 있는 것이다.

　화자의 청원(請願)인 왕생(往生)을 가능하게 해 줄 수 있는 존재는 아미타불이다. 따라서 화자가 달을 불러 말을 건네지만, 결국 그 말은 아미타불에게로 귀착되기를 바라는 것이 된다. 달이라는 현상적 청자를 불렀지만 부름의 목적은 달이 환기하는 아미타불에게 화자의 청원이 수용되기를 바라는 것이다. 이렇게 볼 때, 이 노래에서 달을 부르는 것은 법륜(法輪)으로서의, 원융(圓融)으로서의, 그리고 월인천강(月印千江)의 속성으로서의 달을 부르는 것이기도 하겠지만, 달은 아미타불의 사자(使者)로서, 아미타불을 환기하는 매개체로서 인식될 뿐 궁극적으로는 아미타불을 부르는 것으로 이해된다. 따라서 〈원왕생가〉가 취하고 있는 담화적 전제는, 작자로서의 화자와 아미타불간의 작품 외적인 관계가 더 초점화 되고 있는 것이라고 볼 수 있다.

오다 오다 오다
오다 셔럽다라
셔럽다 의내여
功德 닷ㄱ라 오다   / 양주동 해독

〈풍요〉의 담화적 지향은 화자의 내부로 향하는 것이 아니라, 외부 세계로 향하고 있다. '셔럽다 의내여'라는 구절은, 양주동의 해독을 채택하게 되면, '셔럽다 우리들/저희들이여'의 의미를 갖게 된다.[19] 이때 '의내여'는 '공덕(功德) 닷ㄱ라 오다'와 연결되어, '셔럽다 우리들이여 공덕(功德) 닦으러 오라'의 의미가 된다. 이렇게 놓고 보면, '우리들'이라는 말은 나를 포함하는 우리들일 수 있겠지만, 이어지는 내용과 연결시켜 보면, 그 '우리들'이란 결국 중생들을 의미하는 것임을 알 수 있다. 즉, 예토(穢土)에서 덧없이 살아가는 중생들에게 부처님께로 귀의하러 오라는 의미로 볼 수 있는 것이다. 따라서 이 노래의 화자와 청자의 관계는 시세계 속에서 새롭게 설정되어 새로운 의미를 가지는 것이 아니라, 현실맥락과 그대로 연결된다. 즉 실제 화자와 시적 화자의 구분이 뚜렷이 되지 않으며, 시적 청자 역시 실제 청자와 동일한 존재로 보아야 할 것이다. 이런 측면에서 〈풍요〉의 담화적 전달 양상은 작품 내적인 측면에서 새롭게 형상화된 것이라기보다는, 작품 외적인 현실 맥락에

---

19) 그러나 이 구절을 김완진의 해석을 따르게 되면, '셜ᄫᅥᆫ 하녀 물아, 功德 닷ㄱ라 오다'로 해독되어 '셔럽다 중생들이여, 功德 닦으러 오라'이라는 의미를 가지게 되어, 노래가 가지는 담화적 상황은 화자 우위의 외향적 성격에 더 가깝게 된다는 점은 지적해 놓고자 한다.

서 실제적인 관계에 더욱 초점지워져 있는 것이라고 볼 수 있다.

이 노래에서 '의내여'라고 중생들을 부르는 화자 자체가 누구인지는 중요하지 않다. 오히려 이 화자가 '공덕 닦으러 오라'는 메시지가 더욱 중요하다. 왜냐하면 노래의 목적이 한 개인의 서정을 노래하는 데 있는 것이 아니라, 불교적 신심을 바탕으로 한 중생의 제도에 있기 때문이다. 따라서 이 노래의 돈호법은 중생들을 깨우쳐주고 이끌기 위한 화자우위의 부름으로 나타나고 있는 것으로 볼 수 있다. 그래서 〈풍요〉는 종교적인 신념을 청자에게로 전달해 주고 가르쳐 주는 권위적이고 설득적인 목소리의 화자에 의해 구현된, 주제적 양식으로 이해할 수 있을 것이다.

3) 고려속요의 경우

고려속요에서 주제적 담화양식을 보여주는 작품은 〈처용가〉와 〈정석가〉의 서사 부분, 그리고 『시용향악보』 소재 무가류(巫歌類) 시가 중 〈성황반(城隍飯)〉·〈대왕반(大王飯)〉·〈삼성대왕(三城大王)〉·〈대국(大國) 二〉 등이다. 이 작품들은 한 개인의 서정의 순간을 언어적 조직을 통하여 한 편의 시가 작품으로 형상화하고 있다고 보기는 어렵다. 그보다는 대단히 실제적인 목적을 수행하기 위한 수단으로서의 기능이 더 중시된 시가들이다. 위의 『시용향악보』 소재 시가들이 궁중 연향이나 외국사신들을 맞이하기 위한 채붕나례 등에서 주로 연행되었고, 〈처용가〉 역시 나례(儺禮)나 〈학연화대처용무합설(鶴蓮花臺處容舞合設)〉과 같은 궁중정재(宮中呈才) 형식으로 연행되었다. 〈정석가〉의 서사는 연향(宴享) 시 당악과 교주(交奏)되면서, 당악의 구호(口號)나 치어(致語)의 영향을 받아, 노랫말에 왕에 대한 송도나 송축의 의미를 담게 되었다고 볼 수 있는데, 이 부분은 연행 상황을 고려한 기능을 수행하는 부분인 셈이다.

따라서 이들 작품은 '처용'·'삼성대왕'과 같은 신격(神格) 혹은 왕과 같은 인물이 직접적인 청자로 전제되고 있다. 이들 작품에서의 화자 역시 실제 화자 자체이거나 그 대변자적인 성격을 갖는다. 그만큼 이들 작품들의 담화적 상황은 텍스트 자체 내에서의 현상적 화자와 현상적 청자의 관계로 설정되어 있다기보다는, 실제 화자와 실제 청자 간의 직접적인 관계가 초점화 되어 있는 것이다.

실제 화자와 실제 청자의 텍스트 외적인 관계에 더욱 초점지워진 이들 작품들에서, 청자는 화자보다 우위의 상황으로 설정된다. 이렇게 청자가 화자보다 우위인 상황에서, 시적 메시지가 담고 있는 의미는 주술적 기원이거나 송축이다.

고려속요 중 〈정석가〉의 서사와 〈처용가〉의 서사를 살펴보기로 하자.

> 新羅聖代 昭聖代 天下大平 羅候德
> 처용아바 以是人生애 相不語ᄒ시란ᄃᆡ
> 以是人生애 相不語ᄒ시란ᄃᆡ
> 三災八難이 一時消滅ᄒ샷다

【처용가(處容歌) 서사(序詞)】

이는 〈처용가〉의 서사에 해당하는 부분이다. 이 서사는 〈처용가〉 전체의 의미를 함축시켜 놓은 것이다. 〈처용가〉의 서사에는 과거·현재·미래가 공존하며, 그 공존에서 처용의 위력이 구체화된다.[20] 즉 '신라성대(新羅聖代) 소성대(昭聖代) 천하대평(天下大平) 나후덕(羅候德)'이라는 과거의 일을 떠올리고는, '처용아바'라는 부름과 함께 '이로써 인생(人生)에 항시 말씀하지 않으시더라도 삼재(三災)와 팔난(八難)이 일시에 소멸하도다'라고 하면서, 삼재팔난을 없애던 처용의 위력이 현재와 더불어 미래에도 걸쳐지기를 바라고 있다. 따라서 이 서사는 처용신을 부름으로써 처용신이 지닌 위력을 환기시켜, 삼재와 팔난이 없는 신라성대(新羅聖代) 소성대(昭聖代)의 천하대평(天下大平)이 이어지기를 바라는 내용이다.

이때, 삼재팔난(三災八難)의 일시소멸(一時消滅)을 바라는 화자는 특정 개인으로서의 화자라기보다는 공동체적 염원을 담은 화자로 보아야 할 것이다. 이 노래가 나례 혹은 정재의 형태로 연행된 것이란 점에서도 그렇지만, 노래 속에서 열병신의 퇴치를 기원하는 것은 개별적인 특정 상황에서 비롯된 것이 아니기 때문이다. 따라서 〈처용가〉는 공공의 성격을 갖는 화자가 처용이라는 신격에게로 보내는 기원의 메시지로 이해될 수 있다.

다음은 인용부분은 〈정석가〉의 서사이다.

> 딩하 돌하 當今에 계샹이다
> 딩하 돌하 當今에 계샹이다
> 先王聖代에 노니ᄋ와지이다

딩과 돌은 금(金), 석(石) 악기의 명칭으로 보아 그대로 풍악(風樂)

---

20) 최용수, 「處容歌考」, 『영남어문학』 16집, 1989, 19면.

으로 해석하는 경우와 의인(擬人)으로서 정석('鄭石')이라는 가공의 인물을 부르는 것으로 보는 두 경우가 있다. 그러나 후자의 경우로 보게 되면 이 노래는 단순한 염정가사가 될 뿐 아니라, 고려속요의 서사들이 보여주는 일반적인 송도(頌禱)의 모습과도 다르다. 따라서 '딩하 돌하'에서 '딩'과 '돌' 즉 '정(鄭)', '석(石)'은 악기로서 풍악의 의미를 나타내고 있는 것으로 보는 것이 타당하리라 생각된다.21) 이 경우 〈정석가〉 서사의 의미는 '정경풍류당금재(鉦磬風流當今在) 선왕성대동락가(先王盛代同樂可)'22)로 해석된다.

이렇게 본다면 '딩하 돌하 당금(當今)에 계샹이다'라는 말은 당금(當今)에 '딩'과 '돌' 즉 풍악(風樂)이 있음을 강조하는 말이다. 그리고 그 풍악은 선왕성대에 백성이 풍악과 더불어 함께 즐긴 것이니, 성대의 함락(咸樂)이 지금에 있음을 의미하는 말이다. 그래서 이 서사의 의미는, 이 서사를 바치는 이가 청자에게 송도(頌禱)를 드리는 의미로 받아들일 수 있다. 따라서 〈정석가〉 역시 실제 화자와 실제 청자 사이의 실제적인 담화적 관계가 전제되어 있는 것으로 볼 수 있어, 주제적 양식에서 보이는 전형적인 전달의 양상을 드러내고 있다고 하겠다.

---

21) 김상억은 '딩'과 '돌'을 풍악(風樂)으로 해석해야 한다고 보면서, "'딩하돌하 당금(當今)에 계샹이다'의 술부가 가지는 뜻의 넓이와 무게 때문에, 이 용어를 염정의 대상의 의인화어(擬人化語)로 보아서는 안 되고, '대평성대(大平盛代)'의 한 속성을 뜻하는 '풍악일반(風樂一般)'을 가리키는 금, 석 악기어(金, 石樂器語) 그대로의 뜻으로 해석하여여 한다고 생각한다."고 하고 있다. (김상억, 「처용가고(處容歌考)」, 『고려시대의 가요문학』, 새문사, 1981, I-162~3면.)

22) 김상억, 같은 책, I-170면.

4) 시조의 경우

시조는 서정장르이다. 그러나 여타 서정장르에 비해 관념성이
매우 강하게 배여 있다. 그 관념성은 유교적 세계관을 당대의 단일
한 보편질서로 요구했던 조선조라는 시대적 특징에서 기인한다.
시조 작품들에서 '유교경전(儒教經典)의 시조적(時調的) 표현이 압도
적인 분량을 차지하고 있는 사실'23)은 저간의 사정을 잘 보여준다.

> 至德 要道를 先王이 둣더시니
> 民用 和睦ᄒ야 上下이 無怨ᄒ니이다
> 眞實로 슬올어니 孝悌쑌이이다　　　　　　　　/ 주세붕(周世鵬)

> 泰山이 높다ᄒ되 하늘아리 뫼히로다
> 오르고 쏘 오르면 못 오를리 업건마는
> 사룸이 졔 아니 오르고 뫼흘 놉다 ᄒ더라　　　/ 양사언(楊士彦)

훈민시조는 16세기 시조사에 있어서 강호시조와 함께 이 시기
시조문학의 양대 주류를 이룬다.24) 강호시조가 수기(修己)의 이념
을 추구한 데 비해, 훈민시조는 치인(治人)의 이념을 담은 문학이
다. 따라서 훈민시조는 인간과 인간 사이에 개재한 윤리적 문제를
주로 다룬다.25) 이 시기의 훈민시조인 위의 작품들은 보편적 진리
를 함축하고 있는 금언과도 같은 메시지를 불특정 다수에게 제시

---

23) 박철희, 같은 책, 41면.
24) 조태흠, 『훈민시조 연구』, 부산대 박사학위 논문, 1989, 7면.
25) 신영명, 『16세기 강호시조의 연구』, 고려대 박사학위 논문, 1990, 157면.

하고 있다. 어떤 진리에 대해 말하고 또 은근히 이러한 진리의 행
위적 수용을 우회적으로 요구하는 방식의 말하기로 이루어져 있
다. 위의 시조들에서 각 작품이 전달하고자 하는 의미는 투명하고
지시적이다. 그래서 다양한 해석가능성을 생각하기란 어렵다. 그
리고 마치 실제 청자를 앞에 두고 화자가 타이르듯 하는 방식을 취
하고 있다. 화자는 유교적 이념의 한 측면을 청자에게 제시하고 또
요구하고 있다. 이들 작품에 있어서 시적으로 재구성된 세계는 당
위의 세계이다. 그리고 그 세계는 시인이 실제의 현실세계에서 추
구하고자 하는 바와 같은 맥락을 지니는, 곧 하나의 질서 위에 놓
여있는 세계로 인식된다.

16세기의 시조에서는 당대 정치현실에 대한 구체적 언급이 거의
없는데 비해, 17에 이르면 정치 현실을 비판 풍자하는 등 자신을
방축·삭탈관직·유배로 내몬 정치현실에 대한 구체적 반응을 보
이는 작품들이 나타난다.[26]

> 냇ㄱ에 히오라바 므스 일 셔 잇ᄂᆞᆫ다
> 無心ᄒᆞᆫ 져 고기를 여어 무슴 ᄒᆞ려ᄂᆞᆫ다
> 아마도 ᄒᆞᆫ 믈에 잇거니 니저신들 엇ᄃᆞ리　　　　　/ 신흠(申欽)

> 구룸 빗치 조타 ᄒᆞ나 검기를 ᄌᆞ로 ᄒᆞᆫ다
> ᄇᆞ람 소리 ᄆᆞᆰ다 ᄒᆞ나 그칠 적이 하노매라
> 조코도 그츨 뉘 업기는 믈뿐인가 ᄒᆞ노라　　　　　/ 윤선도(尹善道)

---

26) 이상원, 『17세기 시조사의 구도』, 월인, 2000, 40면.

앞의 신흠의 시조의 '해오라비-고기'의 관계 설정은 정적(政敵) 제거라는 냉혹한 정치현실을 풍자한 것으로, 약육강식의 자연질서를 이용하여 현실을 풍자·비판하고 있다.[27] 특히 종장은 무자비하게 정적을 제거하는 무리들에 대하여, 당색에만 얽매일 것이 아니라 유교적 대의를 회복하기를 촉구하는 내용이다. 고산(孤山)의 시조는 당쟁의 와중에서 서인들로부터 비방과 견제를 피하여 현실과 단절하고 자연 속에 몰입하였던 삶의 산물이다. 이 작품은 자연 속에서 얻은 새로운 인식을 보이지만, 그 새로운 인식은 여전히 유교적 당위 속에서의 개념적 확인이다. 그리고 화자를 통한 목소리 역시 사적이라기보다는 선언적이다.

이상의 작품들이 보이는 메시지의 전달의 방식은 시적 화자가 함축적 화자에게로 향한, 즉 내가 나에게로 향한 내적 발화의 양상이라기보다는, 실제 청자를 염두에 두고 있는 외적 발화의 방식으로 보인다. 그러나 이러한 외적 발화가 뚜렷하게 드러나고 있지 않은 것은 다음과 같은 이유들 때문이다. 즉 이들 작품들에서의 화자의 태도는 청자에 대하여 일정정도 거리를 두는 방식을 취하고 있으며, 직접적 말건네기의 어투가 아니라 선언적 어투이다. 또한 청자가 구체화되어 있지 않고, 보편진리의 전달이 주가 되지만 자기 확인적 성격도 있는 것이다. 그러나,

---

27) 이상원, 위의 책, 41면.

강원도 백성들아 형제 숑ᄉ ᄒ디 마라

죵꾀 밧꾀는 엇기예 쉽거니와

어딘 가 쏘 어들 거시라 홀귓 할귓 ᄒᄂ다   / 정철(鄭澈)

ᄆᆞᆯ 사름돌하 올흔 일 ᄒᄌᆞᄉ라

사름이 되어 나셔 올티곳 못ᄒ면

ᄆᆞ쇼롤 갓 곳갈 싀워 밥 머기나 다ᄅ랴   / 정철(鄭澈)

이바 아희들아 내 말 드러 빈화ᄉ라

어버이 孝道ᄒ고 어룬을 恭敬ᄒ야

一生의 孝悌롤 닷가 어딘 일홈 어더라   / 김상용(金尙容)

위의 작품에서 돈호법을 통한 어법은 직설적 훈계투가 대부분인
데, 이것은 일상적인 담화에서의 어법과 대단히 닮아 있다. 이들
작품들은 대상에 대한 발화의 직접적인 정도가 매우 강해서, 따옴
표로 직접 인용표시를 해도 좋을 듯한 대화적 어투로 이루어져 있
다. 화자의 존재는 대상을 부르는 행위로써 드러나게 되는데, 그러
한 화자의 목소리가 보편타당한 진리의 내용을 전달하고 있다.[28]
이런 점에서 본다면 이들 작품은 화자와 대상과의 관계를 설정했을
뿐, 이 점만 제외한다면 어떠한 인물의 목소리에도 기대지 않는,

---

28) 나정순은 이와 같이 주제를 직접적으로 전달하는 언어전달의 양상을 띠는 시
    조를 '정보적 기능의 시조'라 하였다. 이러한 시조에는 개념적 의미가 시조의
    문면에 모두 드러나 있어서, 내포적 의미와 외연적 의미가 일치한다. (나정순,
    『時調장르의 時代的 變貌와 그 意味』, 이화여대 박사학위 논문, 1988, 62면.)

극단적으로 주제적인 금언의 형식이나 크게 다를 바 없어 보인다.

앞에서 예로 든 시조와는 달리 이 시조들이 이러한 차이를 가져오게 된 데에는 돈호법의 힘이 결정적이다. 시조에서 돈호법의 사용 빈도가 매우 높은 것은, 시조의 관념성 추구라는 측면과 연행 특성이라는 측면에 의해서 설명될 수 있다. 대부분의 시조 작품들이 당대적 보편질서인 유교적 리(理)의 추구에 기대어 있고, 그 중에 많은 부분은 그러한 보편질서를 실제 청자에게 직접 화법의 형식으로 펼쳐 내는 것이다. 그러자면 자연히 "……하지 마라" "……하자스라" 등과 같이 명령형이나 청유형의 어법이 사용되기 쉽고, 그럴 경우 실제 청자가 작품의 문면(文面)에서 대상으로서 불려지는 돈호법이 자주 사용되게 된다. 돈호법은 시인과 실제 청자의 관계를 시세계 내에서도 직접 대면하는 극적인 관계로 설정하여, 작품의 초점이 화자와 청자의 관계에 놓여있는 것이 강조될 수 있도록 전경화(前景化)한다. 주제적 전달내용 이외의 것들은 모두 배경으로서 뒤로 물러나게 만드는 것이다. 게다가 부름의 소리는 그러한 내용의 전달에 있어서 호소력을 배가시키며, 청자의 동참을 촉구한다.

한편, 이러한 돈호법을 통한 시조적 형상화의 방법은 일종의 공식구를 구성하여 패러다임을 이루기도 한다. 이러한 틀거리는 비슷한 내용의 시조작품을 양산할 수 있는 하나의 자동기술적 양식으로서 작용하고 있는 것으로 보인다. 그리고 청중 앞에서 가창되는 것이 일반적인 시조의 연행방식이며, 또 시조라는 것이 어느 한 개인만의 소유물이라기보다는 수많은 이들에 의해 반복적으로 두루 불리게 되는 연행 특성을 지니고 있다. 따라서 돈호법을 통한 자동기술적 틀로서의 위와 같은 공식구들은, 유교적 관념의 대사회적(對社會的) 추구나 확인에 있어서 매우 유용한 장치가 되었을 소지가 충분해 보인다. 마치 한 주제 아래의 연작과도 같은 작품들이 많고, 또 그러한 작품들은 여러 가지의 유형화를 보여주고 있다는 자료적 사실이 이런 생각을 가능케 해 준다. 요컨대 유교적 관념의 시조적 재구성은, 그 재구성된 시조적 현실을 작품 외부적 현실세계에로의 치환에 그 목적이 있는 것인데, 돈호법은 이를 가능하게 하는 유용한 시조적 장치이자 전략이 된다 할 수 있다.

한 편의 시 작품은 현실에 대한 작가적 재구성의 소산이다. 서정적 양식에서 이 재구성은 세계와의 갈등에 대한 언어적 해결방식이다. 그리고 그 해결은 현실과 연속되는 질서 상에서의 해결이 아니라 가상적 해결일 수밖에 없다. 그러나 주제적 양식에서는 시적 재구성을 통해 시적으로 재구성된 현실과 실제 현실을 하나의 연속되는 질서로 동일화시키고자 하는 의도를 볼 수 있다. 따라서 작품의 효용적 가치가 중요해지게 된다.

4. 결론: 주제적 양식의 시가사적(詩歌史的) 의미(意味)

이상에서 본고는 시적 담화의 전달방식과 노래의 목적이란 측면을 위주로 주제적 양식이 갖는 특성의 대강을 살펴 보았다.

시적 담화의 전달방식이라는 측면에서 보았을 때, 주제적 양식은 공적(公的)이거나 권위적인 화자가 청자와의 직접적인 관계를 통해서 보편관념을 제시하거나 전달하는 양상을 보여주었다. 화자는 실제 작가를 대변하면서 설득적인 목소리로 실제 청자에게로 향한 공개적인 외향발화의 양식을 취하는데, 청자와의 관계에 있어서 청자가 화자보다 우위에 있을 때에는 주술이 되고, 화자가 청자보다 우위에 있을 때에는 교훈이 됨을 볼 수 있었다. 이러한 시적 제시의 방식은 독백적 목소리의 내적 발화라는 담화적 전달방식을 보이는 서정적 양식의 시적 제시 방식과 함께, '시인의 비전 제시'라는 공통성 하의 또 다른 한 전형을 이루는 시적 제시의 방식으로 볼 수 있다. 즉 주제적 양식 특유의 시적 담화의 전달방식은 서정적 양식의 그것과 함께, 시적 형상화를 가능하게 하는 또 하나의 중요한 양식적 틀거리가 된다 하겠다.

한편, 노래의 목적에 있어서 주제적 양식은 서정적 양식과는 구별되는데, 그것은 노래의 내용이 실제 현실적으로 치환 가능한지의 여부에 대한 믿음의 차이에서 비롯된다. 주술이나 종교 혹은 사상을 배경으로 하고 있는 주제적 양식의 작품들은, 시적으로 재구성된 세계가 실제 현실 세계로 대치될 수 있다는 믿음을 전제로 하고 있다. 그것은 초월적 존재에 대한 기원으로 나타나기도 하고 교훈적(敎訓的)이거나 권계적(勸誡的)으로 나타나기도 한다. 전자는 주로 〈구지가〉나 일부 향가 작품에서 나타나며, 후자는 시조의 많은 작품들에서 나타나고 있다. 재구성된 시적 세계가 현실 세계의 맥락으로 그대로 이어질 수 있다는 믿음은, 시인이 지닌 결핍이나 갈등이 노래를 통하여 해결 가능하다고 믿는 믿음이다. 이것은 좁혀질 수 없는 현실과의 거리감을 노래하고 있는, 그리고 결핍이나 갈등이 절대로 해결될 수 없는 것임을 잘 알고 있는 서정적 양식의 화자의 성격과는 판이한 것이다. 이와 같은 의미에서 〈구지가〉는 주제적 양식이 지닌 노래를 통한 현실 인식의 첫 모습을 보여주는 작품이라는 점에서 큰 의미가 있다. 〈구지가〉의 주술적 세계인식은 그대로 시조에서의 '유교적 이념의 추구'라는 세계인식과도 동궤(同軌)로 이어지고 있기 때문이다.

주제적 양식은 당대 사회의 보편적 당위의 정서를 노래한다. 그러한 정서는 시가라는 형식이기에 더욱 짧고 압축적이며 효과적이고 강렬한 방식으로 나타날 수 있었다. 서정이 개인적 측면에서의 개성의 발로라면, 주제적 양식은 집단적 측면에서의 공동체적 신념의 확인이요 요구이다. 개인이 개인의 서정적 순간의 표출을 통해 정서의 정화를 가져올 수 있듯이, 한 사회 역시 집단적 정서의 확인과 확장을 통해 공동체 전체의 유대감과 지향성을 공고히 하는 효과를 가져 올 수 있는 것이다. 이러한 두 가지의 양식이 동시에 하나의 장르 안에 양항적으로 그러나 비대칭적으로 혼재하면서, 우리의 시가장르가 전개되어 왔던 것이다.

주술시가의 시적 양식화의 특성

1. 서론

이 논의의 목적은 주술시가의 작자가 특정 상황이나 사건을 어떠한 방식을 통하여 시가라는 틀로 재구성해 내는가를 살피는 데 있다. 이때의 방식이란 곧 특정 현실의 상황이나 사건을 시적으로 형상화하는 특성을 이르는 것이다.

하나의 시가 작품 속에는 세계와의 관계에서 생겨난 갈등이나 결핍을 해소하기 위한 시적 화자의 의도가 드리워져 있다. 이러한 시적 화자의 의도는 세계와 자아가 연속성을 지닐 때, 즉 세계와 자아가 하나의 질서 속에 놓여 있을 때 가능하게 된다. 다시 말해 시적 자아가 세계와의 동일성을 확보할 때 가능해 질 수 있는 것이다. 이러한 동일화를 통해 자아는 세계와의 일체감을 회복하고, 손상되었거나 상실된 자아의 정체성을 회복한다. 세계와 자아가 하나의 질서 속에 놓여 있을 때 세계는 현실맥락에서 동일화가 가능한 세계가 된다. 그러나 각각의 이질적인 질서로 나와 세계가 분리되어 있을 때, 시인이 바라는 세계는 현실맥락에서 동일화될 수 없다. 따라서 시인은 자기동일성을 확보할 수 있는 허구의 세계를 설정하게 되고, 그런 속에서 자아는 세계와 일체감을 이루게 된다. 그러나 이것은 서정시일 때의 이야기다. 주술시가에서는 허구의 세계를 설정할 필요가 없다. 왜냐하면 주술시가의 작자는 세계와 자신이 하나의 통일되고 일관된 질서 속에 놓여 있다고 강력하게 믿고 있기 때문이다.

이와 같이 세계 인식의 측면이 시세계와 현실세계가 하나의 질서 속에서 연속되는 별개의 것이 아닌 것으로 파악될 때, 시는 주술적인 것이 된다. 그래서 노래를 통한 시적 화자의 목적은 현실적 실현에 놓여있다. 한편, 시세계와 현실세계가 각각 다른 질서를 지니며 서로 갈등, 대립하며 상호간 거리를 조성하는 것으로 파악될 경우에 시는 서정적인 것이 된다. 서정은 그 목적이 현실세계에서의 실현에 놓여있는 것이 아니라, 새로운 시세계의 설정을 통한 허구적 실현, 가상적인 동일화에 놓여 있기 때문이다. 따라서 시적 화자와 세계와의 인식적 관계에 있어서 전자는 현실 맥락 속에서 세계와 연속되고 후자는 상상 속에서 세계와 연속된다고 할 수 있다.

그런데 이와 같은 세계 인식의 차이와 그에 따른 담화의 수행적 측면에서의 근본적인 차이는 무엇보다도 화자의 바람이나 요구가 실제로 실현될 수 있을 것인가의 믿음 여부에 놓여있다. 화자의 바람이나 요구가 실제 현실에서 실현될 수 있다고 믿는 경우, 그것은 시로서 재구성된 현실의 질서가 그대로 외부세계 즉 실제 현실의 질서로 그대로 이어질 수 있다는 믿음에 기반을 두는 것이다. 이런 믿음에 의한 시적 형상화가 주술시가의 인식적 기반이 되는 것으로서, 이는 시가로써 재구성된 현실을 작품 외적으로 치환코자 하는 것이다. 이와는 달리, 화자의 바람이나 요구가 현실세계에서는

절대로 이루어질 수 없음을 화자 스스로 잘 알고 있는 경우, 화자
는 재구성된 시세계 즉 가상적 세계 속에서 갈등을 해소하려 하게
된다. 이것은 서정시의 작품들에서 보이는 세계와 대상에 대한 인
식과 갈등 해결 방법이 된다. 세계와 화자와의 대립의 해소는 실제
현실에서는 실현 불가능하며, 오직 재구성된 현실을 통하여 가상
적인 해소를 이룰 수 있다. 현실적으로 이룰 수 없는 꿈을, '지금'
'여기'라는 시세계 속의 특수한 시공간으로 불러들여 가상적 화해
를 꿈꾸는 것이다. 요컨대 주술시가와 서정시가는 그 시적 재구성
을 통한 양식화의 성격이 판이한 것이다.

　이 글에서는 주술시가가 보이는 현실적 결핍이나 갈등이 시적으
로 재구성되는 특성을 형식적이고 표현적인 측면보다는 그러한 방
식의 기반이 되는 인식적 측면에서 주로 살피려고 한다. 그리고 이
러한 목적으로 대표적 주술시가로 들 수 있는 〈구지가〉를 살펴본
후 후대의 시가들도 같은 맥락으로 아울러 살펴보고자 한다. 이렇
게 후대의 시가들을 '주술'이란 이름 아래에서 살피고자 하는 것은
그 후대의 향가나 고려가요 그리고 시조의 일부 작품들이 주술시
가이어서라기보다는 주술시가의 인식적 기반을 나누고 있기 때문
이다. 따라서 후대의 시가들을 살피는 작업은 주술시가적 세계관
의 변모과정을 살피는 셈이기도 할 것이다.

2. 주술·종교적 믿음의 시적 재구성

　〈구지가(龜旨歌)〉가 주술시가라는 것은 노래의 형식으로 보아서

나 〈가락국기(駕洛國記)〉가 보여주는 전승적인 사실을 보아서나 의
심하기 어렵다. 〈구지가(龜旨歌)〉의 화자는 현실을 새롭게 변화, 재
구성할 수 있는 역동적 실체로 받아들인다. 거북의 머리가 나오듯
이 자신들을 다스려 줄 왕이 출현하게 되리라는 믿음은 확고하다.

> 〈龜旨歌〉에 있어서 그 진술내용은 진실된 것으로 인식된다. 거북
> 에게 임금을 나타나게 하라고 요구하면 그러한 요구가 현실적으로
> 이루어질 수 있다는 강한 믿음, 이른바 주술적 믿음이 〈龜旨歌〉의
> 진술을 든든히 떠받치고 있다. 바로 이 주술자들의 확고한 주술적
> 믿음으로 말미암아 진술의 타당성이 보장되고, 자연스럽고도 마땅
> 한 주술적 호소력을 획득하게 되는 것이다.[1]

> 그러므로 이러한 주술-종교시대 혹은 신화시대의 선사인들이 지
> 녔던 일반적 사유특성이나 주술-신화적 세계관은 곧 구지가식의 인
> 식태도를 보이게 한 기본 바탕이라 할 수 있다. … 중략 … 주술-신
> 화적 세계관은 한마디로 연속적 세계관이라 부르는 것이 그 특징을
> 가장 잘 드러내 주는 표현이 아닌가 생각된다.[2]

의 논급처럼 〈구지가(龜旨歌)〉의 화자가 지닌 세계관은 자아와 세
계의 '상호교섭적 전일성'의 세계관이다. 따라서 현실은 화자의 주
관적 의지와 믿음에 의해서 변화될 수 있는 것이라는 것이다. 이러
한 현실 개조 가능성에 대한 화자의 신뢰는 주술적 사고방식에서

---

1) 성기옥, 「〈龜旨歌〉와 서정시의 관련양상」, 『울산어문논집』 4, 1988, 51-52면.
2) 성기옥, 위의 논문, 55면.

나오는 것이며, 그리고 그러한 신뢰는 주술의 언어에 의해서 가능
해 진다. 김열규는 주가(呪歌)에서의 말과 현실이 어떻게 관련되는
가를 다음과 같이 밝히고 있다.

> 크게 보아 呪歌는 말을 현실과 대체시키고자 하는 것이다. 말과
> 현실을 대치시키는 대치작용, 그것이 곧 주가의 기능이다. 말로써
> 이러저러한 것을 노래하면 노래와 똑같은 현실이 노래가 차지한 그
> 자리를 차지하게 되기를 비는 것이 주가다. 주가의 말과 현실은 맞
> 바꾸어진다.3)

노래의 현실을 실제 외부 현실과 동일시하여, 노래에서 선행된
사실이 실제 현실로도 일어나서 현실이 변화되기를 바라고 또 그
렇게 되리라고 믿고 있는 것이 〈구지가(龜旨歌)〉가 보여주는 세계
인식의 태도이다. 〈구지가(龜旨歌)〉는 이렇게 주술적 믿음을 시적
으로 재구성하여, 현실적 변화를 실제로 가져올 수 있다는 믿음을
보여주고 있는데 그것은 '말'의 힘을 통해서 이루어지는 것이다.
  향가가 불려진 시대는 주술·신화적 세계관에서 경험·현실 중
심의 세계관으로의 이행을 보이는 시기라 할 수 있다. 향가의 불교
적 세계관은 이 두 세계관 사이에서 교량역할을 하고 있다. 향가를
불교와 떼어놓고는 생각하기는 어렵다. 향가의 성격을 살피는데
있어서는 "나대(羅代)에 불교적(佛敎的)인 것과 주술적(呪術的)인 것
이 교합(交合)되어 존재했던 것은 명백하다"4)라는 임기중의 단정처

---

3) 김열규, 『한국문학사』, 탐구당, 1992, 159면.
4) 임기중, 「신라가요에 나타난 呪力觀念」, 『동악어문논집』 5, 1967, 285면.

럼, 그 불교적 성격과 함께 주술적 성격을 같이 고려해야할 것임은 의심의 여지가 없어 보인다.

〈도솔가(兜率歌)〉는 신라 경덕왕 19년 4월 초하루 이일병현(二日竝現)의 일괴(日怪)가 나타나 열흘 동안 없어지지 않자 그 변괴를 퇴치하기 위해 일관의 주청(奏請)에 따라 연승(緣僧)으로 선정된 월명사가 개단작계(開壇作啓)하고 지어 부른 4구체의 향가이다.

> 모든 주술(呪術)은 어느 효험(效驗)의 관념(觀念)을 목적으로 하는 행위이며, 실리적(實利的)인 행사인 것이다. 종교적(宗敎的) 행사의 실리적(實利的) 성질(性質)은 종교(宗敎)로서는 오히려 우연적인 것으로서 주술(呪術)에 의한 것처럼 반드시 본질적(本質的)인 것은 아니다. 때문에 '실리적(實利的)'이고 기계적(機械的)으로 된, 그리고 집단(集團)의 운명(運命)을 control하기 위해서 된 '혜성가(彗星歌)'와 '도솔가(兜率歌)'가 주술적(呪術的) 동기에 의해 가창(歌唱)된 것만은 불이(不二)의 사실이라는 것을 거듭 말하여 둔다.[5]

라고 하는 것처럼 이 노래의 창작동기는 주술적인 맥락에서 파악될 수 있을 것이다. 그리고 그것은 주술적 관념이 노래의 양식적 기반이 되고 있음을 보여준다. 그래서 김승찬은,

> 이 노래를 지어 부름으로 해서 변괴가 소멸되고 미륵보살의 하림˙(下臨)의 현징(玄徵)이 있었으니, 이 노래는 다라니(陀羅尼)(잡주

---

5) 임기중, 「新羅歌謠에 나타난 呪力觀念」, 『신라가요연구』, 민음사, 1990, 268면에서 재인용.

(雜呪))적 성격을 지닌 향가라 하겠다.6)

라고 하고 또,

> 미륵보살은 수용 초기부터 화랑도와 결부되면서 진호국가(鎭護國
> 家)하는 불보살로 정착, 잡밀화하였고, 그 신앙은 약사여래신앙이
> 나 관음보살신앙처럼 현세이익적인 주밀신앙으로 발전하게 되었다.
> …… 〈도솔가(兜率歌)〉는 월명사가 정법치세로 전제왕권을 확립하
> 려는 경덕황의 신심에 호응해, 미륵보살을 신라사회에 초치하여 청
> 정불국토를 건설하고자 한 주밀적 신앙심에서 창작된 노래요, 그 노
> 래를 부른 결과 미륵의 하현과 일괴소멸을 가져오게 되었으니 이노
> 래는 주밀사상을 바탕으로하여 불려진 다라니적(밀주적)노래라 그
> 성격을 규정지을 수 있겠다.7)

고 하면서 〈도솔가(兜率歌)〉의 잡밀적 성격을 논구(論究)하고 있다.
이렇게 볼 때, 〈도솔가(兜率歌)〉에서 해의 변괴를 발양(拔禳)할 수
있었던 그 마력적(魔力的)인 힘의 원천이 초자연적인 힘의 강제적
인 운용에 의한 주술력에 있다기보다 월명사의 지극한 덕과 정성
이 미륵보살을 감동시킬 수 있었던 종교적인 힘(佛力) 때문인 것이
란 견해8)는 향가의 주술성이 미개인의 전논리적(前論理的), 일원론

---

6) 김승찬, 『한국상고문학론』, 새문사, 1987, 167면.
7) 김승찬, 위의 책, 171면.
8) 성기옥, 「감동천지귀신의 논리와 향가의 주술성 문제」, 『고전시가의 이념과
　　표상』, 최진원박사정년기념논총, 1991, 65면.

적, 토템적 사유에 바탕한 주술력에 있는 것이 아니라, 기원자의 지극한 덕과 정성에 감응하는 고등종교적 힘에 기대고 있다는 점은 이 시가의 주술력을 미개시대의 그것과는 차이가 있음을 보이고 있는 것이다.

이와 같이 〈도솔가(兜率歌)〉의 성격을 주술관념을 통해서, 그리고 또 신라불교의 잡밀적 성격을 통해서 살펴보게 되는 것은, '미륵좌주'라는 종교적 존재와 이 노래가 가진 노래말의 형식적 특징 때문이다. 이 노래의 '고자 너는 …… 미륵좌주를 모셔라'라는 구절은 주술시가의 전형적인 모습으로 주술시가 일반이 지니는 호격과 더불어 있는 명령법의 발동이라는 틀거리를 지니고 있다. 이 노래에서 '고자 너는'이라고 부르는 돈호법이 없다면 이 노래는 맥없는 네 줄의 짧은 서술체에 불과할 것이다.

경덕왕과 월명사가 〈도솔가(兜率歌)〉를 통해 일괴발양을 기원하고 또 그것이 사실로 이루어지기를 믿었다고 한다면, 그것은 노래가 지닌 힘을 믿었다는 것이 된다. 이때 노래의 힘, 즉 꽃이 주술적인 매개체로서 미륵좌주에게 미쳐지게 하는 힘은, 돈호법에 의해 불려진 말의 양식의 힘이다. 노래로써 미륵하현을 통해 일괴가 발양될 수 있을 것이라는 믿음이 〈도솔가(兜率歌)〉의 화자에게는 있는 것이고 그러한 믿음이 시적으로 형상화 된 것이 〈도솔가(兜率歌)〉이다.

〈도솔가(兜率歌)〉를 통해 해결될 수 있으리라고 생각되었던 일괴(日怪)가 가지는 의미는 대개 경덕왕대의 정치적 상황과 관련지어 해석된다. 그래서 치리가(治理歌)로 보아,

가사부전의 도솔가(兜率歌)를 치리가로 볼 수 있는 것처럼 월명
사의 도솔가(兜率歌) 역시 마찬가지인 것이다. 왕이 청양루(靑陽
樓)에 가행(駕行)하여 연승(緣僧)을 맞이하고자 한 까닭도, 또 월명
사가 도솔가(兜率歌)를 지어서 부른 까닭도 모두가 일괴(日怪)를
'다스려서' 안정을 되찾고자 한 것이니 성격상 치리가(治理歌)일 수
밖에 없다.9)

의 논지를 펴거나,

일괴의 작변을 왕권에 도전하는 반왕당파 무리들의 행위로 보고
이를 멸하게 한 것이 곧 월명사의 도솔가(兜率歌)로 본다. 월명사
는 사천왕사의 호국신에게 아뢰어 경덕왕의 왕권을 보존케 했다고
본다.10)

는 견해를 대표적으로 들 수 있다. 이를 조동일은, 월명사에게 변
괴를 퇴치하는 의식을 거행하라고 한 것은 새로운 지지 세력이 필
요했기 때문에 그랬던 것으로 추정하면서, "인연이 있는 승려라고
하면서 인연을 강조한 것은 이미 기득권을 가진 쪽의 반발을 누르
기 위한 구실이 아니었던가 한다. 그래서 지은 노래가 〈도솔가(兜
率歌)〉이다."11)라고 하여 이런 논지의 견해들을 정리하고 있다.
이러한 견해들을 놓고 볼 때, 〈도솔가(兜率歌)〉는 다분히 현실적

9) 박노준, 『신라가요의 연구』, 열화당, 1982, 166면.
10) 최철, 『향가의 문학적 연구』, 새문사, 1983, 260면.
11) 조동일, 『한국문학통사』 1, 지식산업사, 1982, 147면.

맥락에서 효용적 측면이 고려되었음을 알 수 있다. 그것은 이 노래
가 주관적 체험에 의한 갈등과 대립을 노래하는 것이 아니라 인식
을 통해 이를 해결·해소·화합하려는 것이기 때문이다. 노래의 가
사는 일방적 명령이며 일방적 선언으로 이루어져 있다. 시적 화자
가 스스로에게 하는 다짐이나 독백이 아니라 실제 현실에 주어진
노래의 가사 내용이 그대로 미쳐지기를 바라는 믿음이 이 노래에
놓여있다. 따라서 〈도솔가(兜率歌)〉의 노랫말이 담고 있는 의미는
의미의 재생산이 가능한 개방적인 것이 아니라 일의적인 의미를
전달하기 위한 폐쇄적인 것이다. 그리고 이러한 의미를 작품 외부
적 현실로 치환·성취시키기 위한 전달행위가 이 노래의 목적이다.
노래의 진술행위 자체가 목적이 아니라 표현된 진술이 신념이나
의지의 실현을 위해 쓰이는 것이다. 그래서 다른 목적의 수단이 되
는 것이며 다른 무엇인가에게 영향을 주려는 것이 목적이다. 그 목
적은 노래로 재구성한 현실을 작품 외부의 현실세계에로 치환코자
하는 것이다.

〈처용가〉와 『시용향악보』 소재 무가류(巫歌類) 시가들은 특정한
양식적 전형성을 띠고 있는 바, 그것은 주술시가가 갖는 전형적 양
식이거나 그의 변용이다. 이 중 〈처용가〉는 처용의 위력과 역신의
서약 내지 발원, 곧 벽사진경(辟邪進慶)을 주제로 하고 있다.[12]

〈처용가〉 중의 다음 부분은 주술시가가 갖는 전형적인 양식이
변용된 모습을 보여준다.

---

12) 이명구, 「〈處容歌〉 연구」, 김열규·김동욱 編, 『고려시대의 가요문학』, 새문
사, 1981, 27면.

新羅聖代 昭聖代 天下大平 羅候德

처용아바 以是人生애 相不語ᄒ시란ᄃᆡ

以是人生애 相不語ᄒ시란ᄃᆡ

三災八難이 一時消滅ᄒ샷다

【처용가(處容歌)〉서사(序詞)】

먼저, 이 〈처용가〉의 서사(序詞)를 보면, '처용아바'라고 처용신을 부르고 이어서 '삼재팔난(三災八難)이 일시소멸(一時消滅)ᄒ샷다'라는 구절로 끝맺고 있다. 그런데 '삼재팔난(三災八難)이 일시소멸(一時消滅)ᄒ샷다'의 표현은 영탄법이지만 그것은 삼재팔난(三災八難)의 일시소멸(一時消滅)을 기원하는 완곡한 명령법이기도 하다. 이는 전편(全編)에 대한 서사로서 축복과 기원의 뜻을 지니고 있는 것으로 이해될 수 있으며, '삼재(三災)니 팔난(八難)이니 하는 말이 불교에서 나온 것이니 삼재팔난의 소멸은 곧 국태민안(國泰民安)의 뜻으로 보아야겠고 따라서 처용歌는 서사부터가 나례에 쓰일 만한 말투로 시작되고 있음을 알 수 있다.[13]

이밖에도 〈처용가〉는 서사 외에 본사에서도 두 번에 걸쳐 주가(呪歌)의 전형적인 양식이 나타나고 있다.

1 머쟈 외야자 綠李야

2 ᄲᆞᆯ리나 내 신고ᄒᆞᆯ 미야라

3 아니옷 미시면 나리어다 머즌 말

---

13) 이명구, 앞의 논문, 25면.

4 東京불기 드래 새도록 노니다가
5 드러 내자리롤 보니 가르리 네히로새라
6 아으 둘흔 내해어니와 둘흔 뉘해어니오
7 이런저긔 處容아비옷 보시면 熱病神이사 膾ㅅ가시로다

1은 호격으로서의 대상 환기, 2는 명령, 그리고 3은 조건절로서 만약에 ······하지 않는다면, '나리어다 머즌 말' 즉 '험한 말이 나올 것이다'는 협박적인 말이 도치로 표현되어 강조되고 있다. 4, 5, 6은 신라향가 〈처용가〉를 그대로 인용하고 있는데, 그것은 역시 처용의 위력의 환기에 있다고 보겠다. 7은 4, 5, 6의 것을 통해 볼 때, 역시 열병신은 처용의 상대가 되지 못함을 강조하고 있다. 크게 보아 명령과 협박으로 이루어져 있는 주술시가의 보편적 양식이다. 또,

千金을 주리여 처용아바
七寶를 주리여 처용아바
千金 七寶도 말오 熱病神를 날 자바주소서
山이여 미히여 千里外예
處容ㅅ아비롤 어여러거져
아으 熱病大神의 發願이샷다

의 처용아바와 화자의 대화체 형식으로 되어 있는 부분 역시 처용아바를 불러 열병신(熱病神)의 퇴치를 기원하는 의미로 해석된다. 즉 이 노래는 본사와 서사를 통해 반복적으로 처용신에 대한 공동

체 화자의 발원을 노래하고 있다. 그리고 그러한 발원은 처용신을
불러서 그 위력을 드러냄으로써[14] 가능한 것이다.

　다음의 〈삼성대왕〉은 화자가 실제로 청자이기를 원하는 존재를
시세계 속으로 끌어들인 경우이다. 따라서 이 경우 실제 화자와 시
적 화자, 실제 청자와 시적청자의 관계는 매우 밀접하여 다른 존재
를 생각하기 어렵다. 이때 시세계 속으로 불러들이는 대상과 실제
청자는 화자에 의해서 동일시되는 것이다.

> 瘡ㄱ스실가 三城大王
> 일ㅇ스실가 三城大王
> 瘡이라 難이라 쇼셰란디
> 瘡難을 져차쇼셔
> 다롱디리 三城大王
> 다롱디리 三城大王
> 녜라와 괴쇼셔
>
> 【삼성대왕(三城大王), 『시용향악보(時用鄕樂譜)』】

에서 불려진 삼성대왕은 작품 속으로 들어와서 시적 청자화 된 것
일 뿐, 실제 화자에게 있어서나 시적 화자에게 있어서나 똑같은 내
용의 기원이 요청되는 대상이며, 작품 속의 삼성대왕과 실제 신격
으로서의 삼성대왕의 의미가 차이가 없다고 해도 좋을 것이다. 다
만 실제 화자는 신격인 삼성대왕을 실제로 보고 빌 수 없으므로,

---

14) 〈處容歌〉의 대부분을 차지하는 내용은 바로 이러한 처용의 위력을 강조하기
　위한 처용신의 묘사로 이뤄져 있다.

작품 속에서 나와 신격의 직접적인 말건넴이 이루어지는 상황을 만들고자 한 것이다. 이러한 상황은 실제 화자인 나의 기원이 신격에게로 작품 속에서 직접 전해지듯이 전해졌으면 하는 강렬한 바람과 믿음 때문에 생긴 것이다.

3. 이념적 믿음의 시적 재구성

한 편의 시 작품은 현실에 대한 작가적 재구성의 소산이다. 서정적 양식에서 이 재구성은 세계와의 갈등에 대한 언어적 해결방식이다. 그리고 그 해결은 현실과 연속되는 질서 상에서의 해결이 아니라 가상적 해결일 수밖에 없다. 그러나 주술적 양식에서는 시적 재구성을 통해 시적으로 재구성된 현실과 실제 현실을 하나의 연속되는 질서로 동일화시키고자 하는 의도를 볼 수 있다. 따라서 작품의 효용적 가치가 중요해지게 된다.

시조가 주로 관념적 세계 인식에 기대어 있음은 주지의 사실이다. 이러한 세계 인식을 보여주는 시조들은 유교적 이념을 추구함에 있어서 조화나 수용의 자족적 태도를 취하기도 하고, 시세계 안에서의 잠정적 해소의 방식에서 탈피하여 적극적으로 유교적 이념을 강변하거나 제시하기도 한다. 시조가 후자의 방법으로 나타날 때 화자의 권위적이고 설득적인 목소리를 들을 수 있다. 즉 교훈적 양식의 시조는 재구성된 시적 현실을 실제 현실 즉 작품의 외부로 치환코자하는 것이다. 이러한 인식의 동질성이란 맥락에서 교훈적 시조 작품들이 '주술적'이라는 관점에서 조명될 수 있을 것이다. 인간의 세계에 대한 인식의 변화에 따라 주술적 믿음은 종교적 믿음으로 그리고 또 이념적 믿음으로의 변모를 보인다. 교훈적 시조 작품들을 통해서 우리는 그러한 변모의 일면을 엿볼 수 있다.

> 泰山이 높다ᄒ되 하ᄂᆞᆯ아리 뫼히로다
> 오르고 쏘 오르면 못오를 理 업건마ᄂᆞᆫ
> 사ᄅᆞᆷ이 제 아니 오르고 뫼흘 놉다 ᄒ더라   / 정철(鄭澈)

위의 시조는 보편적 진리를 함축하고 있는 금언과도 같은 메시지를 불특정 다수에게 제시하고 있다. 어떤 진리에 대해 말하고 또 은근히 이러한 진리의 행위적 수용을 우회적으로 요구하는 방식의 말하기로 이루어져 있다. 그런 의미에서 주술시가가 보여주는 현실 개조의 목적이 위의 시조에서도 그대로 드러나고 있다고 할 수 있다. 그러나 주술시가 그대로는 아니고 변화된 모습 즉, 주술적 믿음이 이념적 믿음으로 치환된 모습으로 현실 개조의 목적을 드러내고 있다. 그러나 이러한 선언적 방식의 말하기는 청자에 대한 흡인력이 약하며 오히려 보편진리에 대한 화자의 자기 확인적인 성격도 강한 것이다. 그러나 다음 작품들은 그 형식에 있어서도 주술시가의 그것과 많이 닮아 있는데, 그것은 대상에 대한 호격과 요구의 언사(言辭)를 포함하고 있기 때문이다.

> 므ᄋᆞᆯ 사ᄅᆞᆷ둘하 올흔 일 ᄒᆞ쟈ᄉᆞ라
> 사ᄅᆞᆷ이 되어 나셔 올티곳 못ᄒᆞ면
> 므ᅀᅭᄅᆞᆯ 갓 곳갈 싀워 밥 머기나 다ᄅᆞ랴   / 정철(鄭澈)

이바 아희들아 내 말 드러 비화스라
어버이 孝道ᄒ고 어룬을 恭敬ᄒ야
一生의 孝悌ᄅᆞᆯ 닷가 어딘 일홈 어더라

/ 김상용(金尙容)

위의 시조들에서 각 작품이 전달하고자 하는 의미는 투명하고 지시적이다. 그래서 다양한 해석가능성을 생각하기란 어렵다. 그리고 특정 청자를 분명히 적시하고 있어서 마치 실제 청자를 앞에 두고 화자가 타이르듯 하는 방식을 취하고 있다. 화자는 유교적 이념의 한 측면을 청자에게 제시하고 또 요구하고 있다. 그리고 이런 화자에게 있어서 시적으로 재구성된 세계와 실제의 현실세계는 하나의 질서 위에 놓여있는 것으로 인식된다.

앞에서 예로 든 시조와는 달리 이 시조들이 이러한 차이를 가져오게 된 데에는 돈호법의 힘이 결정적이다. 돈호법은 시인과 실제 청자의 관계를 시세계 내에서도 직접 대면하는 극적인 관계로 설정하여, 작품의 초점이 화자와 청자의 관계에 놓이는 것이 강조될 수 있도록 전경화한다. 주제적 전달내용 이외의 것들은 모두 배경으로서 뒤로 물러나게 만드는 것이다. 게다가 부름의 소리는 그러한 내용의 전달에 있어서 호소력을 배가시킨다.

대상을 시 세계 내로 불러들이는 이러한 시조적 형상화의 방식은 일종의 구술공식어구들처럼 일련의 패러다임을 이루게 되는데,

어와 ……야,	……하자스라
……들아,	……하지마라(하여보소)
이보소 벗님네야,	……드러보오

등과 같이 나타나는 것들이 그것이다. 이러한 틀거리는 비슷한 내용의 시조작품을 양산할 수 있는 하나의 자동기술적 양식으로서 작용하고 있는 것으로 보인다. 그리고 청중 앞에서 가창되는 것이 일반적인 시조의 연행방식이며, 또 시조라는 것이 어느 한 개인만의 소유물이라기보다는 수많은 이들에 의해 반복적으로 두루 불리게 되는 연행 특성을 지니고 있는 것이다. 따라서 돈호법을 통한 자동기술적 틀로서의 위와 같은 공식구들은, 유교적 관념의 대사회적 추구나 확인에 있어서 매우 유용한 장치가 되었을 소지가 충분해 보인다. 그것은 마치 한 주제 아래의 연작과도 같은 작품들이 많고, 또 그것들은 여러 가지의 유형화를 보여주고 있다는 자료적 사실이 이런 생각을 가능케 해 준다.

   요컨대 유교적 관념의 시조적 재구성은 그 재구성된 시조적 현실을 작품 외부적 현실세계에로의 치환에 그 목적이 있는 것이다. 그리고 이러한 인식적 기반은 일원적 세계관 아래의 주술시가가 보여주었던 세계인식과 동궤로 놓아 고려될 수 있다. 이념에 대한 믿음과 그러한 믿음을 통한 시조적 재구성, 그리고 호격과 요구(명령)의 형식적 요소 등은 교훈시조들이 지니고 있는 유용한 시조적 장치이자 전략이 된다 할 수 있다.

4. 결론

이상은 주술시가의 화자가 세계와 자신의 동일화를 확보하는 방법을 살핌을 통해 주술시가가 시적으로 재구성되는 특징적인 면모를 살펴보고자 한 것이며, 그러한 시적 재구성의 특징이 후대 시가들에서는 어떻게 반영되고 있는지를 살펴보고자 한 것이다. 시적 화자가 세계를 대하는 두 가지의 태도는 현실세계와 시세계를 동일한 질서의 연속선상에서 파악하느냐 아니면 절대로 양립불가능한 불연속적 질서의 세계로 파악하느냐로 나눠볼 수 있다. 전자는 주술시가, 종교적 기원가, 교훈시조와 같은 형태로 나타나게 되는데 그 인식적 기반은 어디까지나 주술적 세계인식에 뿌리를 두고 있는 것이다. 본고에서는 이러한 생각의 한 면을 드러내 보이고자하였다. 한편 후자는 서정시가 나누어 갖는 공통의 세계인식이다. 이러한 두 가지의 세계인식과 이를 통한 시적 재구성의 두 방식이 우리 시가의 두 존재방식이라 할 수 있을 것이다.

고전시가 돈호법의 한 국면

1. 머리말

돈호법(頓呼法)에 관심을 가지는 것은 서정시의 본질에 관심을 가지는 것이다. 돈호법의 사전적 정의는 '존재하지 않거나 죽은 이, 사물, 또는 추상적 관념에 대해 마치 살아있거나 현존하는 것처럼 말 건네는 방식으로 이루어진 수사법의 한 종류'[1]이다. 서정시에서 사용된 돈호법은 대상을 말건넴을 통해 불러들이는 것이다. 이를 통해 시적 자아는 이때 불러들인 대상 혹은 그 대상이 환기하는 세계와 말건넴을 이루는 것이고, 시적자아와 대상 세계가 한 공간 안에 놓이는 것이다. 서정시가 자아와 세계의 동일성 회복을 지향하는 것이라면, 이 말은 서정시에서 시적 자아는 돈호법을 통해 불러들인 대상 세계와 시적자아 두 존재간의 융일(融一)을 꿈꾸는 것이라고도 할 수 있을 것이다.

"서정성이란 세계와 사물을 너로서 부르는 정서(情緖)다.", "우리들 존재를 서로 나누어 갖는 말인 대화와 모든 영역을 부름이 내포

---

1) *The New encyclopedia of poetry & poetics*, A.Preminger & T.Brogan ed., Princeton univ. press, 1993, Apstrophe 항목.

하고 있고, 그 내포에 서정은 기대어 있다. 잠겨져 있건, 아니면 드러나 있건 서정은 결국 부름이다."[2]라고 하는 말은 서정의 본질을 말하는 것이다. 이러한 부름이 시의 문면에 수사적으로 드러나 있을 때 그것을 가리켜 돈호법이라 부를 수 있을 것이다. 요컨대 돈호법은 시에서 서정을 촉발시키는 근원적인 것이고 그 방법은 세계를 '너'로 인식하는 것이라고 할 수 있다.

우리 시가에서 돈호법이 처음으로 그 모습을 드러내는 것은 가락국기 〈구지가〉에서이다. 또 집단의 주술적 노래인 〈구지가〉와는 달리 최초의 개인서정을 드러내는 시인 〈공무도하가〉에서도 노래의 처음은 돈호법으로 시작된다. 이 두 노래는 돈호법을 통한 주술적 환기와 서정적 환기의 두 모습을 보여주는 것으로 우리 문학사의 흐름을 이야기하는데 있어 매우 시사적이다. 성기옥 교수는 이를 주술-신화적 세계관에서 경험적 현실 중심의 불연속적 세계관으로 이행되는[3] 양상으로 파악하였는데, 이것은 이 두 노래의 중요성 뿐 아니라, 여기에 얽혀 있을 수 있는 이야기가 얼마나 많을 것인가를 짐작케 해 주는 것이기도 하다.

이 글은 서정시의 뿌리에 대해서 연구해보려는 노력의 한 일환으로서, 우선 고시가 일반에서 보이는 돈호법의 몇 가지 국면을 살펴보려는 것이다.

---

2) 김열규, 『한국문학사』, 탐구당, 1992, 200-201면.
3) 성기옥, 『공무도하가연구』, 서울대 박사학위논문, 1988, 71면.

2. 환유적 형상화

문학이 언어의 예술이고 각종 문학 갈래가 모두 언어와 떨어질 수 없는 것은 당연하다. 그러나 소설, 희곡은 이야기와 인물이 있지만, 시가(서정시)는 이야기나 인물이 없으며 유일하게 독자에게 주는 것은 언어뿐이다.[4] 이 점에서 같은 언어를 표현 수단으로 하고 있으나, 이야기와 인물이 있는 소설이나 희곡과는 다르다. 그래서 시의 언어는 비유적이며 일상언어와는 다른 모습으로 나타난다. 시의 언어는 언어 자체의 의미와 그 의미들이 관련되는 방식에 의해 새로운 비유적 세계를 형성한다. 그러나 돈호법은 시의 비유적인 상황을 언어 의미에 의한 것이 아니라, 커뮤니케이션 자체의 상황이나 범위에 의해서 만들어 낸다.[5] 이러한 비유적 상황은 대상과 세계를 '부름'에 의해서 일어나는 것이고, 그 부름에 의해서 떨어져 있던 시인과 세계는 새롭게 만난다. 돈호법에 의해서 새로운 시의 공간이 열리는 것이다. 그런 측면에서 돈호법은 '부름의 수사법'이라 할 수 있을 것이다.

시에서 부름이 담고 있는 의미는 감정의 표출이거나 무언가의 바라는 것을 이루고자 하는 기원일 것이다. 다시 말해 시에서의 부름은 감정표출 혹은 기원의 방식으로 작용하는 것이라고 할 수 있다. 우리 서정시가 최초의 두 모습인 〈황조가〉와 〈공무도하가〉는 이러한 두 양상을 잘 보여준다.

---

4) 遠行霈, 中國詩歌藝術研究, 강영순 외 역, 아세아문화사, 1990, 6면.
5) Jonathan Culler, *The Pursuit of Sign*, London: Routledge & Kengan Paul, 1981, p.135.

翩翩黃鳥
雌雄相依
念我之獨
誰其與歸

펄펄 나는 저 꾀꼬리, 암수 서로 정답구나
외로와라 이 내 몸은, 뉘와 함께 돌아갈꼬

이 시에서 호격이 없어서 부름의 표현이 뚜렷이 드러나 있지는
않지만, 노래의 의미로 살펴볼 때,

펄펄나는 저 꾀꼬리여
암수 서로 정답구나
외로와라 이 내 몸이여
뉘와 함께 돌아갈꼬

로 바꾸어도 무리가 없을 것이다. 한편, 〈공무도하가〉

公無渡河
公竟渡河
墮河而死
當奈公何

에서는 님에게 호소하는 듯한 강한 부름이 있다. 전자가 '꾀꼬리'나

'내 몸'을 부르는 것은 부름 자체에 목적이 있는 것이 아니라, 그
부름을 통해 시적화자 자신의 내면 즉 감정을 드러내는 것에 더욱
요긴함이 있는 것임은 분명하다. 그러나 후자의 부름은 기원적인
것이고 특히나 님에게 호소하는 의미를 잇달기 위한 것이다. 즉 전
자와 후자는 각각 굳이 부름의 행위를 통해서 감정표출과 기원의
의미를 강화한 것이라고 할 수 있다.

이를 언어의 기능이란 측면에서 야콥슨의 논의[6]를 빌려보면,
〈황조가〉의 부름은 화자의 중심적이며 〈공무도하가〉의 부름은 청
자 중심적이라고 바꾸어 이야기 할 수 있을 것이다. 언어의 기능이
화자 중심적이고 감정 표출적 기능이 강화되었을 때, 그것은 언어
에서 감탄사로 나타난다. 반면에 청자 중심적이면서 기원적 의미
가 강화되었을 때, 언어 표현은 호격과 명령법으로 나타난다. 그래
서 이 두 노래는 같은 부름일지라도 전자는 영탄의 부름이라 할 수
있고 후자는 돈호의 부름이라고 다르게 말할 수 있다. 시에서 시
속으로 대상을 불러들여, 세계가 대상과 나, 이 두 주체들 간의 관
계인 것처럼 꾸미는 방식, 이것이 돈호법의 시적 형상화 방식이라
할 수 있다.

주술시가 혹은 무가계 시가 중에는 신격의 호칭만으로도 한편의
시를 이루고 있는 것들이 있다. 이것은 돈호법이 대상을 불러들여
시적자아와 대상이 주체가 되는 새로운 세계 즉 세계를 자아화한
모습을 보여준다. 아래 시들에서 시적자아는 호격의 나열로 신격

---

6) R. Jakobson, 『언어학과 시학』, 김태옥 역, 언어과학이란 무엇인가, 문학과
   지성사, 1973, 149-155면.

들을 시세계 속으로 불러들인다. 시는 호격만으로 이루어졌지만
호격 즉 부름은 신격에게의 말건넴이고 그 말건넴의 내용은 시적
자아의 강력한 기원의 메세지이다.

> 東方애 持國天王님하
> 東方애 廣目天子天王님하
> 南無西方애 增長天王님하
> 다리러 다로리 로마하
> 디렁디리 대리러 로마하
> 도람다리러 다로링 디러리
> 다리렁 디러리
> 內外예 黃四目天王님하7)

> O Grandfathers of the name of Polu,
> O Grandfathers of the name of Koleko,
> O Grandfathers of the name of Takikila,
> O Grandfathers of the name of Mulabwoyta,
> O Grandfathers of the name of Kwayudila
> …… 이하 생략8)

　이러한 돈호법의 형상화 방식은 그 부름의 대상이 실제 존재하
지 않거나 자연물일 때 비유적 상황을 더욱 고조시킨다. 주술시가

---

7) 時用鄕樂譜, 〈城隍飯〉
8) A.Welsh, *Roots of lyric*, Princeton univ. press, 1978, p.142에서 재인용.

에서 부름의 대상이 되는 것은 대개 주술적 매개물들이다. 〈구지가〉에서 거북을 부를 때 그리고 〈도솔가〉에서 꽃을 부를 때, 시적 자아는 신이나 초월적 존재에 대한 자신의 기원을 거북과 꽃에 대한 그것인 양 가장한다. 돈호법에 의해 새롭게 형성된 시세계 속에서 사물은 감응하는 힘power이 된다.[9] 그러한 가장의 형상화를 가능케 하는 것이 돈호법이다. 이것은 〈원왕생가〉와 〈정읍사〉에서 시적 자아가

　　　'둘하 이데 西方선장 가샤리고'

　　나,

　　　'달하 노피곰 도드샤 머리곰 비치고시라'

라고 달을 불렀을 때에도 마찬가지이다. 두 노래는 달이라는 비인격체의 사물을 인간적 커뮤니케이션 속으로 불러들인 것이다. 이를 통해 〈원왕생가〉의 시인은 시세계 속의 달을 통해서 '원왕생'을 기원하는 것이고, 〈정읍사〉의 여인은 달과의 말건넴을 통해 그 충만함과 밝음의 속성이 행상나간 남편에게 비추어 지기를 바라는 것이다. 시 속에서 달에게 기원하지만 그 기원의 대상은 달 그 자체가 아니라 달이 환기하는 속성이다. 이 점은 돈호법에 의한 형상화의 방식이 환유적임을 말하는 것이다. 돈호법에 의해 불리운 대상은 그것의 은유적인 의미보다는 그 대상이 연상시키는 어떤 것

---

9) J. Culler, *The pursuit of sign*, p.139.

때문에 불리운 것이다. 즉 대상이 불리게 된 배경은 드러난 시세계
뒤에 숨고, 대상이 전경화되어 나타나 있는 모습이 돈호법에 의한
시세계의 형상화의 모습이다. 그런 측면에서 돈호법의 시세계 형
상화 방식은 환유적 형상화라 불려도 좋을 것이다. 이규보의 〈동명
왕편〉에 나오는 흰사슴을 매개로 한 기우주술이나 〈조선왕조실록,
태조실록〉에서 보이는 척석기우(蜥蜴祈雨)는 돈호법에 의한 환유적
형상화를 보여주는 예이다.

> "사슴과 비 사이에 대응관계가 있다면 어느 한 쪽에 작용하는 것
> 은 감염법칙으로 다른 한 쪽에도 작용을 끼치는 결과가 되는 것이
> 다. 사슴의 울음이 비의 원인이다. 원인이 작용하여 降雨라는 결과
> 를 초래코자 한 것이다."10)

는 설명은 인과에 의한 인접성의 원리가 이 주술시가에 놓여 있는
것이며, 시인과 사슴을 부름으로써 강우를 기원하는 환유적 형상
화가 돈호법에 의해 이루어져 있음을 보여주는 것이라 할 수 있을
것이다.

3. 이중의 기원

돈호법에 의해서 화자와 청자가 관계 맺는 방식은 다음의 직접

---

10) 김열규, 「향가의 문학적 연구 일반」, 『향가의 어문학적 연구』, 서강대 출판부,
1972, 5-6면.

적 관계와 간접적 관계의 둘로 크게 나누어 볼 수 있다.11)

1) 직접적 관계

직접적 관계는 화자가 실제로 청자이기를 원하는 존재를 시세계 속으로 끌어들인 경우이다. 따라서 이 경우 실제화자와 시적화자, 실제청자와 시적청자의 관계는 매우 밀접하다. 이때 시세계 속으로 불러들이는 대상과 실제 청자는 화자에 의해서 동일시되는 것이기 때문에 돈호법이 가져오는 시적 효과는 그만큼 감소한다. 주술시가나 종교적 기원가에서 신격의 호칭을 직접 부르는 경우나 서정시에서 님을 부르는 경우가 여기에 해당된다.

> 瘡ㄱ슈실가 三城大王
> 일ㅇ슈실가 三城大王
> 瘡이라 難이라 쇼셰란더
> 瘡難을 져차쇼셔
> 다롱디리 三城大王
> 다롱디리 三城大王
> 녜라와 괴쇼셔12)

---

11) 물론 엄밀히 말해서 시에서 화자와 청자가 직접적으로 관계맺는 다는 것은 있을 수 없고 어디까지나 시적화자와 시적청자의 관계로 나타나는 것이기는 하다. 그러나 편의상 시적청자와 실제청자의 거리의 차이에 의해서 상대적으로 나누어 본 것이다.

12) 시용향학보(時用鄕樂譜) 「삼성대왕(三城大王)」

에서 삼성대왕을 부르는 것에서 삼성대왕은 시 속으로 들어와서 시적 청자화 된 것일 뿐, 실제화자에게 있어서나 시적화자에게 있어서나 똑같은 내용의 기원이 요청되는 대상이며, 시 속의 삼성대왕과 실제 신격으로서의 삼성대왕의 의미가 차이가 없다고 해도 좋다. 다만 실제화자는 신격인 삼성대왕을 실제로 보고 빌 수 없으므로, 시 속에서 나와 신격의 직접적인 말건넴이 이루어지는 상황을 만들고자 한 것이다. 이러한 상황은 실제화자인 나의 기원이 신격에게로 시 속에서 직접 전해지듯이 전해졌으면 하는 강력한 바람 때문에 생긴 것이다. 요컨대, 실재할 수 없는 세계를 돈호법의 부름을 통해서 자아화하여 가공적으로 실재하는 세계화한 것이 〈삼성대왕〉이란 무가계(巫歌系) 시가이다. 종교적 기원가에서 '신이여' 혹은 '주여'라고 부르는 것도 이와같은 맥락으로 파악될 수 있을 것이다.

〈정과정〉에서 "아소님하 도람드르샤 괴고쇼셔"라거나 〈만전춘 별사〉에서 "아소님하 원대평생(遠代平生)애 여힐슬 모르읍새"라고 님을 불렀을 때, 님은 실재하고 있지 않는 님이다. 그러나 시적자아는 그 부름을 통해 님과 나의 두 주체가 실재하는 하나의 공간을 만들고, 그 속에서 나의 기원을 직접 듣는 님을 꿈꾸는 것이다.

2) 간접적 관계

시세계 속에서 시적화자의 부름의 대상인 시적청자의 성격이, 청자(화자가 바라는 궁극적 청자)와의 매개적 구실을 하거나 환기적 구실을 할 때를 간접적 관계라고 하자. 이럴 경우 부름의 대상인 시적청자는 제 3자들인 화자와 청자의 관계를 맺어준다. 즉 제 3자들인 그와 그의 관계를 이중의 나와 너의 관계로 맺어주는 것이다.

A 너 / 나 (시적청자, 매개항)

B 나 / 그   C 그 / 너
(시적화자)   (청자)[13]

이때 시적화자와 청자의 관계는 직접 관련을 맺을 수 없는 그/그의 관계이다. 그래서 시적화자는 청자와 관계를 맺기 위해서 매개항인 시적청자를 부르고, 그렇게 불리워진 매개항이 청자를 환기시킨다. 즉 그와 그의 타자관계였던 B와 C는 A를 통하여 나와 너의 관계로 새로이 설정되는 것이다. 이 관계는 B와 A가 나와 너로 관계 맺고, 다시 A와 C가 나와 너로 관계 맺는 이중의 과정을 통해서 가능하다.

가령 〈원왕생가〉에서라면 A는 달이 되고 C는 서방정토에 있는 무량수불이 될 것이다. 시적자아의 원왕생(願往生)의 기원이 무량수불에게 전해질 수 있는 것은 달에 의해서 가능하다. 그래서 시적화자는 달을 '너'로 부른 것이고, 달을 너로 부른 것은 달이 '내'가

---

13) 여기서 C는 A를 통해서 환기될 수 있는 청자이다. 따라서 실제 시에서는 나타나지 않는 가상의 청자이면서, 화자가 시적화자를 통해서 부르는 바의 궁극적인 청자라 할 수 있다.

되어 무량수불을 '너'로 불러줄 것이라고 믿기 때문이다. 즉, 돈호
법에 의해서 객체는 주체로 다뤄지고 나는 너를 포함하게[14] 되는
과정이 여기에 놓여있다. 이것은 주술시가에서 "그 발해진 언어가
이미 영화(靈化)되어 있을 때, 그 언어는 다시 그 언어가 미쳐질 대
상까지도 영화(靈化)"[15]한다고 할 때와도 마찬가지이다. 다시 말해
〈원왕생가〉에서 시적자아가 달을 부르는 것은 환기의 환기이며,
기원의 기원인 셈이다.

그런데 이러한 이중의 부름이 한 번의 부름 속에 담겨질 수 있는
것은 달과 무량수불 사이의 관계가 환기 가능한 인접성에 의해 연
결되어 있기 때문이다. 달과 무량수불은 둥근 원융의 속성과 사물
을 밝게 비춘다는 속성을 나누어 가지고 있다. 원융과 밝음은 달의
제유이면서 동시에 무량수불의 제유라 할 수 있다. 즉 이중의 제유
적 관계가 달과 무량수불 사이에 놓여있는 것이고 이 이중의 제유
과정을 통해 환유적 관계가 성립된다. 요컨대 돈호법은 환유적 형
상화의 기반 위에서 시적자아로 하여금 달을 부르도록 한 것이라
고 할 수 있다.

4. 사물과의 교융(交融)

"생각의 이치가 오묘하게 됨은 정신과 사물이 교유하기 때문이다.
정신이 가슴에 있을 때는 의지의 기운이 그 관건을 쥐고 있으며 사물

---

14) J. Culler, 앞의 책, 142.
15) 김열규, 앞의 책, 11면.

이 이목을 좇을 때는 응대하는 말이 그 추기를 관장한다."[16]

는 〈문심조룡〉의 말은 시인과 객관적 경물의 융합, 마음과 사물의 상통함을 이야기하는 것이다. 사물의 이름을 불러 마치 살아서 현존하는 것처럼 말건네는 것이 돈호법이다. 돈호법은 사물 즉 비인격적인 존재를 인격적인 커뮤니케이션 안으로 끌어들인다. 원행패(遠行霈)는 중국고전시가에서 시인의 마음과 사물을 교융시키는 방식을 세가지로 정리하고 있는데, 정수경생(情隨境生), 이정입경(移情入境), 체첩물정(體貼物情), (물아정융)物我情融이 그것들이다.[17] 이 중 정수경생(情隨境生), 이정입경(移情入境)은 시인이 돈호법으로써 사물과 접하는 두 방식을 잘 대변해 준다.

정수경생(情隨境生)은 시인이 먼저 자각하는 감정이나 생각 없이 생활하는 중에 우연히 어떤 물경을 만나 홀연히 깨달은 것이 있어 물경에 대한 묘사를 이용하면서 자기의 감정을 표현하여 시인의 마음과 사물이 교융(交融)되는 것이다.[18] 즉 시인의 시상이 모두 객관적인 사물로부터 촉발된 것이다. 시에서 사물을 부르는 돈호법은, 그 사물에 의해 촉발된 자신의 숨겨진 정열과 심리를 불러일으킨다. 고려가요 〈만전춘 별사〉 넷째 연은,

---

16) 思理爲妙 神與物游 神居胸臆 而志氣統其關鍵 物沿耳目 而辭令管其樞機 〈문심조룡(文心彫龍), 신사편(神思篇)〉
17) 遠行霈, 앞의 책, 53~58면.
18) 遠行霈, 같은 책, 53면 참조.

올하 올하 아련 비올하

여흘란 어듸 두고 소해 자라 온다

소콧 얼면 여흘도 됴ᄒ니 여흘도 됴ᄒ니

라고 노래하여, 비오리와 여흘/늪과의 위화와 친화의 관계[19]를 통해 시적자아의 정황을 드러내고 있다. 〈동동〉 4월요의 '사월 아니 니져 아으 오실셔 곳고리새여' 나 〈청산별곡〉의 '우러라 우러라 새여 자고니러 우러라 새여'도 같은 맥락으로 이해할 수 있다.

한편 이정입경(移情入境)은 '시인이 강렬한 주관적 감정을 가지고 외계의 경물을 접촉하여 자기의 감정을 그 속에 주입하고, 또 경물에 대한 묘사를 이용하여 그것을 펴서 나오게 하면 마침내 객관적 물경도 시인의 주관적 감정을 나타나게'[20] 하는 것이다. 〈원왕생가〉의 시적자아가 달을 보고 무량수불의 사십팔대원(四十八大願)을 떠올리고 원왕생(願往生)을 간구한 것은 시적자아의 강한 주관적 감정이 밤을 비추며 둥글게 떠 오른 달의 모습을 대자대비한 불법을 실어나르는 불륜(佛輪)의 달로, 온 세상을 밝게 비추어 주는 월인천강(月印天江)의 달로 생각토록 했기 때문이다. 〈정읍사〉에서도 남편을 기다리는 아내의 남편에 대한 충만한 사랑의 마음이 달의 원융(圓融)의 모습에 통했기 때문에, 〈정읍사〉의 시적자아는 '달아' 하고 기원을 실어 부를 수가 있었던 것이다. 시조(時調)와 가사(歌辭) 작품들에서 '아희야' '동자야' '백구야' 등의 부름이 자주 등장하

---

19) 성현경, 「만전춘 별사의 구조」, 『고려시대의 언어와 문학』, 형설출판사, 1975, 378면.

20) 遠行霈, 앞의 책, 56면.

는 것은 사대부들의 안빈낙도의 마음이 이들을 부른 것이고, 그런 관습 속에서 또 그것들은 사대부들의 안빈낙도(安貧樂道)를 대변하는 사물이 되었던 것이라 볼 수 있을 것이다. 그래서 이들 사물을 부르는 것은 자동적으로 이들이 환기하는 자연친화적(自然親和的)이고 안빈낙도적(安貧樂道的)인 세계와 동화되고픈 기원이 되었던 것이다.

5. 맺음말

이상에서, 대략적으로 고시가에서 보이는 돈호법의 양상을 세 가지 측면에서 살펴보았다. 이를 정리해 보면 다음과 같다.

첫째, 돈호법에 의해 형상화된 시세계는 인접성을 바탕으로 한 환유적 형상화의 세계이다.

둘째, 시적화자와 청자가 관계 맺는 방식을, 두 경우 공히 시인은 청중을 앞에 두고 청중으로부터 등을 돌린다는 전제하에서 직접과 간접으로 나누어 볼 수 있다. 직접적으로 관계 맺는 방식은 시적 청자와 실제 청자의 거리가 매우 가까운 경우로서 주술시가나 종교적 기원가가 신격이나 초월적 존재를 직접 부를 때 해당된다. 간접적으로 관계 맺는 방식은 시적화자가 시 속에서 궁극적으로 바라는 청자 대신 매개물을 두어 시적 화자는 그 매개물과 관계를 맺게 되는 방식이다. 그런데 이 매개물은 다시 궁극적인 청자를 환기시켜 시적화자의 부름은 환기의 환기, 기원의 기원으로 작용한다.

　셋째, 돈호법이 비인격적 사물을 인격적인 커뮤니케이션 속으로
끌어들이는 방식은 시인의 생각이 객관적 사물로부터 출발하는 경
우와 시인의 강렬한 주관적 감정이 외부 사물에 투사되는 경우의
두 가지로 나누어 볼 수 있다.

고전시가 돈호법의 시적 기능

1. 돈호법의 개념과 돈호법의 시적 기능 고찰의 필요성

돈호법은 고전시가 작품들 속에서 빈번하게 나타나고 있으며, 작품의 시적 형상화에 기여하는 정도도 매우 크다. 시에서 돈호법은 감탄사와 함께 인간의 정서를 드러내는 가장 본원적인 방법이라고 생각되는 것이다. 대상을 시세계로 불러들이는 시적 표현 수법으로서의 돈호법은 감탄사가 감정을 압축하여 표현하는 것과 비슷하게, 그 부르는 상황에서의 화자의 절실한 정서나 메시지를 응축하고 있다. 우리 고전시가 작품들 속에서 이러한 돈호법의 기능과 그 시적 수행양상을 살펴보는 일은, 우리 고전시가에 있어 정서의 표현과 그 양식화의 근원적인 한 면모를 살펴보는 데에 기여하는 바가 있으리라고 생각한다.

시가 자아와 세계의 동일성 회복을 지향하는 것이라고 할 때, 이 말은 시에서 시적 자아가 세계를 '너'로 불러들여 새로운 세계를 재구성하고, 그 속에서 세계와 시적 자아 두 존재간의 융일(融一)을 꿈꾸는 것이라고 바꾸어 말할 수 있다. 세계를 자아화하는 시적 인식을 통하여, 세계를 '너'로서 파악하는 것은 시적 제시 형

식의 기본이 되는 것이다. 이와 같이 나와 세계의 관계를 나와 너
의 관계로 가능케 하는 부름이 시의 문면에 수사적으로 드러나 있
을 때 이를 돈호법이라 부른다.[1] 따라서 돈호법에 대한 고찰은 시
의 존재양식에 대한 가장 근본적인 물음과 맞닿아 있는 것이라고
할 수 있다.

　지금까지의 우리 고전시가 연구에 있어서, 돈호법이 그 자체로
서 본격적으로 다루어진 적은 없었다. 다만, 수사학적 일반론으로
다루어지거나[2], 명령법과 함께 주술시가나 무가에서 주술성을 드
러내는 징표라는 측면에서 논의의 보완적인 성격으로 다루어져 왔
다고 할 수 있다.[3] 김열규의 논의는 향가의 주술성을 유사법칙의
주술심리의 작용이라는 측면에서 접근하였는데, 특히 주가(呪歌)에
서의 호격(呼格)을 영적(靈的)인 것을 환기(喚起)하는 작용으로 파악

---

1) 돈호법(頓呼法)의 개념에 대해서는 다음의 문헌들을 참고 하였다.
　　A. Preminger & T. Brogan.ed, *The New Encyclopedia of Poetry & Poetics*,
　　Princeton Univ. Press, 1993.; M. H. Abrams, 최상규 옮김, 『문학용어사전』,
　　대방출판사, 1985.; Katie, Wales, *A Dictionary of Stylistics*, London:
　　Longman. 1989.; 조성식 편, 『영어학사전』, 신아사, 1990.
2) 이재선, 「향가의 어법과 수사」, 『향가의 어문학적 연구』, 서강대 인문과학연
　　구소, 1972, 126-144면.
　　최철, 「향가의 수사와 상상력」, 『향가의 문학적 연구』, 새문사, 1983.
3) 김열규, 「향가의 문학적 연구 일반」, 『향가의 어문학적 연구』, 서강대 인문과
　　학연구소, 1972.
　　임기중, 『신라가요와 기술물의 연구』, 이우출판사, 1981.
　　임재해, 「시용향악보 소재 무가류 시가 연구」, 『영남어문학』 9, 1982.
　　김병욱, 「한국 상대 시가와 주사」, 김학성·권두환 편, 『고전시가론』, 새문
　　사, 1984.
　　김승찬, 「향가의 주술적 성격」, 김승찬 편저, 『향가문학론』, 새문사, 1986.

하는 동시에 주술시가의 양식 일반에서 주요한 요소가 되는 것으로 파악한 것은 주술시가가 지닌 돈호법에 대한 선구적인 업적이라 할 수 있다. 이재선이 향가를 어법(語法)과 수사(修辭)의 측면을 고찰하면서 주사(呪詞)와 기도(祈禱)를 그 기층(基層)에서는 인접형태로 보아 주술적 명령이나 종교적 청원을 견주며 살핀 것은, 돈호법이 필연적으로 명령법을 전제하는 것이어서 논의에 많은 시사점을 주었다. 그리고 김승찬, 임기중, 임재해, 김병욱 등의 논의는 돈호법 자체에 초점을 두지는 않았지만, 주술시가가 지닌 세계 인식과 그 양식적 특성과 변모를 살핀 것이어서, 본 논의의 진행에서 힘입은 바가 크다.

그런데 이들 논의 대상은 주로 향가와 향가 이전의 작품을 주 대상으로 하고, 또 작품의 주술적 측면을 밝히고자 하는 데 치우쳐 있다. 그러나 향가와 상고시대의 작품에서 나타났던 돈호법은 이후에도 한 편의 시 텍스트 안에서 중요한 시적 요소로 작용하면서 지속적으로 나타나고 있는데, 그것은 비단 주술적인 시가에서뿐만이 아니라, 서정적인 시가에서도 마찬가지의 양상을 보이는 것이다. 본고는 이러한 점을 중시하여, 우리 고전시가에서 지속적으로 나타나는 돈호법의 시적 기능을 살펴보고자 한다.4) 이러한 작업은 우리 고전시가 작품들의 시적 형상화의 한 특성을 드러낼 수 있으리라고 보기 때문이다.

---

4) 拙稿, 고전시가의 돈호법 연구, (서강대 박사학위논문, 2001)에서 우리 고전시가에 나타난 돈호법의 양상을 담화적 특성을 바탕으로 살펴본 바 있으나, 돈호법의 기능적인 측면에 대한 고찰이 매우 소략한 바 있어 이를 보완하고자 하는 것도 이 논문의 한 의도이다.

2. 돈호법의 시적 기능

시는 세계와 자아 간의 갈등을 노래하는 양식이다. 시적 자아가 돈호법을 통하여 부르는 대상은 시적 자아에 의해 인식된 세계의 속성을 대표한다. 이 같은 대상을 부르는 행위를 통해서 시적 자아와 세계가 만나게 된다. 그런데 이 시적 자아와 세계와의 만남은 현실적 질서 그대로의 만남이 아니라, 시인에 의해서 새롭게 재구성된 현실의 질서 속에서의 만남이다. 이렇게 새롭게 재구성된 질서의 세계를 시세계라 할 수 있다. 시에서 사용되는 돈호법은 대상을 말건넴을 통해서 불러들이는 부름이며, 이 부름의 행위를 통하여 시세계가 구축된다.

부름의 소리가 시의 문면에 수사적으로 드러나 있을 때 이를 돈호법이라 부르는 것이며, 이 부름의 수사법에 대한 고찰은 곧 시의 본질에 다가서는 노력이라 할 수 있다. 시라고 하는 것이 기본적으로 세계를 너로 인식하는 말의 형식이며, 그러한 인식이 시적 인식이라고 할 때, 돈호법은 그러한 시적 인식을 가장 잘 함축하고 있는 시적 장치이며 시적 전략이라 할 수 있기 때문이다.

이와 같은 인식을 기반으로 하면서, 돈호법이 시 작품 내에서 수행하는 세부적 기능들을 살펴보기로 하겠다. 구체적인 수행의 실상에 있어서는 하나 이상의 기능들이 복합적으로 나타나게 되는 것이지만, 그 기능의 낱낱을 나누어 살펴본다면 다음과 같다.

1) 대상의 환기

돈호법은 부름을 통해 시세계 속에서 대상과 그 대상의 속성을 환기시킨다. 돈호법은 주로 호격으로 표현되는데, 호격은 대상을 '너'로 부르는 언어 행위이며, 작품 내에서는 이 호격을 통하여 시적 자아의 감정을 표출하고 대상에 대한 명령 혹은 기원의 정조를 드러낸다. 세계를 너로 인식하는 원시적 사고방식을 통해 세계인 '너'와 교감(交感)하고, '너'를 불러 감정을 영탄적으로 표출하고, '너'에게 명령하고 기원하는 형태가 시적 형상화의 가장 바탕이 되는 원리라고 할 때, 돈호법은 그러한 시적 수행의 중요한 요소로 작용하고 있는 것이다.

　돈호법은 대상을 부르는 수사법이다. 그런데 돈호법으로 부르는 부름의 목적에 따라서 부름은 두 가지로 나눠질 수 있다. 그 하나는 의지의 실현을 위한 부름이요, 다른 하나는 서정의 표출을 위한 부름이다. 두 종류의 부름은 모두 대상을 부르되, 그 부름의 호격이 환기하는 속성은 큰 차이가 있다. 전자는 영적인 것의 환기를 위한 부름이고, 후자는 정서의 환기를 위한 부름이다. 이러한 두 종류의 부름을 우리 상고시가에서 볼 수 있는 바, 전자의 부름은 〈구지가〉에서 그 첫 모습을 보이고, 후자의 부름은 〈공무도하가〉에서 그 첫 모습을 보여준다.5) 이 두 종류의 부름, 즉 주술적 부름

---

5) 〈구지가(龜旨歌)〉는 노랫말 자체의 조직과 의미에 의한 서정적 울림보다는 노래의 효용과 목적에 더 초점을 두고 이해해야 할 것임은 〈가락국기(駕洛國記)〉의 관련기술물의 기록이 잘 말해주고 있다. 〈구지가(龜旨歌)〉는 가락국사람들의 신에게로 향한 요구의 메시지를 담고 있으며, "거북아거북아 머리를 내어라"라는 돈호법을 포함하고 있는 시행은 이러한 요구가 부름과 그에 따른 명령의 화법을 통해 전경화되어 나타나고 있는 것이다. 한편, 〈공무도하가〉의 화자는 남편의 죽음을 떠올리면서 그리고 그 사실을 목도(目睹)했으면서도 '님이여'라고 부르고 있다. 그런 의미에서 〈공무도하가(公無渡河歌)〉는 남편의 죽음이라는 견디기 어려운 슬픔의 정서를 노래로 되뇌이고 있는 것이며, 그러한 극

과 서정적 부름은 가장 이른 시기의 우리 고전시가 작품이 보여주는 두 종류의 돈호법이면서, 이들 두 부름을 통한 시적 형상화는 우리 고전시가의 전개에 있어서 지속적인 흐름이 된다.

서정적 부름의 경우, 향가 〈모죽지랑가〉에서 '랑(郎)이여'라는 부름이, 고려속요 〈이상곡〉, 〈사모곡〉, 〈정과정〉, 〈만전춘 별사〉에서 '아소 님하'라는 부름이, 시조 작품들에서 '저님아'와 같은 님을 부르는 서정적 부름이 이어지고 있다. 이때 부름의 대상들은 화자(話者)앞에 존재하지 않는 '님'들이다. 그 부재의 님을 노래 속에서 불러들여 가상적으로라도 대면하고, 또 그 님과 관계된 고조된 감정의 순간을 님을 부르는 돈호법으로 대체하고 있는 것이다.

한편, 돈호법을 통해 환기되는 대상은 대상 자체일 때도 있지만, 많은 경우 대상에 의해서 매개된 대상을 환기시키거나 그 대상이 지닌 속성을 환기시킨다. 주술시가들에서 '거북'(〈구지가〉)과 '꽃'(〈도솔가〉)이 신격을 환기시키고, 〈원왕생가〉에서 달은 아미타불을 환기시킨다. 〈정읍사〉에서 '달'은 그 달의 밝음의 속성을 환기시키는 것이며, 시조 작품들에서 '백구(白鷗)'는 시조의 화자들이 지향하는 무심의 안빈낙도의 공간을 환기시킨다.

이처럼 돈호법은 대상을 직접 부르거나 혹은 대상의 지닌 바의 속성을 환기하여 부름으로써, 대상 혹은 대상의 속성과 대면하는 가설적인 시세계를 구축하게 만드는 것이다.

도의 슬픔이라는 순간적인 정조가 한탄처럼 '님이여'라는 부름의 말에 집약되어 있는 것이라 할 수 있을 것이다.

2) 전경화

돈호법은 시의 문면에서 대상을 직접 부르는 수사법이다. 그래서 나와 세계의 관계를 시세계 속에서 나와 대상, 나와 너의 관계인 것처럼 꾸민다. 이러한 방식은 청중으로 하여금 관심을 불러 일으키는 구실을 하며, 시적인 분위기에 동화되게 만드는 역할을 하게 된다.[6]

돈호법은 '지금 이 자리에 없거나 죽은 사람, 사물 또는 추상적 관념에 대하여 그것들이 마치 살아있거나 혹은 지금 면전에 있는 것처럼 직접 말을 건네는 방식으로 이루어진 수사적 비유법 rhetorical figure의 한 종류'[7]이다. 이러한 돈호법에 의해 시적 화자와 세계 혹은 시적 화자와 대상간의 관계는 일대일의 극적 장면

---

6) 원래 전통 수사학에서 돈호법은, 화자가 일반 청중을 대상으로 이야기를 진행하다가 돌연히 어떤 다른 화제나 어떤 특정 청중-그 자리에 있든 없든-을 향해 말머리를 돌리는 것을 의미했다.(C. Baldick, The Oxford Dictionary of Literature Terms, Oxford Univ, 1990, apostrophe 항목. 또한 돈호법의 이러한 돈변적(頓變的) 성격에 대해서 최재학(『실지응용작문법』, 1909)도, "돈호법은 평서(平敍)한 문세(文勢)를 돈변(頓變)ᄒ야 호출(呼出)흠이니 예(例)컨대…… 돈호법(頓呼法)이란 평서(平敍)의 문세(文勢)가 갑자기 변하여 지금 없는 것을 있는 것과 같이, 생(生)이 없는 것을 생(生)이 있는 것과 같이 간주하고 이것을 호출하고, 또는 지금껏 말하다 만 것 외의 것에 화두를 돌린다는 말이라." 라고 정의하고 있다. (이재선, 「개화기의 문장 수사론」, 『한국문학의 원근법』, 민음사, 1996, 282면에서 재인용.)

서정시의 화자가 청중으로부터 등을 돌리지만 청중은 엿듣는 방식을 취하고, 화자는 청중이 아닌 다른 대상과 '나-너' 관계의 가설적인 형식을 취하는 것은 서정시의 기본적인 제시형식(N. Frye, Anatomy of Criticism, 임철규 역, 『비평의 해부』, 한길사, 1982, 348면.)이다. 돈호법은 이러한 서정시의 제시 형식을 가장 잘 드러내 주는 비유법이다.

7) 각주 1)참조.

하에 놓이게 된다.

돈호법은 사물과 세계에 대한 새로운 인식을 바탕으로 이들 간의 관계를 현재적인 커뮤니케이션 속으로 불러들인다. 그런 의미에서 돈호법은 담화론적 차원에서 다루어지는 비유법[8]이라 할 수 있다. 즉, 돈호법은 언어의 의미나 조직에 의해서 비유를 형성하는 것이 아니라, 커뮤니케이션 자체의 상황에 의해서 비유적 상황을 만들어 낸다. 이러한 측면은 돈호법에 대한 고찰이 시의 담화적 특성을 드러낼 수 있는 것임을 시사한다. 그래서 말건넴의 수사법인 돈호법은 시 텍스트 내에서 화자와 청자 간의 관계를 극적인 방식으로 전경화하여 현실세계를 재구성하고 있다는 점에서, 시적 담화양식의 이해에 중요한 요소가 되는 것이라 할 수 있다.

이렇게 시적 화자가 하나의 대상을 지각하여 그 대상과 특정한 관계를 형성하게 되면, 그러한 나-너 관계는 시 작품 전체에서 전경으로 부각된다. 특정 대상이 전경으로 지각되면, 세계의 모든 것들은 배경이 되어버리며, 오직 나와 대상 간의 관계만이 부각된다. 나와 너, 즉 시적 자아와 대상 간의 관계가 전경화되는 것이다. 그런 의미에서 돈호법은 전경화하는 수사법이다. 고려가요 〈동동(動動)〉 3월요(三月謠)와 4월요(四月謠)의

---

8) 여기서 비유법이라 함은 figure of thought의 의미가 아니라 figure of speech의 의미이다. 따라서 돈호법이 시 텍스트에서 비유적 효과를 생산하는 것은 어휘가 지닌 의미의 치환이나 확장으로서가 아니라, 어휘의 배열과 화법을 통한 화자의 담화론적 지향과 태도를 드러냄으로써이다. 그런 의미에서 돈호법은 비유법trope 일반과는 다소 구분되는 수사적 비유법rhetorical figure이라 할 수 있을 것이다.

三月 나며 開흐
아으 晚春둘 윗고지여
ᄂ미 브롤 즈슬
디녀 나샷다
아으 動動다리

四月 아니 니져
아으 오실셔 곳고리새여
므슴다 綠事니믄
녯 나롤 닛고신뎌
아으 動動다리

에서도, '달읫곶'이나 '곳고리 새'라는 자연사물을 부르고 있는 돈
호법이 보인다. 3월요의 '달읫곶'은 'ᄂ미 브롤 즈슬 디녀 나'있고,
그런 모습은 연이어 님의 모습을 연상시킨다. 그래서 '달읫고지여'
라는 부름은 곧 'ᄂ미 브롤 즈슬' 지닌 '님이여'라는 부름인 것이다.
봄이 되어 핀 진달래꽃이라는 대상이 시적 화자로 하여금 님그리
는 상사(相思)를 더욱 간절히 촉발시키고 있다. 4월요의 '곳고리새'
는 변함없이 순환하는 자연사물로서의 꾀꼬리새이다. 그러나 그렇
게 변함없이 때가 되면 다시 돌아오는 꾀꼬리새는 시적 화자로 하
여금 세계와의 괴리감을 느끼게 하는 대상이다. 자연과의 대조와
상거(相距)에서 오는 비탄의 정조를 환기시키는 것이 꾀꼬리라는
대상이다. 이렇게 돈호법은 대상을 시의 전면에 끌어들여 시의 정
서를 온통 그 불러들인 대상이 환기하는 정조로 물들여 놓는다. 이

러한 부름을 통해, 시인의 눈에 보이는 온 세계는 바로 이 나와 '곳
고리'와의 관계로 바뀌고, 봄날 꽃피고 새가 우는 자연의 모습은
나와는 아랑곳없이 비극의 정조만이 전경화되고 있는 것이다.

> 시비 업슨 後1라 榮辱이 다 不關타
> 琴書를 홋튼 후에 이 몸이 閑暇ᄒ다
> 白鷗야 機事를 니즘은 너와 낸가 ᄒ노라

> 쑴아 ᄃᆞᆫ겨온다 님의 房의 ᄃᆞᆫ겨 온냐
> 어엿분 우리 님이 안자더냐 누어더냐
> 져 쑴아 본대로 닐너라 가슴 沓沓 하여라

   앞의 작품은 상촌(象村) 신흠(申欽)의 작품이다. 그의 시조 작품
들에는 강호한정(江湖閒情)을 노래한 것이 많은데, 이러한 노래들
은 그가 광해군 조에 관계에 뜻을 얻지 못하고 춘천에 퇴거(退居)하
였을 때 지어진 것으로 보인다.[9] 이 작품은 강호한정을 노래하고
있는데 '백구'라는 전형적인 대상을 불러들임을 통해 시세계는 백
구와 화자 사이의 좁혀진 관계로 부각되어 있다. 그러나 백구와의
관계에 의해 설정된 이러한 세계는 마음먹은 대로 자신의 뜻을 펼
칠 수 없었던 광해군조의 관계(官界)라는 현실적 세계의 반대급부
로서 설정된 세계이기도 하다. 즉 뜻을 이룰 수 없는 현실에의 갈

---

[9] 현재 그의 시조로서 해동가요(海東歌謠)에 남아 전하는 이십사수(二十四首)
의 서언(序言)에의 기록과 그 끝에 "萬曆癸丑"이라는 年次가 있는 것으로 보아
그렇게 추정된다.(조윤제, 『韓國詩歌史綱』, 東光堂書店, 昭和12년, 300면.)

등과 아픔을, 백구와의 관계에 의한 세계를 통해 해소코자 하는 시
인의 마음도 읽을 수 있는 것이다. 요컨대 대상의 성격이 당대의
보편질서를 드러내는 안빈낙도의 등가물로서 관념적이고 자동적
으로 선택된 것이지만, 그런 가운데에서도 ‘백구야’라는 대상의 부
름 속에서는 좁힐 수 없는 현실 세계와의 거리에 대한 시인의 차탄
적(嗟歎的) 내적 독백을 들을 수 있다. 화자와 백구의 관계가 초점
화되어 시인의 정서를 전경화시키고 있는 것이다.

　뒤의 작품에서의 대상은 앞의 작품과 같이 비인격적인 대상이
너로서 불려지고 있다. ‘숨’이라는 대상은 시적 구조 속에 참여하여
새로운 의미를 획득한다. 대상은 시인의 의지에 종속되는 수동적
인 대상으로 인식되는 것이 아니라 하나의 주체로서 인식된다. 화
자는 상상 속에서 대상화한 세계를 자아화하여 동일성의 관계에
놓거나 시세계 속에서 대상을 (인식하는 것이 아니라) ‘발견’하고 있
다. 이러한 새로운 부름을 통한 ‘숨’이라는 대상과의 만남은 새로운
시세계가 열리도록 한다. 이때 만남의 방식은 특수한 경험의 순간
적인 포착일 수도 있고(‘숨’과 같이) 관념에 의한 촉발일 수도 있다
(앞의 ‘백구’와 같이). 그러나 두 방식 모두 시인이 지향하는 세계는
현실 자체에 있지 않고 화자의 상상에 의해서 설정된 시세계를 통
해서 기능한 것이다. 그러한 설정된 시세계가 바로 대상과 시적화
자와의 관계가 전경화되어 있는 세계인 것이다.

3) 사물과의 교융(交融)

　돈호법이 나와 세계의 관계를 나와 너의 관계로 드러낸다는 것
은, 돈호법을 통해 사물과 인간의 융화가 드러난다는 것이며, 이는

언어를 가지고 자연을 인간화한다는 말과 통한다. 돈호법의 부름은
인간뿐 아니라 무생물에 인간의 감정과 행동을 부여하는 신화적 발
상이며,10) 돈호법이 의인화(擬人化)prosopopoeia의 긴밀형태11)라
고 하는 것은 이런 점을 지적하는 것이다. 사물의 이름을 불러 마치
살아서 현존하는 것처럼 말을 건네는 것이 돈호법이다. 돈호법은
사물 즉 비인격적인 존재를 인간적인 커뮤니케이션 안으로 끌어들
인다. 원행패(遠行霈)는 중국 고전시가에서 시인의 마음과 사물이
교융하는 방식을 세 가지로 정리하고 있는데, 정수경생(情隨境生),
이정입경(移情入境), 체첩물정(體貼物情), 물아정융(物我情融) 등이 그
것이다.12) 이 중 정수경생(情隨境生), 이정입경(移情入境)은 시인이
돈호법으로써 사물과 접하는 두 방식을 잘 대변해 준다.

　고려가요 〈만전춘 별사〉 넷째 연은, 돈호법을 통한 정수경생(情
隨境生)의 모습을 잘 보여준다.

---

10) 朴喆熙, 『文學槪論』, 형설출판사, 1975, 129면.

11) 李在銑, 「鄕歌의 語法과 修辭」, 『鄕歌의 語文學的 硏究』(서강대 인문과학연
　　구소, 1972, 201면.; Jonathan Culler, "Reading lyric" *The Lesson of Paul de
　　Man*, Yale Univ. Press, 1985, p.100.

12) 情隨境生은 情이 景을 좇아 생겨나는 것이며, 시인이 우연히 어떤 物景을 만나
　　홀연히 깨달은 바 있어 자신의 감정을 표달하여 意와 景이 交融에 이르는 것이다.
　　移情入境은 情을 옮겨 景으로 들어가는 것인데, 시인이 주관적 감정을 가지고
　　외계의 경물을 접촉하여 자기의 감정을 그 속에 주입하고 또 경물을 통해 감정이
　　펴 나오게 하여 객관적 물경이 시인의 주관적 감정을 나타내게 되는 것이다.
　　體貼物情 物我情融은 物과 情을 일치시켜 物我의 情이 融合된 것이다. (遠行霈,
　　姜英順 外 譯, 中國詩歌藝術硏究, 아세아문화사, 1990, 53-58면.)

올하 올하 아련 비올하

여흘란 어듸 두고 소해 자라 온다

소콧 얼면 여흘도 됴ᄒ니 여흘도 됴ᄒ니

라고 노래하여, 서정적 자아와 세계 및 '비오리'와 '여흘'/'소'와의 위화와 친화의 관계를 통해 시적 자아의 정황을 드러내고 있다. 즉 '여흘'과 '소'는 자연으로서의 친화관계를 나타내고 있는데, 이러한 자연과 자연의 친화관계는 서정적 자아와 세계 사이에 존재하는 위화감(違和感)을 더욱 고조시킨다.[13] 이러한 시적 상황은, '여흘'을 두고 '소'에 자러오는 '비오리', 그리고 '소'가 얼면 '여흘'에서 잘 '비오리'의 모습이 시인의 눈에 들어오고, 그리고 그러한 '비오리'와 '여흘/소'의 관계와 비교해 볼 때, 나와 세계 혹은 나와 님의 관계와의 거리감이 촉발된 것이다. 즉 '비오리'라는 자연 사물의 모습을 보고, 시인은 자연과 나 사이의 어찌할 수 없는 상거(相距)를 보게 된 것이다. 그래서 시인의 마음 속에 있던 갈등과 슬픔의 정조는 이 '비오리'라는 대상을 통해 더욱 증폭되고 부각되어 나타난다. 따라서 '올하 올하 아련 비올하'라는 부름은 시적 화자와 자연 사물과의 거리감을 노래하는 것이며, 부름의 대상이 된 '비오리'는 우연히 화자의 눈에 띈 순간, 화자에게 잠재되어 있던 비극적인 심리적 정조를 촉발시켜 낸 대상으로 작용하고 있다고 할 수 있다. 또,

---

13) 성현경, 「만전춘 별사의 구조」, 『고려시대의 언어와 문학』, 형설출판사, 1975, 378면 참조.

　　너추리 너추리여 얼운쟈 박 너추리야
　　어인 너추리완더 손을 주어 담은 넘논
　　우리도 새 님 거러두고 손을 줄가 하노라

의 시조 작품에서 시인은 타고 올라가도록 섶둥을 대어 주어서 그
것을 통해 담을 넘어 넌출대는 박넝쿨을 보고 일어나는 순간적 정
서를 노래하고 있다. 이 시조에서 박넝쿨을 통해 관념적이고 추상
적인 정신세계가 틈입할 여지는 보이지 않는다. 구체적 대상으로
서의 담을 넘어 손을 내밀 듯 하는 박넝쿨이 시인의 눈에 발견된
것이고, 이를 통해 촉발된 정서가 노래되고 있는 것이다. 그 정서
란 '새님 거러두고' 박넝쿨처럼 '손을 주'고 싶음이다. 그런 정서가
박넝쿨에 의해 촉발되었고 다시 시인은 자연물인 박넝쿨과 동일화
되고 싶은 심경을 담아내고 있다.
　한편, 고려가요 〈정읍사〉를 통해 돈호법을 통한 이정입경의 국
면을 볼 수 있다. 남편을 기다리는 아내의, 남편에 대한 충만한 사
랑의 마음이 달의 원융의 모습에 통했기 때문에, 〈정읍사〉의 시적
자아는

　　달하 노피곰 도드샤
　　어긔야 머리곰 비취오시라
　　아으 다롱디리

라고 기원을 실어 부를 수가 있었던 것이다. 이때, 달은 화자의 정
서를 나타내주는 객관적 상관물이다. 객관적 상관물이란 "어떤 특

별한 정서를 나타내는 사물로서 바로 그 정서를 곧장 환기시키도록 제시된 외부적 사물"14)이다. 이렇게 보면, 달을 부르는 행위는 곧 달이 지닌 '만물을 밝게 비추는 능력'을 부르는 것이고, 그 '만물을 밝게 비추는 능력'으로 남편의 귀가길을 밝게 비추어달라는 기원을 함축한 부름이라고 볼 수 있다. 또, 이정보(李鼎輔)의 시조

> 杜鵑아 우지마라 이제야 니 왓노라
> 이화도 픠여잇고 시돌도 도다 잇다
> 강산에 白鷗이시니 盟誓프리 ᄒ노라

에서 두견은 시조에서 자주 등장하는 백구와 함께 안빈낙도의 자연을 환기하는 환유적 대상이라 할 만한 존재이다. 두견(杜鵑)을 통해 시인이 한가한 자연세계를 발견했다기 보다는, 시인의 마음속에 있던 시인이 추구하자 했던 유가적 이상으로서의 자연을 두견에 주입하고 있고 또 두견을 통해 펴나오게 만들고 있다고 할 수 있다.

　한편, 〈구지가〉 그리고 「동명왕편」의 백록(白鹿) 주사(呪詞), 〈해가〉, 기우 주술 등과 같은 주술시가에서 보이는 언어가 신과 자연과 같은 비인간적 대상과 공감적으로 연결되는 것은, 이 노래를 부른 이들의 의식이 대상을 '그것'으로가 아니라 '너'로 받아들이는 의인관적(擬人觀的) 세계관임을 보여 준다. 대상을 '너'로 인식하는 이런 의인관적 태도가 시의 본질이며, 시의 미학은 여기서 최초로

---

14) 이상섭, 『문학비평용어사전』, 민음사, 1979, 15면 참조.

탄생한다. 왜냐하면 자아와 세계, 시상과 감정이 융합된 결합의 방식이 순수한 미적 형식이기 때문이다.[15] 이러한 의인관적 태도는 돈호법이 취하는 가장 기본적인 기능 중 하나인데, 이 기능에 의해서 돈호법은 비인격적인 대상마저도 인간적인 커뮤니케이션 안으로 불러들이게 된다. 부름은 비단 인간인 대상에게만 한정되는 것은 아니다. 새, 개, 나비, 꽃, 달, 바위, 바람, 술 등 시인을 둘러싸고 있는 모든 세계의 존재들이 부름의 대상이 되고 있다. 또 '사랑아', '마음아', '세월아', '꿈아'와 같이 추상적 관념도 부름의 대상으로 끌어들인다. 시인은 그 모든 대상들에서 님을 보고, 자기 자신을 보고, 또 나와 세계와의 관계를 보는 것이다. 그렇게 시인의 눈에 뜨인 대상을 부른다는 것은 그 대상과 동화되고 싶은 마음 혹은 그 대상과의 거리감이라는 순간적으로 고조된 정서를 노래하는 것이며, 결국 그것은 그 대상들과의 융일을 꿈꾸는 것이다.

4) 시상의 전환

돈호법은 특히 시의 결구 부분에서 나타나는 경우가 많다. 그럴 경우 진행되어 온 시상을 갈무리하여 정리, 완결시키거나, 새롭게 전환되는 내용 첫머리를 이끄는 어구(語句)가 되게 된다. 따라서 자연히 서정의 집약이 이루어지게 되거나, 선경후정으로서의 경(景)과 청(情) 혹은 사실과 감상이 나뉘는 위치에 놓여 전환적 구실을 수행하게 된다. 아울러 하나의 시상을 청중에게 들려주는 듯하다가 특정 대상으로 돈변(頓變)하게 되어 시적 전개의 전환을 가져온

---

15) Susanne K. Langer, *Feeling and Form*, Charles Scribner's Sons, 1953, 241면.

다. 또한 이런 위치에서 나타나는 돈호법은 시상의 전개에 있어서
일종의 휴지(休止)와 같은 역할을 하여 리듬감을 줄 뿐 아니라 하나
의 연이나 작품이 종결될 것임을 인지하게 만들기도 한다.

> 내님믈 그리ᄉ와 우니다니
> 산졉동새 난 이슷ᄒ요이다
> 아니시며 그츠르신둘 아으
> 잔월효성이 아르시리이다
> 넉시라도 님은 ᄒᆞᆫ디 녀져라 아으
> 벼기더시니 뉘러시니잇가
> 過도 허믈도 천만 업소이다
> 믈ᄒᆞᆺ마리신뎌
> 슬읏브뎌 아으
> 니미 나롤 ᄒᆞ마 니ᄌ시니잇가
> 아소 님하 도람 드르샤 괴오쇼셔   【정과정】

> 술먹지 마자 ᄒᆞ고 큰 맹서 ᄒᆞ엿더니
> 잔잡고 구버보니 션우음 졀노 나니
> 아ᄒᆡ야 잔 ᄀᆞ득 부어라 맹서푸리 ᄒᆞ오리라

위 두 예시 작품에서 '아소 님하'와 '아ᄒᆡ야'의 어구는 대체로 시
상을 마무리하는 위치에 놓여져 있으며, 청중에게 하소연하거나
독백하는 듯한 모습을 보이다가 갑자기 '님'과 '아ᄒᆡ'를 등장시켜
청중을 외면해 버린다. 또 이 어구들은 시상전개의 위치로나 의미

구조의 측면으로나 다른 감탄사로 바꾸어 놓아도 좋을 만한 위치에 있다. 이렇듯 구조적으로 전환적 기능을 가지고 있는 것이기도하지만, 또한 장르관습적인 측면에 있어서도 '아소 님하'나 '아히야'라는 어구의 등장은 곧 하나의 작품이 완결을 앞두고 있다는 것을 알아채게 만드는 것이다.

5) 감정의 표백(表白)

돈호법은 갑작스런 정서적 충동이나 고양된 심적 상태를 나타내는 영탄의 한 특수형태로서, '격정' 혹은 '돌연한 정서적 기동(起動)'에 의해 채택된 비유로, 자주 감정의 강조를 위해 사용되기도 한다.[16] 감탄사가 있을 자리를 종종 이 부름의 소리가 차지하는 것은 부름이 '응결된 감정의 표백'[17]일 수 있기 때문이다.

시라고 하는 것이 무시간성의 순간적인 정조의 표출이라고 할 수 있음을 염두에 둔다면, 한 편의 시 작품은 하나의 감탄어로 압축된다고 할 수 있을 것이다. 여기서, 감탄사를 돈호법과의 긴밀 형태로 파악할 수 있음과, 돈호법 자체가 감탄사의 역할을 하기도 하는 것임을 상기한다면, 돈호법은 그만큼 시적 형성 원리에서 중요하고도 바탕이 되는 자리를 차지하고 있음을 알 수 있다. 〈공무도하가〉의 돈호법에는 시적 자아의 서정의 정조가 집약되어 있다.

---

16) 돈호법의 감정표현과 관련된 설명은, H. Steinberg, (ed), *Cassell's Ency-clopedia*, Cassell's Company, 1973.; M. H. Abrams, 최상규 옮김, 『문학용어사전』, 대방출판사, 1985 참조.

17) 김열규, 앞의 책, 201면.

公無渡河
公竟渡河
公墮河死
當奈公何

　'님이여'라는 부름은 '……건너지 마소서'라는 간절한 기원과 더불어 있는 것이지만, 그 부름은 이미 현실적으로 실현 가능한 부름이 아닌, 벌써 님은 '타하이사(墮河而死)'한 이후의 기원이다. 그래서 '님이여'라는 부름 속에는 좁힐 수 없는 세계와의 거리감에 대한 비극적 인식이 영탄적으로 表白되어 있는 것이라고 할 수 있다.
　향가 〈모죽지랑가〉에서의 '낭(郎)이여'라는 돈호법은 두 가지 기능을 동시에 수행하고 있다. 하나는 현실적으로 부재하는 대상을 불러들여 가상적으로 대면케하는 부름이다. 그리고 또 하나는 감탄사와의 긴밀형태로서의 돈호법이 지닌 영탄적 기능이다.

간 봄 그리매
모든 것사 우리 시름
아롬 나토샤온
즈싀 살쭘 디니져
눈 돌칠 亽이예
맛보옵디 지소리
郎이여 그릴 모수민 녀올 길
다봊 굴허헤 잘밤 이시리

【모죽지랑가(慕竹旨郎歌)】/ 양주동 해독

이 작품에서 작품 전체에 일관되는 정서는 바로 이 '낭(郎)이여'라는 부름의 소리에 집약되고 있다. 전자의 기능은 돈호법이 보편적으로 수행하는 기본적인 기능이지만, 이 작품들에서는 그보다는 후자 쪽의 기능이 더 강하게 나타나고 있다. 이 노래에서 돈호법의 자리에 부름의 말이 아닌 감탄사가 들어가더라도 노래가 주는 정서적 울림을 그다지 훼손하지는 않을 것이다. 그러나 그렇게 흠모하고 만나기를 갈구하는 대상의 이름을 굳이 직접 부르는 행위가, 그 정서적 울림의 정도를 심화시키고 있는 것이다.

6) 지시적 의미의 함축

돈호법은 호격과 호응을 이루는 명령법을 통하여 시적 화자의 의도를 표출하거나 의지를 드러내고 지시한다. 시 작품의 의미가 명령이나 기원에 초점 지워져 있을 때 그런 명령이나 기원의 의미는 서술어를 통해서 직접적으로 드러나게 되는 것이지만, 호격으로 대상을 부르는 자체에도 이미 서술어가 내포하는 의미가 담겨져 있다. "추워"라는 말이 '문을 닫아라'는 의미를 훌륭히 지시하는 경우가 있다. 또 가령 "엄마"라는 부르는 말이 상황과 맥락에 따라 다양한 의미전달('저 좀 보세요', '다녀왔어요', '보고 싶었어요', '그만 하세요' 등등)을 모자람없이 더 잘 수행하는 경우도 있다. 이처럼, 시 작품을 둘러싸고 있는 맥락 속에서 대상을 부르는 호격만으로도 일정 정도의 서술적 의미를 수행할 수 있게 되는 것이다.

좀 더 극단적인 경우, 호격 위주로만으로 나열된 작품도 있다. 이 경우는 돈호법으로 불린 이름 자체가 이미 서술어가 담당할 의

미를 포함하고 있기 때문이거나, 화자와 청중 간에 특정한 의미가
묵인(黙認)되어 있기 때문이라고 생각할 수 있다.

> 東方애 持國天王님하
> 南方애 廣目天子天王님하
> 南無西方애 增長天王님하
> 北方山의사 毗沙門天王님하
> 다리러 다로리 로마하
> 디렁디리 대리러 로마하
> 도람다리러 다로링디러리
> 다리렁 디러리
> 內外예 廣四目天王님하 　　　　　　【고려가요 성황반(城隍飯)】

　이러한 돈호법의 기능은 서정적 기원의 노래에도 수행되지만[18]
특히 주술적이거나 교훈적인 작품에서 두드러지게 수행된다. 주술
적 시가에서는 대상을 부르는 호격과 함께 명령법이 수반된다. 직
접적 명령이든 완곡한 명령으로서의 기원이나 청유이든 간에, 호
격으로 부르는 것은 대상에게 명령하기 위해서 부르는 부름이다.
대상에게 명령법을 가해서 화자의 의지를 실현시키고자 하는 부름
인 것이다.
　교훈적 주제의 시조 작품들 중에는 이와 같은 지시적 의미를 함

---

18) 서정적 기원을 보이는 작품들에서 '달하', '아소 님하', '저님아' 등의 부름의
　　말들은 잇달아 나타나는 서술부의 지시적 의미를 미리 함축하고 있으며 그 의
　　미를 강조한다.

축하고 있는 돈호법이 자주 등장한다.

> 이바 아희들아 내 말 드러 비화스라
> 어버이 孝道ᄒ고 어룬을 恭敬ᄒ야
> 一生의 孝悌ᄅᆞᆯ 닷가 어딘 일홈 어더라 　　　　/ 김상용(金尙容)

> 져믄 벗님네야 늘그니 웃디마라
> 졈기는 져근 더디오 늘기사 더 쉬오니
> 너희도 날 ᄀᆞᆺᄐ면 ᄯᅩ 우스리 이스리라 　　　　/ 김득연(金得硏)

와 같이 대상을 부르면서 시작되는 것들이 많은데, 돈호법 부분만
으로도 작품이 전달코자하는 의미가 교훈적인 것임을 짐작할 수
있다. 시조 작품들에서는 이 밖에도 '강원도 백성드라 형제 숑ᄉ
ᄒ디 마라', 'ᄆᆞ을 사ᄅᆞᆷ들하 올흔 일 ᄒ쟈스라', '경박 쇼년드라 오
유 펑싱 그만ᄒ고', '풍진의 모든 분닉 잠시 내 말 드러보오', '뭇노
라 부나븨야 네 ᄯᅳᆺ을 내 몰래라' 등에서 보이는 것처럼, 돈호법이
그 자체로 이미 시인이 작품을 통하여 전달하고자 하는 지시적 의
미를 상당부분 함축하는 기능을 수행하고 있다.

3. 돈호법의 시적 기능 고찰의 의의

　　이상에서 고전시가 작품들 속에서 돈호법의 기능적인 측면들을
살펴보았다. 이러한 돈호법의 기능들은 하나의 시 작품 속에서 그

시적 효과를 높이기 위해서 작용하는 것이지만, 어느 경우이든 이 기능들은 시적 자아와 세계와의 말건넴이라는 하나의 측면에 기여하고 있는 것이다.

이 논문은 돈호법이 한 편의 시 작품 속에서 다양한 기능을 수행하면서 시적 형상화의 중요한 요소로 작용하고 있음에 주목하여, 돈호법의 시적 기능과 그 양상의 개략을 드러내고자 하였다. 돈호법은 상고시가 이래 고전시가 작품들 속에서 빈번하고도 지속적으로 나타나고 있는 것이며, 인간 정서를 드러내는 가장 원초적인 수법이자 서정시의 기본적인 한 제시 형식이라고 생각되는 것이다. 이러한 인식 하에서 우리 고전시가 작품 속에서 돈호법의 시적 기능을 살펴보는 일은 우리 고전시가의 성격과 면모를 더욱 정밀하게 드러내는 데에 기여하는 바가 있으리라 생각하였다.

위에서 살펴 본 돈호법의 기능들은 주로, 시적 소통구조라는 측면에서 그리고 작품의 형상화 방식이라는 측면에서 파악된 특징들이다. 그만큼 돈호법의 시적 기능은 단순한 시적 기교나 세부적인 수사적 장치로서보다는 시적 화자와 세계를 나와 너의 관계로 바꾸는 하나의 시적 제시형식으로 작용하며, 시를 시답게 만드는 하나의 시적 존재양식으로 작용하는 국면이 있음을 드러내고자 하였다.

말건넴의 수사법(修辭法), 혹은 세계를 너로서 부르는 수사법인 돈호법은 오늘날 현대 서정시에 있어서도 중요한 시적 인식의 바탕으로 작용하고 있는 것으로 생각된다. 그것은 또한 돈호법의 사용이 작품에서 겉으로 드러나지는 않고 있더라도, 세계에 대한 말건넴이라는 속성은 언제나 함축되고 있는 것이라 생각되기 때문이다. 이 논문에서 우리 고전시가 작품들에서 나타나는 돈호법의 기

능을 살펴본 것은 우리 시의 서정의 뿌리와 서정을 담는 가장 기본
적인 시적 형상화 방식에 대한 관심에서 비롯되었다.

고려속요의 주제 양식적 성격

1. 서론

고려속요의 특성을 이야기할 때면 으레 그것이 지니고 있는 서
민적 정서를 떠올린다. 고려속요라는 장르의 형성이 대체로 민요
가사를 기반으로 궁중악곡화 과정에서 편사(編詞), 산개(刪改)된 것
으로 보는 것이 일반적이기 때문이다. 그러나 고려속요의 향유방
식과 남아 전해지는 작품 자체를 놓고 생각해 본다면 장르 혹은 작
품이 가진 실제적이고도 총체적인 성격보다도 민요적 기반의 서정
적 성격에 너무 편중하여 그 성격을 규정하는 경향이 적지 않은 듯
하다. 이 장르의 작품들이 지니고 있는 서정성의 가치를 절하하고
싶은 생각이 있을 리는 없지만, 우리 시가사의 모든 장르들의 속성
이 그러하듯 서정성만으로 이 장르의 성격을 온전히 드러낼 수 있
다고 볼 수도 없을뿐더러 그렇게 보는 태도가 옳지도 않다고 생각
되기 때문이다. 물론 이런 측면에 대한 인식은 고려속요의 발생과
형성과정을 논의한 이른 시기의 연구에서부터 적지 않게 축적되어
있다. 그러나 굳이 이 글을 통하여 고려속요의 서정적이지 않은 측
면을 운위하려는 이유는 좁게는 하나의 문학적 구조물로서 고려속

요 작품 자체를 좀 더 객관적으로 파악할 필요가 있다는 반성적 이유에서이고, 넓게는 우리 시가사에 이어져 내려오는 '서정적이지 않은' 요소들에 대해 관심을 가져보는 것도 의미 있는 일이라고 생각되어서이다.

가장 오래된 문학의 한 양식으로서의 시가라는 장르는 인간이 자신의 마음이나 생활 혹은 자연과 사회의 여러 국면에서 느낀 감동이나 생각을 일정한 언어의 배열과 구성을 통해 간결하게 드러내는 언어예술이다. 특히 마음에서 일어나는 다양한 감정이나 그러한 감정을 불러일으키는 분위기로서의 서정을 표현하는 것이 시가를 시가답게 하는 가장 보편적인 특징으로 이해되고 있다. 하지만 모든 시가 작품들이 서정만을 추구하고 있지 않다는 것은 구체적인 작품들의 면면을 대략 들추어보아도 알 수 있는 일이다. 시가에서는 감정의 표백(表白) 외에도 관념의 표현이나 사상의 전달, 현상에 대한 태도나 의지의 표명 등이 시가 본연의 언어적 배열과 구성을 통하여 제시되고 있음은 주지의 사실이다. 그럼에도 불구하고 대부분의 시가 작품 연구들은 하나의 시가 작품이 지니고 있는 서정성을 드러내고 확인하는 데에 치중하고 나머지의 성격들에 대한 연구는 매우 인색한 바가 적지 않았다고 생각된다. 본고는 서정성 위주로 우리 시가 전체의 총체적인 성격이 온전히 파악되기 어렵다는 생각을 전제하면서 고려속요에서 서정적인 국면 이외의 양식적 특징을 살펴보고자 한다.

시가 연구에서 그 양식적 특성을 서정과 교술[1], 정감성과 교훈

---

1) 조동일, 「판소리의 장르 規定」, 『어문논집』 제1집, 계명대 국문학과, 1969.

성2), 자설과 타설3)과 같이 분류하고, 이를 통하여 개별 작품 및 일군의 작품들의 추상적 특성을 보려한 시도들이 있다. 이러한 시각은 총체성 속에서의 특수성을 기술하고자 한 인식의 자연스런 산물이며 한 작품의 양식적 특성을 단정적으로 파악하기보다 좌표적으로 혹은 상대적으로 파악하고자 하는 태도에서 기인한 것이다. 여기서 총체성이라 함은 시가라는 전체 장르의 범주를 서정으로 파악하는 것이고, 특수성이란 작품을 통한 개별적 실현의 다양한 모습들이라 할 수 있을 것이다. 이렇게 볼 때에도 역시 이른바 '서정적 서정'이 시가장르 본연의 특성이 될 것이다. 그러나 그럼에도 불구하고 우리 시가사의 실상에 있어서, 그 나머지의 부분이 차지하고 있는 특성들을 단순히 장르의 다양성에 기여하는 부수적이고 주변적인 요소라고 치부해 버리기에는 너무 뚜렷한 흐름이 있음을 부인하기 어렵다.4) 서정과 구별되는 이와 같은 특성들은 '교훈'·'교술'·'타설'과 같은 속성적 명칭으로 개념화되어 쓰이기도 하는데, 본고에서는 이러한 개념들을 '주제적 양식'이란 용어로 포괄하여 사용하고자 한다.

주제적 양식은 공공의 목소리를 대변하는 화자가 보편적 진리나 당위를 설득적 혹은 선언적으로 전달하면서 세계와의 화해를 지향하는 시적 담화양식이다.5) 주제적 양식의 작품들은 우리 시가사에

---

2) 김열규, 「韓國詩歌의 抒情의 몇 局面」, 『동양학』 2집, 단국대 동양학연구소, 1972, 14면.

3) 박철희, 「시조의 구조와 그 배경」, 『영남대 논문집』 제7집, 1974.

4) 정종진, 「주제적 양식의 고시가 검토」, 『성심어문논집』 25, 성심어문학회, 2003, 62면.

전체를 통하여 작품 출현의 빈도가 매우 높을 뿐 아니라, 개별 장르
들 속에서도 지속되어 나타나고 있다. 이러한 주제적 양식에 주목
하는 것은, 개인의 개성 발로와 대조되는 시대적 당위의 추구라는
노래의 목적에서, 시적 발상과 그를 통한 작품 생산의 작가적 방법
이라는 측면에서, 그리고 담당층의 사회관 및 세계관의 반영이라는
측면에서 하나의 전체 장르가 지닌 다양성을 볼 수 있게 하리라 생
각되고 나아가 이를 기반으로 장르 전체의 총체적인 성격을 파악할
수 있을 것으로 기대하기 때문이다. 이에 본고에서는 특히 고려속
요를 대상으로 하여 고려속요 장르 내에서 보이는 주제적 양식들의
다양한 국면들을 살펴보고자 한다.

2. 소통모델로서의 시적 담화와 주제적 양식

담화(discourse)란 청자 혹은 독자들에게 특수하게 전달되는 언술
행위라고 범박하게 말할 수 있다. 시 텍스트를 하나의 담화로 파악
한다는 것은 시 텍스트를 화자와 청자 간의 의사소통이란 측면에
서 파악코자 하는 것이다. 로트만에 따르면 시 텍스트가 어떤 특징
적 전달경로를 가지느냐 혹은 어떤 전달방식의 체계를 가지느냐에
따라, 시적 담화는 서로 상이한 두 가지의 양식적 특성으로 변별된
다.[6] 즉 의사소통은 '나-남 소통체계'와 '나-나 소통체계'라는 두

---

5) '주제적Thematic'이라는 말의 개념은 Paul Hernadi의 장르론에서의 논의를
   참조하였다.(Paul Hernadi, *Beyond Genre; New Directions in Literary
   Classification*, Ithaca and London: Cornell Univ. Press, 1972.)
6) 로트만의 전달방식의 차이에 따른 두 가지 의사소통의 체계(I-He/She

가지 모델로 구축될 수 있는데 이는 정보의 전달방식의 차이에 의한 것이다.

'나-남 체계'는 화자가 동일한 코드를 공유하고 있는 타자(他者)인 청자에게로 정보를 전달하는 경우이다. 이 경우 주어진 정보의 내용은 변화가 없으며 화자나 청자가 가지고 있는 정보량은 거의 동일하다고 할 수 있다. '나-남 체계'는 타인을 향하여 자신의 입장을 표명하는 공개적인 발화의 양식으로서의 일상적인 의사소통의 방식과 가깝다. '나-나 체계'는 새로운 코드의 도입에 의해 변형되고 증가된 정보가 전달되는 경우이다. 이 경우 청자는 화자와 동일하며, 화자인 나와 나 자신간의 내적인 발화가 이루어진다. '나-나 체계'는 화자인 내가 자신과의 내적 대화를 나누는 사적이고 독백적인 발화 양식으로서의 특수한 소통의 방식이라 할 수 있다. 일상적인 의사소통 행위는 전자인 '나-남 체계'를 통해서 이루어지고, 문학적 의사소통 행위는 후자인 '나-나 체계'를 통해서 이루어진다고 볼 수 있다. 그런 측면에서 시적 담화로서의 시적 소통 행위도 '나-나 체계'에 근본적으로 기대어 있는 것이다.[7]

그런데 하나의 시가 작품 속에서도 서정적 요소 외에도 서사적, 극적 혹은 주제적 등의 요소들이 끼어드는 경우가 자주 있는 것처

---

communication & I-I communication)에 대한 논의는 다음을 참고 하였다.

Y. M. Lotman, *Universe Of The Mind*, trans. A. Shukman, Indiana Univ. Press, 1990.의 part 1.; Y. M. Lotman, "Primary & Secondary Communi-cation-Modeling Systems", "Two Models Of Communication", *Soviet Semio-tics*, trans.& ed. Daniel P. Lucid, The Johns Hopkins Univ. Press, 1977.; 송효섭, 『문화기호학; 대우학술총서 인문사회과학92』, 민음사, 1997, 3장.

7) 정종진, 앞의 논문, 64면.

럼, 시 텍스트를 하나의 소통행위라는 측면에서 파악할 때 '나-나 체계'의 소통체계만이 있는 것은 아니다. 시적 담화 일반이 기본적으로는 '나-나 체계'의 모델을 통하여 소통을 이루는 것이지만 실제 개별 작품을 살펴보면 '나-나 체계'뿐 아니라 '나-남 체계'의 소통모델도 포함되어 있다. 그래서 로트만도 "그러나 일반 원리로서의 시와 실제 시 텍스트와는 차이가 있다. 실제 시 텍스트를 '나-나 체계'로만 파악하는 것은 과도하게 단순화한 것이다. 실제의 시 텍스트에서는 '나-나 체계', 혹은 '나-남 체계'가 개별적으로 작용하는 것이 아니라 이 두 체계가 동시에 작용한다."[8]고 언급하고 있는 것이다. 이는 서정장르 아래에 다시 그 양식적 특성으로, '서정적'·'서사적'·'극적'·'교훈적' 등과 같이 하위분류할 수 있는 것과 비슷한 맥락으로 이해될 수 있을 것이다.

따라서 본고는 시적 담화가 근본적으로는 '나-나 체계'에 놓여 있음을 전제로 하지만, 그 '나-나 체계'를 구성하는 두 가지의 하위 체계가 있음에 주목하고자 한다. 그리고 이 두 체계는 하나의 시 텍스트 안에서 상호 배타적으로 존재하는 것이 아니라, 어느 한 체계가 다른 한 체계보다 강화되어 지배적 요소로 기능하게 되는 것으로 파악하여 본 논의를 진행하고자 한다. 실제 우리 시가사의 흐름을 보더라도 나-남 체계의 소통방식을 통하여 주제적 양식의 면모를 보여주는 작품들이 꾸준히 지속되어 온 바[9], 그것은 고려

---

8) 이는 로트만의 언급은, 실제 시 텍스트에 있어서, 이런 측면-즉 거시적으로는 '나-나 체계'가 전제되는 것이지만, 다시 그 안에 '나-나', '나-남'의 두 가지 다른 체계의 상호작용이 있음을 지적하고 있는 것이다.(Y. M. Lotman, op. cit. p.29.)

속요의 경우에 있어서도 다르지 않기 때문이다.

플라톤은 문학적 담화의 진술방식을 직접적 제시와 모방적 제시 및 양자의 혼합형태의 셋으로 구분하였다. 이런 관점에서 볼 때, 시인에 의한 비전의 직접적 제시는 바로 문학의 주제적 양식10)에 상응하는 것으로 이해할 수 있다. 주제적 담화양식을 통한 극단적인 주석적 제시의 양식의 경우는 헤르나디의 좌표적 장르 설정11)에서 금언이나 속담과 같은 것들이 될 것이다. 이러한 주석적 제시는 어떤 관념을, 하나의 사건이나 말하고 있는 한 목소리에 관련시키지 않고서도 이 관념을 표상한다. 그래서 이러한 주석적 제시의 성격을 가지고 있는 주제적 양식은 모든 사람에게 진리로 여겨질 수 있는 보편타당한 비전을 제시하므로, 화자의 목소리—대개 작가의 권위적 목소리—는 객관성과 교훈성을 띠는 경우가 많다.12) 이에 비해 서정적 양식에서는 어떤 진실이나 비전을 사적인 것으로 수용, 표현한다. 주제적 양식에서는 보편적 내용을 강조하며, 그것이 사적인 전달행위로 화하지 않는 범위 내에서 설명하기telling의

---

9) 주술적 성격을 보이는 향가 작품들, 훈민시조와 같은 것이 그 대표적인 예가 될 수 있을 것이다.

10) 이 논문의 대상이 되는 시가작품들의 장르적 속성이 서정임은 미리 전제된 것이다. 그러나 전체로서의 장르적 속성이 서정이라고 하더라도, 그 장르를 구성하는 개별 작품들의 구체적인 실현은 다양한 양식을 통해서 나타날 수 있다고 보는 것이 이 논문의 기본적인 입장이다.

11) Paul Hernadi, *Beyond Genre; New Directions in Literary Classification*, Ithaca and London: Cornell Univ. Press, 1972, pp.156-170.

12) 서정시는 그 본질에 있어서 강렬한 자기 표현의 제시 양식이다. 따라서 주제적 담화양식을 취하는 경우에 있어서도 장르적 기본 범주는 서정이기 때문에, 시적 자아인 화자가 드러나기도 한다.

방법으로 작가의 목소리를 드러내는 것이다.[13] 즉 경구(警句)와 마찬가지로 발화자의 사적인 목소리는 드러내지 않은 채 권위적인 목소리로 보편적인 내용을 제시하는 것이 주제적 양식의 기본적인 모습이라 할 수 있다.

주제적 양식에서는 실제 화자로서의 시인과 실제 청자의 직접적인 관계가 강하게 전제된다. 주제적 양식은 보편 진리나 당위를 수사미로써 전달코자 하는 목적이 있으므로, 작품 구조 밖에 더 관심을 둔다. 이 경우, 화자는 공공의 목소리를 대변하는 구실을 하게 되는 경우가 많으며, 그 목소리는 권위적이고 설득적인 남성적 목소리로 나타난다. 그리고 자기 표출의 방식이란 측면에서 또 시세계에 반영된 시정신의 측면에서 볼 때, '타설적[14]'이다. 이렇게 주제적 양식은 수사적 구조에 의한 윤리적 내용의 설득적·선언적 전달에 놓여 있으므로, 화자와 세계는 해결과 화해를 지향하는 것으로 나타난다. 주제적 양식의 시적 담화에서의 화자는 시인의 대변자 구실을 하며 권위적이고 설득적인 목소리를 지니게 된다.

다음 장에서는 고려속요에서 보이는 주제적 양식의 측면들을 주제적 양식의 담화적 전제, 대상인식, 시적 동일화의 방식의 세 부분으로 나누어 검토해 보고자 한다.

---

13) 신은경, 『사설시조의 시학적 연구』, 개문사, 1995, 203면.
14) 박철희, 『韓國詩史硏究』, 일조각, 1980, 10-11면.

3. 고려속요의 주제 양식적 성격의 검토

1) 화자 - 청자 관계

이 장에서는 청자에 대한 화자의 태도를 통하여 고려속요가 지
닌 주제적 양식의 담화적 실현양상을 살펴보려고 한다.

채트먼이 제시한 것처럼 일반적인 시적 담화가 〈실제 화자-함
축적 화자-함축적 청자-실제 청자」의 관계 속에서 이루어진다고
보았을 때[15], 주제적 양식에서는 시 텍스트 내의 함축적 화자-함
축적 청자 관계보다는 실제 화자-실제 청자의 관계에 더욱 큰 비
중을 주어져 있다. 주제적 담화양식에서는 실제 화자와 실제 청자
와의 직접적인 관계설정이 초점화된다. 의사소통이란 맥락에서 볼
때, 시인이 발신자라면 수신자는 실제 청자이다. 주제적 양식의 담
화적 상황에서는 발신자가 제시한 정보내용과 수신자가 수용한 정
보내용이 거의 같다. 그래서 시 텍스트가 담고 있는 정보 내용은
수신자에 의해 다양하게 해석될 여지는 거의 없고 다만 정보의 내
용이 폐쇄적이고 투명하게 수신자에게 일방적으로 '전달'된다. 자
연히 이러한 시 텍스트는 암시성과 함축성이 적으며, 수신자가 읽
어내야 할 정보의 양은 전달된 메시지 그 자체에서 크게 벗어나지
못하기 때문에, 정보성은 줄어들게 된다.[16] 정보성이 적다는 것은
그만큼 직접적인 의미 전달에 강조점이 주어져 있는 것이다. 발신
자와 수신자 간의 이러한 직접적인 전달관계는 서정적 양식이 취

---

15) S. Chatman, *Story And Discourse*, Cornell Univ. Press, 1978, p.151.

16) Beaugrande & Dresser, *Introduction to Text Linguistics*, Longman, 1981,
   pp.139-160.

하는 담화양상과 가장 큰 차이점이다.

시를 하나의 담화로 이해하고자 할 때, 화자와 이 화자의 목소리
에 대해 살펴보는 일은 필연적인 것이다.[17] 주제적 양식에서의 화
자는 개별적이고 개성적인 '나'로서의 화자가 아니라, 공동사회의
한 구성원으로서의 성격이 부각된다. 따라서 이런 화자의 목소리
에는 외적이고 사회적인 규범에 대한 인식이 반영된다.[18] 그런 측
면에서, 주제적 양식에서의 화자는 사회의 대변인으로서의 시인의
목소리를 드러낸다고 할 수 있다. 이때 시인은, 그를 둘러싼 세계
와의 관계에서 생긴 갈등을 사적(私的)으로 수용하여 자기표현적
목소리로 고양된 감정을 새롭게 설정한 시세계 속에서 응축시켜
드러내 보인다. 그래서 주제적 양식에서의 시인은 개성적 개인으
로서의 시인이라기보다는 자기가 살고 있는 사회의 대변자가 되는
데 열중하는 시인이다. 프라이는 "시인은 별도의 사회를 상대로 이
야기하는 것이 아니므로, 사회에 잠재하는 또는 사회에 필요한 시
적 지식과 표현력이 시인을 통해서 명확하게 되기 때문에, 사회의
대변자라고 말할 수 있는 것이다."[19]라고 지적하고 있는데, 바로
이러한 태도 때문에 교훈적인 시가 나타나게 된다는 것이다.

한편 무카좁스키는 시인과 사회의 관계양상을 "시인은 다른 환
경과 대비되는 어떤 특정한 환경의 해설자로, 이 환경의 해설자나
옹호자가 될 수 있다. 또한 시인은 작품을 통해서 그가 창조해 내
거나 환경의 이름으로 창조해 내는 그런 환경의식을 불러일으키려

---

17) 김준오, 『詩論』, 三知院, 1991, 172면.
18) N. Frye, 임철규 譯, 『비평의 해부』, 한길사, 1982, 416면.
19) N. Frye, 같은 책, pp.81-82.

고 활동할 수도 있다.”[20]고 설명하고 있다. 이는 시인이 작품을 통해 자기가 속한 사회의 사회적 관습·윤리·이념 등을 드러내는 대표자로서 기능할 수 있음을 지적하는 것이다. 이러한 관점을 빌린다면, 화자가 대상의 존재나 의미를 사적으로 파악하여 드러나는 부름의 목소리를 서정적 양식이라 할 수 있고, 시의 화자가 사회와의 관계를 통해서 파악될 때의 부름을 주제적 양식이라 할 수 있다. 이 같은 의미에서의 교훈적이고 설득적인 목소리를 지닌 화자의 부름을 통해 형상화된 시에 있어서는, 시인의 사회적인 역할이 중요해 진다. 그 사회적 역할이란 시인 스스로가 구성원으로 속해 있는 특정 사회의 환경에 조응되는 보편타당한 진리의 내용을 시 형식에 담아 직접적으로 제시하는 것이다.[21] 서정적 양식에서 화자는 청자로부터 등을 돌리고 대상과의 관계인 것처럼 꾸민다면, 주제적 양식의 경우, 화자는 부름을 통해 청자와 직접적 관계를 형성한다. 그리고 이때 실제 청자로서의 청중은 시인과 사회를 매개시켜 준다. 청중 즉 실제 청자가 강하게 인지될수록 이 매개효과는 더 강해질 것이다. 주제적 양식에서는 청자를 향해 말하고 있는 시인은 대표자로 느껴지므로, 작가가 실제로 누구인가는 중요치 않다.

주제적 양식에서의 화자와 청자 간의 전달 관계는 일상적 담화에서의 전달관계와 유사하다. 일상적 담화에 있어서의 '화자-화제-청자'의 관계가 시적 담화에서는 '시인-시 텍스트-청자(독자)'의

---

20) Jan Mukarovsky, *The Poet*, 박인기 역, 「시인이란 무엇인가」, 『현대시의 이론』, 지식산업사, 1989, 36-38면.
21) 위의 내용은 필자의 앞의 논문 69면을 수정, 인용하였음.

관계로 바뀜으로써 성립된다.[22] 따라서 일상 담화와 시의 담화는 유사관계이다. 그러나 시적 담화는 그것이 작품으로 바뀌면 그 자체로서 하나의 자율적 존재가 되고, 또한 수용자들의 특정 장르에 대한 기대지평이 이런 일상적 담화와 유사한 담화를 문학적 담화로 수용한다. 주술적 시가나 시조에서의 실제 청자 지향적인 교훈적 작품들이 일상담화와 다르게 수용되고 또 양산되는 것은, 일종의 장르관습으로 이해될 수 있을 것이다. 그러나 이 경우에 있어서도 그 문학적 담화양상이나 시 텍스트 내의 미적 표현들은 어디까지나 수사적이고 웅변적인 효과에 기여하고 있다.

주제적 양식의 일면을 보여주는 고려속요의 작품으로는 〈처용가〉와 〈정석가〉, 〈동동〉의 서사 부분, 그리고 『시용향악보(時用鄕樂譜)』 소재 무가류 시가 중 〈성황반〉, 〈대왕반〉, 〈삼성대왕〉, 〈대국2〉 등을 들 수 있다. 이들 작품은 한 개인의 서정적 표백이 언어적 조직을 통하여 한 편의 시가 작품으로 형상화되어 있는 것이라고 보기는 어렵다. 그보다는 현실적인 목적을 수행하기 위한 수단으로서의 기능적 성격이 더 중시되고 있다. 위의 『시용향악보』 소재 시가들이 궁중 연향이나 외국 사신들을 맞이하기 위한 채붕나례 등에서 주로 연행되었고, 〈처용가〉 역시 나례(儺禮)나 「학연화대처용무합설」과 같은 궁중정재(宮中呈才) 형식으로 연행되었다. 〈정석가〉의 서사는 연향 시 당악과 교주되면서, 당악의 구호나 치어의 영향을 받아, 노랫말에 왕에 대한 송도나 송축의 의미를 담게 되었다고 볼 수 있는데, 이는 연행 상황을 고려한 기능적 성격이

---

22) 노창수, 『韓國 現代時調의 話者 研究』, 조선대 박사학위논문, 1993, 15면.

중요하였음을 보여주는 것이다. 〈처용가〉와 〈삼성대왕〉에서는 '처용'·'삼성대왕'과 같은 신격이 직접적인 청자로 전제되어 있다. 이들 작품에서의 화자 역시 실제 화자 자체이거나 그 대변자적인 성격을 갖는다. 그만큼 이들의 담화적 상황은 텍스트 자체 내에서의 가상적인 현상적 화자와 현상적 청자의 관계로 설정되어 있다기보다는, 실제 화자와 실제 청자 간의 직접적인 관계가 초점화되어 있는 것이다.

실제 화자와 실제 청자의 텍스트 외적인 관계에 더욱 초점지워진 이들 작품은 화·청자의 위계관계에 있어 청자 우위의 형태로 나타난다. 이렇게 청자가 화자보다 우위인 상황에서, 노래가 담고 있는 의미는 주술적 기원이거나 송도(頌禱)이다. 고려속요 중 〈처용가〉의 서사와 〈정석가〉의 서사 부분을 좀 더 자세히 살펴보기로 하자.

新羅聖代 昭聖代 천하대평 天下大平 羅候德
처용아바 以是人生애 相不語ᄒ시란디
以是人生애 相不語ᄒ시란디
三災八難이 一時消滅ᄒ샷다

【처용가(處容歌) 서사(序詞)】

위 인용은 〈처용가〉의 서사에 해당하는 부분이다. 이 서사에는 〈처용가〉 작품 전체를 관통하는 중심 내용을 함축시켜 놓았다. 〈처용가〉의 서사에는 과거·현재·미래가 공존하며, 그 모든 공존의 공간에서 처용의 위력이 구체화된다.23) 즉 '신라성대(新羅聖代)

소성대(昭聖代) 천하대평(天下大平) 나후덕(羅候德)'이라는 과거의 일
을 떠올리고는, '처용아바'라는 호격과 함께 '이로써 인생(人生)에
항시 말씀하지 않으시더라도 삼재와 팔난이 일시에 소멸하도다'라
고 하면서, 삼재팔난을 없애던 처용의 위력이 현재와 미래에도 미
쳐지기를 바라고 있다. 따라서 이 서사는 처용신을 부름으로써 처
용신이 지닌 위력을 환기시켜, 삼재와 팔난이 없는 신라성대(新羅
聖代) 소성대(昭聖代)의 천하대평(天下大平)이 이어지기를 바라는 내
용이다.

이때, 삼재팔난의 일시소멸을 바라는 화자는 특정 개인으로서의
화자라기보다는 공동체적 염원을 담은 화자로 보아야 할 것이다.
이 노래가 나례 혹은 정재의 형태로 연행된 것이란 점에서도 그렇
지만, 노래 속에서 열병신의 퇴치를 기원하는 것은 개별적인 특정
상황에서 비롯된 것이 아니기 때문이다. 따라서 〈처용가〉는 공공
의 성격을 갖는 화자가 처용이라는 신격에게로 보내는 기원의 메
시지로 이해될 수 있다.

다음은 인용부분은 〈정석가〉의 서사이다.

> 딩하 돌하 當今에 계샹이다
> 딩하 돌하 當今에 계샹이다
> 先王聖代에 노니 ᄋ 와지이다

딩과 돌은 금(金), 석(石) 악기의 명칭으로 보아 그대로 풍악으로

---

23) 최용수, 「處容歌考」, 『영남어문학』 16집, 1989, 19면.

해석하는 경우와 의인(擬人)으로서 '정석(鄭石)'이라는 가공의 인물을 부르는 것으로 보는 두 경우가 있다. 그러나 후자의 경우로 보게 되면 이 노래는 단순한 염정가사가 될 뿐 아니라, 고려속요의 서사들이 보여주는 보편적인 송도의 모습에서도 일탈된다. 따라서 '딩하 돌하'에서 '딩'과 '돌' 즉 '정', '석'은 악기로서 풍악의 의미를 나타내고 있는 것으로 보는 것이 타당할 것이다.[24] 이 경우 〈정석가〉 서사의 의미는 '(정경풍류당금재)鉦磬風流當今在 (선왕성대동락가)先王盛代同樂可'[25]로 해석된다.

이렇게 본다면 '딩하 돌하 당금(當今)에 계샹이다'라는 말은 '당금'에 '딩'과 '돌' 즉 풍악이 있음을 강조하는 말이다. 그리고 그 풍악은 선왕성대에 백성이 풍악과 더불어 함께 즐긴 것이니, 선대(先代)의 함락(咸樂)이 지금에 이루어지고 있음을 의미하는 말이다. 이때 '딩하 돌하'는 이 서사를 바치는 이가 청자에게 송도를 드리는 의미로 받아들일 수 있다. 따라서 〈정석가〉 서사 역시 실제 화자와 실제 청자 사이의 실제적인 담화적 관계가 전제되어 있는 것으로 볼 수 있다.[26]

---

24) 김상억은 '딩'과 '돌'을 풍악(風樂)으로 해석해야 한다고 보면서, "'닝하돌하 담금(當今)에 계샹이다'의 술부가 가지는 뜻의 넓이와 무게 때문에, 이 용어를 염정의 대상의 의인화어(擬人化語)로 보아서는 안 되고, '대평성대(大平盛代)'의 한 속성을 뜻하는 '풍악일반(風樂一般)'을 가리키는 금,석악기어(金,石樂器語) 그대로의 뜻으로 해석하여야 한다고 생각한다."고 하고 있다. (김상억, 「처용가고(處容歌考)」, 『고려시대의 가요문학』, 새문사, 1981, I-162-3면.)

25) 김상억, 같은 책, I-170면.

26) 〈처용가〉와 〈정석가〉 서사 부분 논의는 필자의 앞의 논문 쪽을 수정, 인용하였음.

2) 대상 인식

시적 담화의 유형이 '나-남 체계'의 소통모델을 통한 외향적 전달방식을 취하는 시에서, 대상은 화자와의 내적 관계에 의한 상호적 주체로서 인식되기보다는 정보를 전달받는 객체로서 인식된다. 객체인 대상은 주체인 화자와 상호 포섭하는 관계를 맺지 못하고 객관적인 거리를 유지한 채, 화자가 직접적으로 전달하는 정보내용의 수용자 역할에 머문다. 그래서 대상의 속성에 대한 새로운 인식이나, 대상과의 만남을 통한 특수한 경험의 순간을 통해 새롭게 열리는 시공간이 상정되기 어렵다. 대상의 성격은 시의 구조에 참여하기 이전의 재료일 때의 성질이나 시적 구조에 들어와 내용이 되었을 때나 차이가 없다. 그래서 새로운 구조 속에서만의 새로운 의미를 획득하지 못한다. 대상은 주체의 일방적인 진술을 들어주는 수동적인 실제 청자 자체이거나 그러한 수동적 청자 구실을 하는 실제 청자의 환기물 혹은 등가적 치환물일 따름이며, 주제적 전달을 위한 수단이나 소재에 머무를 뿐이다.

즉 주제적 양식에서의 대상은 시인이 제시하는 보편적 진리나 시인의 의지를 일방적으로 전달받는 관계에 있게 되므로, 대상은 시세계 내에서 능동적인 역할을 수행하지 못하고 시인의 의지에 종속된 수동적인 대상으로 인식된다. 특히 앞에서 살펴본 것처럼 주제적 양식의 화자는 한 사회의 대변자적인 성격을 취하는 경우가 많다. 이 같은 성격의 화자는 특정 사회에서의 보편타당한, 윤리적이고 교육적인 비전을 제시하게 된다. 따라서 그 목소리는 권위적이며 객관성과 교훈성을 띠게 되는 것이 보통이다. 이런 경우 대상은 시인의 구체적인 경험에 의해서 발견된 것이거나 시인의 순간적이고도 고양된 정조가 농축된 것으로서 파악되기보다는, 시인의 신념이나 특정 사회의 이념에 의해서 개념적으로 파악되는 것이다.

고려속요 〈처용가〉의 처용신, 그리고 『시용향악보』 소재 무가류 시가들에서 보이는 여러 신격들은 돈호법으로 불려지고 있다. 이들 시가에서 이러한 대상들은 화자의 기원을 이루어줄 존재로서 화자에게 인식되고 있다. 그런데 이들 대상에게 바라는 화자의 기원은 열병신의 제거(處容歌)나 창난(瘡難)의 제거(三城大王) 등 인간적인 능력의 범위 내에서 해결될 성질의 것이 아니고, 초월적인 힘에 의해서 해결 가능한 성질의 것이다. 따라서 이들 작품들에서의 대상은 초월적 속성을 갖는 대상으로서, 화자의 기원을 실현시켜 주리라고 믿어지는 주체로서의 대상이다. 이들은 〈처용가〉의 처용, 〈삼성대왕〉의 삼성대왕, 〈대왕반〉의 대왕, 〈대국〉의 천자대왕, 〈성황반〉의 지국천왕(持國天王), 광목천자천왕(廣目天子天王), 증장천왕(增長天王), 비사문천왕(毗沙門天王) 등과 같이 신격(神格)들이다.

瘡ᄀᆞᆺ실가 三城大王
일ᄋᆞᆺ실가 三城大王
瘡이라 難이라 쇼셰란듸
瘡難을 져차쇼셔
다롱디리 三城大王
다롱디리 三城大王
녜라와 괴쇼셔

【삼성대왕(三城大王)】

八位城隍 여듧位런 놀오쉬오
믓ㄱ가ᄉ리 쟝화새라
當時예 黑牡丹고리
坊廂애 ㄱ드가리
노니실 大王하
디러렁다리 다리러디러리   【대왕반(大王飯)】

오부샹셔 비샹셔 수여天子
天子大王 景象 여보허리 허
天子大王 오시논나래
ᄉ랑大王인들 아니오시려
兩分이 오시논나래
命엣 福을 져미쇼셔
얄리얄리얄라
얄라셩얄라   【대국(大國) 二】

　주술시가 혹은 무가계 시가 중에는 신격의 호칭만으로도 한편의
시를 이루고 있는 것들이 있다. 특히 아래 작품에서 시적 자아는
돈호법의 나열로 신격들을 시세계 속으로 불러들인다. 연행 때의
청신(請神) 행위가 시 텍스트 속에서 돈호법으로 나타나 있는 셈이
다. 시는 신격의 호명(呼名)만으로 이루어졌지만, 호격의 부름은 신
격에게의 말건넴이고 그 말건넴의 내용은 시적 자아의 강력한 기
원의 메세지이다.

　　　東方애 持國天王님하
　　　南方애 廣目天子天王님하
　　　南無西方애 增長天王님하
　　　北方山의ᄉᆞ 毗沙門天王님하
　　　다리러 다로리 로마하
　　　디렁디리 대리러 로마하
　　　도람다리러 다로링 디러리
　　　다리렁 디러리
　　　內外예 黃四目天王님하　　　　　　　　　　　【성황반(城隍飯)】

　이러한 돈호법만으로 이루어지는 노래는 무가나 주술적인 시가
에서 자주 발견되는 형태이다. 신성한 대상을 환기하는 부름, 신의
이름을 부르는 그 자체가 이미 주술적인 힘을 발동시키는 것이다.
이렇게 돈호법에 의해 화자와 초월적 대상이 직접 대면하는 관계
로 형성된 시세계 속에서 대상을 부르는 행위는 그 자체로 감응하
는 힘power이 된다.27) 즉 대상은 화자의 의지를 능동적으로 수행,
실현할 수 있는 주체로서 파악된다. 그러나 이 경우에 있어서도 여
전히, 대상은 화자의 의지에 의해서 선택되고, 화자의 의지에 기여
하는 존재로서의 대상이다.

---

27) J. Culler, *The pursuit of sign*, p.139. 그리고 A. Welsh, Roots of Ryric,
　　Prinston Univ. Press, 1978, Charm 항목 참조.

3) 시적 동일화[28]

　이 장에서는 주제적 양식이 취하는 시적 동일화의 면모를 세계 인식의 측면과 시적 담화의 기능적인 측면 그리고 실현에의 믿음 여부의 측면에 대한 차이를 통해서 살펴보고자 한다.

　시에서의 동일화 방식은 곧 시적 자아가 세계와의 관계에서 생겨난 갈등이나 결핍을 해소하는 방식이라고 할 수 있다. 동일화를 통해 자아는 세계와의 일체감을 회복하고, 손상되었거나 상실된 자아의 정체성을 회복한다. 세계와 혹은 대상과의 동일화의 욕구는 시인의 시작 태도와도 관련이 있는데, 하나의 작품은 시인의 시작 태도와 삶의 태도를 집약한 것이기에 그렇다. 즉 시인의 체험은 이러한 태도 속에서 통일화되고 그래서 그것은 그의 개인적 동일성을 형성하는 요소가 된다.[29] 이러한 자기동일성의 확보는 세계와 연속성을 지닐 때 가능하다. 세계와 자아가 하나의 질서 속에 놓여 있을 때 세계는 현실맥락에서 동일화가 가능한 세계가 된다. 그러나 각각의 이질적인 질서로 나와 세계가 분리되어 있을 때, 시인이 바라는 세계는 현실맥락에서 동일화될 수 없다. 따라서 시인은 자기동일성을 확보할 수 있는 허구의 세계를 설정하게 되고, 그

---

28) '동일화'란 시적 자아가 세계와의 관계에서 생겨난 갈등이나 결핍을 해소하는 것으로, 곧 시적 화자의 세계와의 동일화를 말한다. 이러한 동일화의 확보는 세계와 자아가 연속성을 지닐 때, 즉 세계와 자아가 하나의 질서 속에 놓여 있을 때 가능하게 된다. 주제적 양식을 통해서는 작품 외적으로 치환이 가능한 현실적 성취의 형태로 동일화가 나타나고, 서정적 양식을 통해서는 현실적으로는 해결 불가능한 갈등을 가상적으로 성취함으로써 해소를 꾀하는 형태로 동일화가 나타난다.

29) 김준오, 앞의 책, 371면.

런 속에서 자아는 세계와 일체감을 이루게 된다.

이와 같이 주제적 양식에서는 세계 인식의 측면이 시세계와 현실세계가 하나의 질서 속에서 연속되는 별개의 것이 아닌 것으로 파악되며, 그래서 화자의 목적은 현실적 실현에 놓여있게 된다. 한편, 시세계와 현실세계가 각각 다른 질서를 지니며 서로 갈등, 대립하며 상호간 거리를 조성하는 것으로 파악될 경우에 서정적 양식으로 나타난다. 서정적 양식에서는 화자의 목적이 현실세계에서의 실현에 놓여있는 것이 아니라, 새로운 시세계의 설정을 통한 허구적 실현, 가상적인 동일화에 놓여 있게 된다. 따라서 화자와 세계와의 관계에 있어서, 전자는 현실 맥락 속에서 세계와 연속되고 후자는 상상 속에서 세계와 연속된다.

〈처용가〉와 『시용향악보』 소재 무가류 시가들은 특정한 양식적 전형성을 띠고 있는 바, 그것은 주술시가가 갖는 전형적 양식이거나 그의 변용이다. 이 중 〈처용가〉는 처용의 위력과 역신의 서약 내지 발원, 곧 벽사진경을 주제로 하고 있다.[30] 〈처용가〉 중의 다음 부분은 주술시가가 갖는 전형적인 양식이 변용된 모습을 보여준다.

> 新羅聖代 昭聖代 天下大平 羅候德
> 처용아바 以是人生애 相不語ᄒ시란ᄃᆡ
> 以是人生애 相不語ᄒ시란ᄃᆡ
> 三災八難이 一時消滅ᄒ샷다
>
> 【처용가(處容歌) 서사(序詞)】

---

30) 이명구, 「處容歌 연구」, 김열규·김동욱 編, 『고려시대의 가요문학』, 새문사, 1981, p.27.

먼저, 이 〈처용가〉의 서사를 보면, '처용아바'라고 처용신을 부르고 이어서 '삼재팔난(三災八難)이 일시소멸(一時消滅)ᄒᆞ샷다'라는 구절로 끝맺고 있다. 그런데 '삼재팔난(三災八難)이 일시소멸(一時消滅)ᄒᆞ샷다'의 표현은 영탄법이지만 그것은 삼재팔난(三災八難)의 일시소멸(一時消滅)을 기원하는 완곡한 명령법이기도 하다. 이는 전편(全編)에 대한 서사(序詞)로서 축복과 기원의 뜻을 지니고 있는 것으로 이해될 수 있으며, '삼재니 팔난이니 하는 말이 불교에서 나온 것이니 삼재팔난의 소멸은 곧 국태민안의 뜻으로 보아야겠고 따라서 처용가는 서사부터가 나례에 쓰일 만한 말투로 시작되고 있음을 알 수 있다[31].

이밖에도 〈처용가〉는 서사 외에 본사에서도 두 번에 걸쳐 주가의 전형적인 양식이 돈호법과 함께 나타나고 있다.

> 1 머쟈 외야자 綠李야
> 2 ᄲᆞ리나 내 신고훌 미야라
> 3 아니옷 미시면 나리어다 머즌 말
> 4 東京ᄇᆞᆯ기 ᄃᆞ래 새도록 노니다가
> 5 드러 내자리롤 보니 가ᄅᆞ리 네히로새라
> 6 아으 둘흔 내해어니와 둘흔 뉘해어니오
> 7 이런저긔 處容아비옷 보시면 熱病神이ᅀᅡ 膾ㅅ가시로다

1은 호격으로서의 대상 환기, 2는 명령, 그리고 3은 조건절로서

---

31) 이명구, 앞의 논문. 25면.

만약에 ……하지 않는다면, '나리어다 머즌 말' 즉 '험한 말이 나올 것이다'는 협박적인 말이 도치로 표현되어 강조되고 있다. 4, 5, 6 은 신라향가 〈처용가〉를 그대로 인용하고 있는데, 그것은 역시 처용의 위력의 환기에 있다고 보겠다. 7은 4, 5, 6의 것을 통해 볼 때, 역시 열병신은 처용의 상대가 되지 못함을 강조하고 있다. 크게 보아 명령과 협박으로 이루어져 있는 주술시가의 보편적 양식이다. 또,

> 千金을 주리여 처용아바
> 七寶를 주리여 처용아바
> 千金 七寶도 말오 熱病神를 날 자바주소서
> 山이여 미히여 千里外예
> 處容ㅅ아비를 어여려거져
> 아으 熱病大神의 發願이샷다

의 처용아바와 화자의 대화체 형식으로 되어 있는 부분 역시 처용 아바를 불러 열병신의 퇴치를 기원하는 의미로 해석된다. 즉 이 노래는 본사와 서사를 통해 반복적으로 처용신에 대한 공동체 화자의 발원을 노래하고 있다. 그리고 그러한 발원은 처용신을 불러서 그 위력을 드러냄으로써[32) 가능한 것이다.

이때 돈호법은 이 노래의 다양한 층위에서 중요한 기능을 수행하고 있다. 먼저 처용신이라는 대상을 부르는 행위를 통하여 처용

---

32) 「처용가」의 대부분을 차지하는 내용은 바로 이러한 처용의 위력을 강조하기 위한 처용신의 묘사로 이뤄져 있다.

신은 노래 속에서 화자와 직접적인 관계로 설정된다. 그것은 제 3자로서의 관계가 아니라 직접 대면하는 나[33]와 너의 관계로서이다. 그리고 돈호법은 호격과 호응을 이루는 명령법을 통하여 화자의 의지를 드러내고 그 의지가 수행되도록 한다. 돈호법을 통한 이러한 극적 장면화는 공동체의 구성원 각각이 자연스럽게 이 노래의 주체로서 동화되고 몰입되도록 도와준다. 그리고 이러한 모든 것들은 화자와 대상간 즉 나와 처용신과의 관계가 노래 전체를 통해서 부각되도록 한다. 돈호법을 통해서 처용신이라는 대상과의 관계가 전경으로 부각될 때, 다른 모든 것들은 이 전경 즉, 화자인 나와 처용신과의 관계 외의 모든 것은 배경으로 기여하고 있을 뿐이다.

다음의 〈삼성대왕〉은 화자가 실제로 청자이기를 원하는 존재를 시세계 속으로 끌어들인 경우이다. 따라서 이 경우 실제 화자와 시적 화자, 실제 청자와 시적청자의 관계는 매우 밀접하여 다른 존재를 생각하기 어렵다. 이때 시세계 속으로 불러들이는 대상과 실제 청자는 화자에 의해서 동일시되는 것이다.

> 瘡ᄀᆞᅀᆞ실가 三城大王
> 일ᄋᆞᅀᆞ실가 三城大王
> 瘡이라 難이라 쇼셰란ᄃᆡ
> 瘡難을 져차쇼셔
> 다롱디리 三城大王

33) 이때 '나'는 이 노래의 성격 상(나례로서든, 정재로서든) '우리'로서의 성격이 강하다.

    다롱디리 三城大王
    네라와 괴쇼셔   【삼성대왕(三城大王)】

　위 작품 속에서 불려진 삼성대왕은 작품 속으로 들어와서 시적
청자화 된 것일 뿐, 실제 화자에게 있어서나 시적 화자에게 있어서
나 똑같은 내용의 기원이 요청되는 대상이며, 작품 속의 삼성대왕
과 실제 신격으로서의 삼성대왕의 의미가 차이가 없다고 해도 좋
을 것이다. 다만 실제 화자는 신격인 삼성대왕을 실제로 보고 빌
수 없으므로, 작품 속에서 나와 신격의 직접적인 말건넴이 이루어
지는 상황을 만들고자 한 것이다. 이러한 상황은 실제 화자인 나의
기원이 신격에게로 작품 속에서 직접 전해지듯이 전해졌으면 하는
강렬한 바람과 믿음 때문에 생긴 것이다. 요컨대, 실재할 수 없는
세계를 돈호법의 부름을 통해서 자아화하여 가공적으로 실재하는
세계화한 것이 〈삼성대왕〉이란 무가계 시가이다.34)

4. 결론

　이상에서 살펴본 고려속요에서의 주제적 양식의 측면들은 〈구지

---

34) 『시용향악보時用鄕樂譜』에 실려있는 무가계 시가들은 이 노래들의 성격상 무
　 속적 기원의 성격을 띠고 있는 무가가 궁중악곡화 된 것으로 생각된다. 따라서
　 노래의 연행상황이나 악곡과 관련된 노래의 양식은 이 노래들을 무가 그 자체
　 로만 보기에는 어려움이 있음을 말해준다. 그래서 이 노래들은 텍스트 자체가
　 지니고 있는 담화적 지향과 노래의 연행상황을 고려한 담화적 지향은 각기 다
　 르게 고려될 수 있을 것이다.

가〉나 향가의 〈도솔가〉, 〈혜성가〉 등의 주술적 성격의 시가들 그리고 시조의 일련의 교훈시조들에 비한다면 상대적으로 그 주제적 성격이 미약하다 할 수 있다. 그러나 고려속요에는 하나의 장르 속에 『시용향악보』 소재 무가류 시가들도 있고, 주술적 성격이 강한 「처용가」가 있으며, 「정석가」와 같이 서정적 성격의 한 작품 안에 주제적 성격을 보이는 부분을 지니고 있는 작품도 있다. 그만큼 고려속요의 지배적인 양식적 특성은 서정이지만 그 속에서는 주제적 양식이 갖는 특성의 다양한 면모를 또한 보여주기도 하는 것이기에 본 논의의 대상으로 삼게 되었다.

본고는 고려속요를 통하여 그 시적 담화의 전달방식과 노래의 목적이란 측면을 위주로 주제적 양식이 갖는 특성의 대강을 살펴본 셈이다. 논의된 고려속요 작품들에서는 주제적 양식의 담화적 전제와 대상인식 및 시적 동일화의 측면에서 주제적 양식이 갖는 특성의 일반적인 양상을 보여주었다.

이들 작품에서 화자는 실제 작가를 대변하면서 설득적인 목소리로 실제 청자에게로 향한 공개적인 외향발화의 양식을 취함을 볼 수 있었는데, 이러한 시적 제시의 방식은 독백적 목소리의 내적 발화라는 담화적 전달방식을 보이는 서정적 양식의 시적 제시 방식과 함께, '시인의 비전 제시'라는 공통성 하의 또 다른 한 전형을 이루는 시적 제시의 방식으로 볼 수 있는 것이다. 즉 주제적 양식 특유의 시적 담화의 전달방식은 서정적 양식의 그것과 함께, 시적 형상화를 가능하게 하는 또 하나의 중요한 양식적 틀이 된다 하겠다.

한편, 노래의 목적에 있어서 주제적 양식은 서정적 양식과는 구별되는데, 그것은 노래의 내용이 실제 현실적으로 치환 가능한지의 여부에 대한 믿음의 차이에서 비롯된다. 주술이나 종교 혹은 사상을 배경으로 하고 있는 주제적 양식의 작품들은, 시적으로 재구성된 세계가 실제 현실 세계로 대치될 수 있다는 믿음을 전제로 하고 있다. 그것은 초월적 존재에 대한 기원으로 나타나기도 하고 교훈적이거나 권계적(勸誡的)으로 나타나기도 한다. 전자는 주로 〈구지가〉나 일부 향가 작품에서 나타나며, 후자는 시조의 많은 작품들에서 나타나고 있다. 재구성된 시적 세계가 현실 세계의 맥락으로 그대로 이어질 수 있다는 믿음은, 시인이 지닌 결핍이나 갈등이 노래를 통하여 해결 가능하다고 믿는 믿음이다. 이것은 좁혀질 수 없는 현실과의 거리감을 노래하고 있는, 그리고 결핍이나 갈등이 절대로 해결될 수 없는 것임을 잘 알고 있는 서정적 양식의 화자의 성격과는 판이한 것이다.

주제적 양식은 당대 사회의 보편적 당위의 정서를 노래한다. 그러한 정서는 시가라는 형식이기에 더욱 짧고 압축적이며 효과적이고 강렬한 방식으로 나타날 수 있다. 서정적 양식이 개인적 측면에서의 개성이 발로된 것이라면, 주제적 양식은 집단적 측면에서의 공동체적 신념의 확인과 요구가 발로된 것이다. 개인이 개인의 서정적 순간의 표출을 통해 정서의 정화를 가져올 수 있듯이, 한 사회 역시 집단적 정서의 확인과 확장을 통해 공동체 전체의 유대감과 지향성을 공고히 하는 효과를 가져 올 수 있는 것이다. 이러한 두 가지의 양식이 동시에 하나의 장르 안에 양항적으로 그러나 비대칭적으로 혼재하면서, 우리의 시가장르가 전개되어 왔던 것이다.

고려속요의 존재방식과 여음

1. 서론

고려속요에 대한 연구는 어석(語釋), 명칭과 장르, 작자와 수용자, 형태와 율격, 발생 혹은 형성, 미의식(美意識), 개별 작품론, 음악적 접근등 다방면에 걸쳐 다양하게 논의되어 왔다.[1] 이 중 고려속요의 형태와 율격에 관한 연구는 다른 어느 분야보다 활발하게 전개되었다. 이것은 고려속요가 다른 어느 것보다도 서정 표출의 양상이 특징적이라는 데에 기인한 것으로 보인다.

서정을 표출하는 방식으로서의, 고려속요란 시가작품의 형식적 특성은, 곧 고려속요를 고려속요답게 하는 방식이 된다. 이러한 고려속요의 형식적 특징은 여음의 존재와 반복에서 찾을 수 있다. 특히 여음은 여타 시가들과는 달리 고려속요 전 작품에서 예외 없이 나타나고 있고, 작품 내에서 그 양적인 비중도 클뿐더러, 다양한 층위에서 다양한 쓰임새를 가지고 있다.[2] 그래서 여음은 고려속요

---

1) 고려속요 연구사에 대한 체계적인 검토는, 김학성, 「고려가요 연구의 연구사적 비판」, 『고려시대의 가요문학』, 새문사, 1981에서 이루어져 있다.
2) 다음은 여음에 대한 기왕의 중요한 논의들이다.
   1. 황희영: 「한국시가 여음고」, 『국어국문학』 18, 1957.

의 한 형식적 지배인자이자 양식적 특성이라고 할 수 있다.

또한 고려속요는 가창(歌唱)의 방식으로 수용되었으니, 현대시처럼 시각적으로 인식되어 이미지화 되는 것이 아니라 청각적으로 경험된 것이었다. 따라서 자연히 말의 뜻보다 리듬에 의한 효과가 더 커짐은 자명한 일인데, 여음은 그 리듬효과를 주도하였던 것이다. 이때 리듬이라는 것도 그 자체로 독자성을 지니는 것이 아니라, 의미에 참여함으로써 혹은 본사부 의미의 반향으로써 그 의의가 있는 것임을 생각해 보면, 여음의 리듬효과에 의한 시적기능은 보다 커진다 할 수 있다. 더욱이 시에서 표출되는 순간적인 감흥이나 정서가, 뜻을 지닌 말에 의해 매개된 것이 아니라, 여음으로 기표화(記表化) 된 것으로 볼 수 있는 것이며, 특히 무계(巫系) 속요(俗謠)의 여음에 있어서는 그 자체로써 의미화의 기능을 담당하기도 하는 것으로 보인다.

---

2. 박준규: 「한국고시가의 여음 고찰」, 『전남대논문집』 8, 1963.

3. 진동혁: 「고려가요의 여음고」, 『수도여사대논문집』 4, 1969.

4. 김상억: 「고려가사 원전 상 투어 「나는」 해석에 대하여」, 『국어국문학』 46, 1969.

5. 노 철: 「시가요의 여음고」, 『전북대논문집』 2, 1974.

6. 정동화: 「여음고」, 『김형규교수 정년퇴임기념논문집』, 1976.

7. 박홍만: 「농요의 뒷소리 고찰」, 『국제어문』 1, 1979.

8. 정병욱: 「악기의 구음별로 본 별곡의 여음고」, 『관악어문』 2, 1977.

9. 정재호: 「한국시가 여음의 기능고」, 『교육논총』, 고대 교육대학원, 1980.

10. 김영일: 「별곡의 형성과 여음고」, 『가라문화』 1, 1982.

11. 이성근: 「고려속요 여음 형성의 무속적 배경」, 『어문교육논집』 6, 부산대 사대 국어교육과, 1982.

12. 김쾌덕: 「여음에 대한 한 고찰」, 『대야 최동원교수 회갑논총』, 1983.

13. 박진태: 「아소계 여요의 구조와 변모과정」, 『국어국문학』 91, 1984.

이렇게 볼 때, 고려속요의 여음은 본사부와 더불어 하나의 시가 작품을 구성하는 구성요소일 뿐 아니라 '고려속요를 고려속요이게' 하는 것으로 존재하는 것이다. 따라서 고려속요에서 여음의 존재를 제거하고 나면, 본사부만으로는 한편의 완결된 시가작품이라 보기 어려운 것들은 차치하고서라도, 고려속요라는 시가장르의 양식적 틀이 해체되어 버리는 것이며, 그럴 때에 그것은 이미 고려속요라 할 수 없게 되는 것이다. 이러한 측면에서, 한편의 시가로서의 개개 고려속요 작품들 내에서, 어떠한 여음이 어떻게 나타나서 어떤 역할을 하는가에 대한 연구는, 고려속요를 보다 깊고 정확히 이해하는 한 방법이 되는 동시에 고려속요를 고려속요답게 이해하는 방법이라 생각한다.

이 글에서 다루고자 하는 여음이란 용어의 개념은, "시가에서 대개 일정한 간격을 두고 되풀이되어 나타나는 음성이나 말로서, 흥을 돋우거나 운율을 고루어 음악적 효과를 얻거나, 본사의 내용적 의미의 보충·강조 등을 행하기 위해 사용된 무의미한 사설 혹은 감탄적 사설"이란 의미로 사용된다.[3] 위치에 따라 전치(前置), 중치(中置), 후치여음(後置餘音)으로 나뉘기도 하고, 성분에 따라 감탄(感歎), 의성(擬聲), 실사여음(實辭餘音)으로 나뉘기도 한다.

---

3) 여음의 개념에 대한 논의는 다음을 참조 하였다.
   황희영, 앞의 논문, 박준규, 앞의 논문; 노 철, 앞의 논문.; 정동화, 앞의 논문; Alex Preminger, op. cit.; Kennth & Mary Clark, *Introducing Folklore*, N.Y: Holt, Rinebart & Winston Inc., 1963.

2. 형식구성의 틀

향가나 시조, 가사등 한 시가장르의 명칭 속에는, 각기 그 장르 개념아래 공통적인 속성으로 범주화 될 수 있는 일군의 시가작품들이 귀속되어 있다. 이 일군의 시가작품들을 하나의 장르 명칭 아래 귀속시킬 수 있는 것은, 그것들이 범주화될 수 있는 구조적, 문체적 속성들을 나누어 갖고 있기 때문이다. 어떤 하나의 시가작품을 어떠한 장르에 속한다고 말할 수 있는 일차적이고 가장 뚜렷한 점은, 그 시가작품의 형식적 특징이라 할 수 있다. 하나의 고려속요 작품을 '고려속요'라고 부를 수 있는, 그러한 장르 관습을 가져오게 한 가장 기본적인 한 이유는, 바로 그 작품의 형식적 특성에서 오는 것이다. 고려속요의 형식적인 특성은 반복과 여음이 두드러지게 나타나는 데에서 찾을 수 있다. 시가 일반에서도 반복과 여음은 보편적인 현상이라 할 수 있겠으나, 고려속요에서 특히 이것이 두드러져서 하나의 장르표지가 될 수 있는데, 이것은 고려속요의 장르 발생적 특성에 연원하는 것이다.

고려속요는 민속가요를 궁중악곡의 가사로 전용하게 됨에 따라 생겨난 새로운 형태의 시가장르이다. 그리고 원래 노래의 가사가 가지고 있던 의미는 유지한 채, 구조적으로 완결성을 지닌 한편의 시가 작품으로서의 새로운 형식으로 改作된 것이다. 고려속요의 개작의 과정에서 새롭게 부과된 형식적 요소는 다음의 세 가지로 나누어 볼 있다.

첫째, 송도(頌禱)와 기축(祈祝)의 의미를 담고 있는 서사부의 사용이다. 이러한 서사의 사용은 다음과 같이 〈정석가〉, 〈동동〉, 〈처용가〉 등에서 나타난다.

덩아 돌하 當今에 계샹이다
덩아 돌하 當今에 계샹이다
先王先代예 노니ᅌᅡ와지이다   【정석가(鄭石歌)】

德으란 곰비예 받줍고
福으란 림비예 받줍고
德이여 福이라 호ᄂᆞᆯ
나ᅀᆞ라 오소이다
아으 動動다리   【동동(動動)】

新羅聖代 昭聖代
天下大平 羅候德
處容아바
以是人生애 相不語ᄒᆞ시란디
以是人生애 相不語ᄒᆞ시란디
三災八難이 一時消滅ᄒᆞ샷다   【처용가(處容歌)】

　　이러한 서사부는 작품의 주제와는 동떨어진 송도와 기축의 내용
을 담고 있다. 이런 내용의 가사가 기층장르에 있었을 리는 없고,
궁중악으로 수용 시에 덧붙여진 것이라 볼 수 있겠다. 고려속요가
민간 전래의 가사를 전용하여 아무리 전아(典雅)한 곡에 붙여서 불
리워졌다 하더라도 궁중의 연향에서 사용된 것이니만큼, 그 가사

에 위와 같은 송도의 구(句)가 보태어졌으리라고 보는데 무리가 없겠다. 고려 이래로 조선조 박연의 樂의 정비 이전까지는 아악 당악 속악의 구분이 계속 지켜졌고, 당악정재와 향악정재가 자주 공연되었다. 이때 당악정재를 공연할 때, 본 노래를 시작하기 전과 후에 송도와 축원의 내용을 담은 구호(口號)와 치어(致語)를 드렸는데, 여기에서 특히 영향을 받아 위와 같은 서사부가 들어가게 된 것으로 보인다.

두 번째로, 반복의 사용이다. 시가문학에 있어 반복은 보편적인 형식적 기교라 할 수 있는 것이다. 그러나 고려속요의 경우에 있어서는 시가상의 반복의 요소가 애초 악곡화의 이유로 생긴 것이라 할 수 있고, 또 이런 반복의 요소가 두드러진다.

> 玉으로 蓮ㅅ고즐 사교이다
> 玉으로 蓮ㅅ고즐 사교이다
> 바희우희 接柱ᄒ요이다
> 그 고지 三同이 퓌거시아
> 그 고지 三同이 퓌거시아
> 有德ᄒ신님 여희ᄋ와지이다   【정석가(鄭石歌)】

> 어름우희 댓닙자리 보와 님과 나와 어러주글만뎡
> 어름우희 댓닙자리 보와 님과 나와 어러주글만뎡
> 情둔 오ᄂᆞᆯ밤 더듸 새오시라 더듸 새오시라
>   【만전춘 별사(滿殿春 別詞)】

中門안해 셔겨신 雙處容아바
外門바끠 둥덩 다리로러마
太宗大王이 殿座를 ᄒᆞ시란ᄃᆡ
太宗大王이 殿座를 ᄒᆞ시란ᄃᆡ
아ᄋ 寶錢七寶지여 살언간만　　　　　　　　　　【잡처용(雜處容)】

　이런 류의 반복의 예들은 거의 모든 고려속요 작품들에서 보이
는 것으로서, 고려속요 개작시의 한 형식구성의 원리라 할 수 있는
것이다.
　다음 세 번째로, 여음의 사용이다. 이 여음의 사용이야말로 고려
속요의 형식을 가장 고려속요답게 해 주는 것인데, 여음 역시 장르
생성 시 악곡화의 이유로 해서 덧붙여져서, 하나의 시가작품을 이
루는 구성단위가 되어 있는 것이다. 첫 번째의 서사부의 사용은 세
작품에서만 보이는 현상이어서 고려속요전체의 형식적 특질이라
보기는 어렵고, 두 번째의 반복의 사용은 그 사용의 빈도가 높다하
더라도 이는 비단 고려속요뿐 아니라 시가의 보편적인 현상이어서
역시 고려속요만의 형식적 특질로 잡기가 곤란하다. 그런데 고려
속요에서 여음의 사용은 양적으로 많은 비중을 차지할 뿐 아니라
다양한 종류의 여음들이 다양한 위치에서 사용되고 있다. 만약에
고려속요에서 이 여음을 제거해 버린다면, 그것은 이미 고려속요
가 아니다. 더욱이 〈서경별곡〉과 같은 합성가요의 경우 그리고
〈정읍사〉, 〈잡처용〉, 〈성황반〉과 같은 작품들은 실사부만으로는
하나의 시가작품이라고 볼 수가 없다. 특히 〈구천〉, 〈군마대왕〉,
〈별대왕〉등 여음만으로 이루어져 전하고 있는 작품들은 더 말할

것도 없다. 고려속요라는 시가양식의 틀은 바로 여음의 존재에 있
는 것이다. 김대행은,

> 시가 양식의 틀을 논의함에 있어 여음의 존재는 결코 무시될 수
> 없다. 예를 들어 '강강술래'나 '쾌지나칭칭'의 경우 그 여음의 양식
> 성을 제하고 나면 그 노래의 틀은 해체되어 버린다.4)

> 보다 중요한 것은 여음의 문제다. 여음은 흔히 調律 또는 助興句
> 라고도 하는데 그 말은 여음의 기능을 뜻하는 말이다. 그리고 그러
> 한 기능에 비추어 볼 때 한 양식의 양식성을 가장 단적으로 드러내
> 어야 할 것이 바로 여음이기도 하다. 조흥 또는 조율을 위해 삽입되
> 는 부분이라면 형식적인 요소를 실사의 경우보다 더 강하게 드러내
> 는 것이 마땅하기 때문이다.5)

라고 하면서, 여음이 고려속요의 형식적 틀이 되는 것임을 강조했
다.6) 이렇게 여음은 고려속요란 시가작품에서, 의미는 차치하고서
라도, 형식적으로도 중요한 위치를 점하고 있는 것이다. 이것은 고
려속요의 형식적 지배인자가 되는 것일 뿐 아니라 동시에 여타 시
가장르들과의 비교에서 형식적 변별성을 부여해 주는 요소가 된다.
  여음이 고려속요의 형식구성직 틀이 되는 것은 크게 보아 다음
의 두 가지 방식으로서 이루어진다. 하나는 여음을 축으로 하여 연

---

4) 김대행, 『고려시가의 틀』, 문학과 비평사, 1989, 132면.
5) 위의 책, 133면.
6) 이런 점은 또한 속요가 민요와 같은 기층장르를 수용하여 개작, 변모된 것이
   란 점을 입증하는 것이기도 하다.

들이 이어져 나가는 것이고, 다른 하나는 '아소님하'란 종지구(終止句)를 이끄는 낙구형(落句型) 여음의 사용으로, 작품의 구조적 완결성을 도모하는 것이다.[7] 전자는 민요 본래의 양식적 특성인데, 여기에 고려속요와 대응되는 짝으로 교주(交奏) 연행되었던 송사악(宋詞樂)의 가락에 맞추어 가사를 짓는 전사(塡詞)의 영향이 보태어져서, 고려속요의 형식을 구성하는 한 방법이 되었던 것으로 보인다.[8] 이런 방식은 후렴을 가진 연장체 고려속요들에서 확인될 수 있다. 다음 후자의 경우와 같이 낙구형 여음의 사용으로 한 시가의 형식적 완결을 보게 하는 것은, 우리 시가의 한 전통이라 할 수 있을 것 같다. 즉 십구체 향가에서의 팔 구째 첫머리에서 나타나는 '아으'나 '아야' 등으로 해독되는 차사(嗟辭)들과 '성상인(城上人)', '병음(病吟)', '낙구(落句)' 등의 차사지시어(嗟辭指示語)[9]들에서부터, 이 고려속요를 거쳐 시조, 가사 등의 종장 첫 구에 이르기까지 지

---

7) 다만 〈처용가〉의 경우는 서사와 결사를 형식적 장치로 삼고, 신라 처용가를 중심으로 처용에 대한 묘사를 덧붙여 한편의 시가작품화한 것이라 추정된다.

8) 송 사악(宋 詞樂)에 의한 고려속요의 영향에 대해서는 기왕의 논의들이 없었던 바 아니나, 김학성과 박노준에서 보다 잘 보여주고 있는 것으로 보인다. (김학성, 「속요의 장르상의 제문제」, 『천봉이능우박사 칠순기념논총』, 1990, 90-91면.; 박노준, 『고려가요의 연구』, 새문사, 1990, 25-33면 참조.)

9) 이 용어에 대해서는, 양희철이 "……이들에 대하여 '차사지시어(嗟辭指示語)'라는 생소한 용어를 사용한 이유는, 그들이 차사(嗟辭)를 직접 표기한 것이기보다는, 다른 차원에 기초하여 차사(嗟辭)를 지시하는 말 같은 인상이 강하고, 차사(嗟辭)를 직접 '아야(阿耶)'나 '아야(阿也)' 등등과 같이 음차(音借)한 경우와 구별짓기 위한 것"이라고 하는 것에 따른 것이다. 특히 그는 이 논문에서 향가를 창작문학이란 관점에서 보아, 이 일련의 차사지시어들의 해독을 시도하고 있다. (양희철, 「차사지시어의 해독과 문학적 의미」, 『삼국유사와 한국문학』, 학연사, 1983.)

속적으로 보이는 형식적 특질이기 때문이다. 특히 〈만전춘 별사〉
와 같은 합성가요적인 성격의 작품에 있어서는, 그 구조적 통일감
을 확고히 해 주는 역할을 하고 있다.[10]

여기서 선학(先學)들의 형태적 연구를 통한 고려속요의 분류체계
를 살펴보기로 한다. 그분들의 형태분류의 근간이 되는 것이 여음
이라면, 여음이 고려속요 형식구성의 틀로서 작용하고 있다는 말
은 더욱 설득력을 갖게 될 것으로 보이기 때문이다.

1. 조윤제의 분류[11]

1) 개별적인 노래가 후렴구를 붙여서 몇이고 달아 나가는 것.(동동,
청산별곡, 쌍화점, 만전춘)

2) 한 수의 노래가 후렴구를 붙여서 몇 절에 분단되며, 때로는 그런
것이 수군(數群) 합쳐 나가는 것.(가시리, 정읍사, 서경별곡, 정석가)

3) 처음부터 분절없이 자유로이 연장할 수 있는 것.(처용가, 이상곡등)

2. 정병욱의 분류[12]

1) 전별곡적 형태(정읍사, 정과정, 사모곡)

2) 고려속요의 형태

ㄱ. 일반형; 동동, 처용가, 쌍화점, 서경별곡, 청산별곡, 정석가,

---

10) 이 〈만전춘 별사〉가 구조적 완결된, "내용상으로나 형식상으로나 정연성과 정
제성을 갖추고 있는 훌륭한 시가"라는 견해는 성현경에 의해서 논구된 바 있
다. (성현경, 「「만전춘별사」의 구조」, 『고려시대의 언어와 문학』, 탑출판사,
1975.)

11) 조윤제, 『국문학개설』, 90–96면.

12) 정병욱, 「별곡의 역사적 형태고」, 『국문학산고』, 154면.

　　　　가시리

　　ㄴ.변격형; 이상곡, 만전춘

3.이명구의 분류13)

연장체; (分題聯章) – 쌍화점, 동동, 만전춘, 청산별곡, 정석가

　　　　(一題聯章) – 서경별곡, 가시리, 정읍사

단연체; 사모곡, 정과정, 이상곡, 처용가

4.김기동의 분류14)

비연시(非聯詩); 정과정, 이상곡, 사모곡, 처용가

연시(聯詩); 정읍사, 동동, 쌍화점, 정석가, 서경별곡, 귀호곡 등

5.박준규의 분류15)

(후구(後句)첨가형을 낙구(落句)첨가형과 후렴(後斂)첨가형으로 나눔.)

낙구(落句)첨가형; 정과정, 사모곡, 이상곡, 처용가, 만전춘(비연시)

후렴(後斂)첨가형; 동동, 쌍화점, 서경별곡, 가시리, 정석가, 정읍사, 청산별곡(연시)

6.이종출의 분류16)

비연시형; 일반형 – 사모곡, 정과정, 이상곡

---

13) 이명구, 『고려가요의 연구』, 신아사, 1984(3판), 135–137면.

14) 김기동, 『국문학개론』, 86면.

15) 박준규, 앞의 논문, 10–13면.

16) 이종출, 「고려속요의 형태적 고구」, 『한국고시가연구』, 태학사, 1989.

파격형 – 처용가

연시형; 일반형 – 동동, 청산별곡, 서경별곡, 쌍화점, 가시리, 정읍사

파격형 – 정석가, 만전춘

위의 논의들을 살펴보면, 1과 5는 여음에 의한 분류이고, 나머지는 연/비연을 그 기준으로 삼고 있음을 알 수 있다. 그러나 연/비연 이라는 구분도 사실상 〈만전춘별사〉를 제외하면 모두 후렴에 의해 분류되고 있는 것이다. 따라서 형태적 분류를 여음을 축으로 해놓고 본다면, 위의 분류와 크게 다를 바가 없고 오히려 '파격형', '변격형'등으로 다루고 있는 〈만전춘별사〉의 문제도 해결이 되는 것으로 보인다. 따라서 여음에 의한 고려속요의 형태적 분류는 객관성을 지니는 듯하고, 그래서 이것은 위 논의한 바 여음이 고려속요의 형식구성의 틀이 된다는 한 근거라고 말할 수 있는 것이다. 이렇게 볼 때 고려속요의 형태는 여음을 중심으로 하여 다음과 같이 분류될 수 있다.

▷ 후구 여음

낙구형 여음 – '아소님하'계 고려속요

후렴형 여음 – 후렴가진 연장체 고려속요

▷ 조흥 여음 – 구와 구, 행과 행의 분절과 시가의 시작의 기능 담당[17]

---

17) 이 분류는 박준규의 앞의 논문을 참고한 것이다.

이상의 논의를 통해서, 후렴으로 인한 분장(分章)과 여음의 많은 사용은 고려속요장르의 두드러진 형식적 특성이라는 것과, 이 여음들은 기층장르 수용과정상의 변개(變改)에서 기인하는 것으로, 고려속요의 형식 구성의 틀이 된다는 것을 밝혀보았다. 특히 고려속요는 가창의 방식으로 수용되었기에, 시각적 인식이 아니라 청각적으로 최초로 인식된다. 그래서 고려속요 여음은 표면적으로 형식구성의 틀일 뿐 아니라, 수용시 청자로 하여금 노래의 형태적 특성을 감지시켜주는 최초의 요소가 된다.

3. 리듬18)의 주도(主導)

고려속요에는 두 가지의 리듬이 있다. 하나는 고려속요가 불려진 곡에 의한 음악적 리듬이고 또 하나는 가사가 가지고 있는 언어적 리듬이다. 고려속요가 쓰여진 문학이 아니라 불려진 문학이라는 점은 충분히 고려되어야할 사실이다. 그러나 그 불려진 양태 그대로를 고려속요의 리듬이라 할 수는 없다. 음악과 시가의 리듬이 반복단위의 시간적인 양적관계에 의존한다는 점에서는 동일하지만, 음악에서의 이것은 정밀하고 엄격한 객관적 실체인데 비해, 언어의 리듬에 있어서는 그 양의 관계가 대충의 측정에 만족되어 있는 것이다.19) 더욱이 이 동일한 반복유형도 그 각각의 실현 양상

---

18) 리듬이란 용어는 운율보다 포괄적인 개념이다. 운율은 운(韻rhyme)과 율격(律格meter)을 합친 개념으로 보며, 운율은 리듬의 한 특수한 형태라 할 수 있다. 따라서 같은 운과 율격이 사용된 시가라 할지라도, 그 리듬은 각기 다를 수 있는 것이다.

에는 서로 거리가 있다. 예를 들어 〈아리랑〉의 '아리랑 아리랑 아
라리요'에서 '---요'는 음악적 배분에 있어서는 하나의 리듬단위
가 되겠지만 시의 차원에서는 하나의 리듬단위로 성립될 수 없
다.20) 또,

> "시의 리듬은 결코 규정된 악보로 만들어질 수 없다. 이미 규정된
> 악보에 의탁했더라도 각각의 시의리듬 또한 규정된 악보가 지시하
> 는 리듬이 결코 아니다."21)

> "이백과 주방언의 억진아 두수는 비록 같이 하나의 곡조를 사용했
> 지만 리듬은 절대로 같지 않다"22)

는 말은 음악의 리듬과 언어의 리듬이 다른 차원에 있다는 것을 단
적으로 말해주는 것이다. 따라서 본고에서는 고려속요를 언어를
매체로 한 문학작품이란 측면에서 다루되, 악곡에 의한 가창의 방
식으로 연행되었던, 즉 불리워진 문학이라는 사실도 염두에 둘 것
이다. 그럴 때에야 비로소 고려속요의 구성요소로서의 여음이 담
당하고 있는 리듬의 모습이 잘 밝혀질 수 있을 것이기 때문이다.
　음 지속의 시간적 등장성을 운율이라 한다면, 그 시간적 등장성
을 역학적으로 부동하게 하는 조작을 리듬이라 할 수 있고, 이것들

---

19) 서우석, 『시와 리듬』, 문학과지성사, 1981, 11-14면 참조.
20) 황지하, 『고려속요 율격론』, 서강대 석사학위논문, 1983, 31-32면 참조.
21) 朱光潛, 정상홍역, 『시론』, 동문선, 1991, 181면.
22) 주광잠, 위의 책, 180-181면.

이 작품 전체를 통한 하나의 전체로서의 통일체로 구성되면 멜로
디[23]라 할 수 있다.[24] 리듬이란 음성학적, 운율학적인 개념으로는
강세와 엑센트의 패턴을 말하지만, "문학비평에서 리듬이란 용어
는 때로 다소 광범위하게, 하나의 전체로서의 텍스트에서 시행되
는 반복의 패턴을 말하며, 그래서 그것은 나름의 독특한 텍스쳐와
구조를 이루게"되는 것이다.[25] 이러한 리듬은 운동과 시간과 공간
에 관계되는 것이며, 그래서 일찍이 플라톤은 리듬을 '운동의 질서'
라고, E. Willems는 '운동과 질서 사이의 관련성'이라 했던 것이
다.[26] 고려속요에서 리듬을 외현적으로 가장 적실하게 보여주는
것이 여음의 존재이다. 고려속요에서 여음의 리듬은 본사부와 어
울려 그 율격리듬과 같이 기복을 같이 하기도 하지만, 그것보다도
중요한 것은 여음이 작품 전체의 주도적 리듬으로 기능한다는 데
에 있다. 즉 여음은 작품 내에서 반복되는 일정한 패턴으로 나타
나, 작품 전체를 하나의 리듬의 통일체로 구성하는 것이다. 이러한
점에 입각해서, 이 장에서는 고려속요 작품의 구조를 이루는 하나
의 단위로써 여음의 리듬이, 실제 작품에서 어떻게 운용되고 있나

---

23) 음악적인 측면에서 멜로디 즉 선율이란, 음악이 여러 가지 높이의 리듬을 가
지고 연속적으로 울리고 있는 것으로서 일반적을 가락을 의미하는 것이다. 이
것은 여러 가지 악음이 하나의 뚜렷한 음악적 어구를 이루어 어떤 목적을 표현
하도록 나열한 것이다. 그래서 리듬은 종적인 데 비해, 멜로디는 횡적 혹은 선
적이 된다. (『음악용어사전』, 세광출판사, 1986, 「melody」 항목 참조.)
24) 박철희, 『문학개론』, 형설출판사, 1975, 131-140면.; 外山卯三郎, 『시가형태
론서설(詩形態學序說)』, 최정석외 역, 학문사, 1990, 8장 참조.
25) Wales, Katies. *A Dictionary of Stylistics*. London Longman, 1989, Rhythm
항목.
26) 『음악용어사전』, 세광출판사, 1986, Rhythm 항목에서 재인용.

의 문제를 다루고자 한다.

프라이는『비평의 해부』에서 삼위일체적인 구조를 제시하면서, 두번째 세 개의 아리스토텔레스적인 요소로 렉시스(lexis; 언사)[27], 멜로스(melos; 선율)[28], 옵시스(opsis; 영상)[29]를 들었다.[30] 고려속요는 이 중 렉시스와 멜로스의 결합이 두드러진 경우이다.[31] 어떤 시가든지 멜로스의 측면이 없을 수는 없겠으나, 고려속요의 경우에는 여음의 존재로 인해 멜로스가 현저하게 드러난다. 고려속요는 1차적으로 언어의 구조로 이루어진 시가문학인데다, 가창의 연행방식이란 속성으로 말미암아 음악적 속성이 두드러지게 나타난다. 여음은 그러한 음악적 속성을 보여주는 현저한 흔적이라 할 수 있다. 고려속요는 그 장르 성격상 민요나 무가등 기층장르의 수용으로 인해, 기층장르 고유의 언어적 리듬에 이 여음의 리듬 틀이 조화를 이루며 덧대어진 것이어서, 고려속요에서 리듬에 의한 음악적 효과는 가장 뚜렷한 지배적 속성이 된다. 그래서 고려속요에서는 음악적 요소가 보다 중시되며 그것이 정서를 환기시키는 주

27) 문학작품에 있어서의 언어적인 결texture 또는 수사적인 측면. 어법과 이미지 등 용어의 보통의 의미를 포함함.

28) 언어의 리듬, 운동, 소리를 가리킨다. 문학에 있어서 음악과 닮은 면이며, 자주 실제로 음악과 결부되어 있는 것으로 아리스토텔레스의 melopoiia(선율표현)에서 나온 말이다.

29) 극의 시각적 또는 스펙터클spectacle적인 면. 다른 문학형식에 있어는 이상적인 것으로 생각되어지는 시각적 또는 회화적인 면.

30) 첫 번째 세 개의 요소는 다이노이아(하나의 문학작품이 갖는 의미), 미토스(문학작품의 서술적인 면) 에토스(문학작품 내에서의 사회적인 맥락)이다.

31) 극(劇)과 같은 경우는 멜로스와 옵시스의 결합이 두드러진 경우이다. 이때 멜로스는 실제음악이며 옵시스는 눈에 보이는 배경과 의상 등이 된다.

된 요소가 된다. 말 뜻 자체가 기능하는 정서적 환기 혹은 정조라 기보다 멜로스의 기능에 의한 정서 환기가 더 강조된다는 말이다. 고려속요는 그 수용방식에 있어서도 활자를 전제로 한 현대의 시 와는 달리, 전달방식이 청각을 통한 것이었으므로 어사(語辭)자체 의 중요성 혹은 어사(語辭)의 의미전달의 중요성은 상대적으로 줄 어든다. 그래서 고려속요에서는 어사(語辭)의 의미에 의존하지 않 고 음성과 음성의 리듬에만 의지하여도 충분히 정서를 환기시켜내 는 수가 많으며, 여음 자체가 대치된 의미로서 또는 감흥의 다른 기호표현으로서 나타나기도 한다. 이런 점에서 고려속요를 선율중 심의 시melopeia[32]라 할 수 있다.

이렇게 고려속요를 선율중심의 시라 할 수 있는 것은, 멜로스의 기능이 강조됨에 의한 것이요, 멜로스의 강조는 시에서 리듬으로 나타난다.[33] 이 리듬이 작품 전체를 통해 유기적 통일감을 느끼게 해 주는 하나의 전체로서의 통일체로 구성되는 경우, 우리는 그것 을 그 작품의 개성적인 선율구조라 할 수 있다. 고려속요에서 이러 한 리듬을 주도하는 것이 바로 여음이다. 여음은 음악적 리듬을 드 러내는 뚜렷한 흔적이다. 본사에도 물론 율격에 의한 리듬이 있지 만, 여음은 본사부의 리듬과 상호 조응하는 동시에 여음의 리듬으 로 포괄하여, 보다 큰 통일체로서의 리듬구조를 만들어낸다. 그러

---

32) melopeia에 대한 Valéry와 Pound에 대한 견해는, Andrew Welsh, op.cit., ch.1, Coordinates참조.

33) 이러한 멜로스는 여음에 의해서 주도된다. 이처럼 어사(語辭)의 역할보다 멜 로스의 역할이 더 기능하는 시로서의 고려속요를 선율중심의 시라고 말할 수 있다.

면 고려속요 작품들에서 여음을 통한 리듬이 어떻게 나타나는지 그리고 각각의 리듬단위들이 어떻게 구조화를 이루는지를 살펴보기로 한다.

1) 음성조직과 음성연속에 의한 여음의 리듬효과

국어에는 성조에 의한 운율도 나타나지 않은 듯 하고, 또한 우리 시가에는 평측법이나 압운도 상정하기 어려우니 자칫 무미건조해지기 쉽다. 그래서 앞서 3장에서 살펴본 바의 특정의 음성들로 여음이 구성되어, 이러한 음성자질들이 리듬효과의 기저자질이 되고 있다. 또 유포나 모음조화 등의 현상을 가져오는 음성연속에 의해 유동성, 유연성, 지속감등이 생겨, 여음에 의한 리듬감을 증가시켜 준다.

2) 두운, 각운 형의 여음의 리듬효과

이러한 유형의 여음은 고려속요 작품들에서 행과 연의 첫머리나 끝에서 나타나, 여음 자체가 두운이나 각운처럼 기능하는 경우이다. 먼저 두운형 여음에는 '어긔야', '아으', '듥기동' 등을 들 수 있다. 〈정읍사〉를 예를 들어 보자.

> 둘하 노피곰 도드샤
> 어긔야 머리곰 비취오시라
> 어긔야 어강됴리
> 아으 다롱디리

         소져재 녀러신고요
         어긔야 즌ᄃᆞ롤 드ᄃᆡ욜셰라
         어긔야 어강됴리

         어느이다 노코시라
         어긔야 내가논ᄃᆡ 졈그롤셰라
         어긔야 어강됴리
         아으 다롱디리

    위에서 밑줄 친 '어긔야'는 각 행의 2,3행의 처음에 나타나서, 작
품 전체가 '어긔야'와 '아으'가 두운처럼 사용되어, 율격리듬의 형
태를 가져오고 있다. 이밖에 '아으'는 〈처용가〉와 〈동동〉에서, '듬
기동'은 〈상저가〉에서 두운형 리듬효과를 가져오고 있다.
    다음으로 각운형 여음으로는 '나는', '아즐가', '위', '히야해' 등을
들 수 있다. '나는'은 〈가시리〉, 〈정석가〉에서, '아즐가', '위'는
〈서경별곡〉에서, '히야해'는 〈상저가〉에서 각운형 리듬효과를 가
져온다.

         가시리 가시리잇고 나는
         ᄇᆞ리고 가시리잇고 나는
         위 증즐가 大平盛代

         날러는 엇디 살라 ᄒᆞ고
         ᄇᆞ리고 가시리 잇고 나는

위 증즐가 大平盛代

잡ᄉᆞ와 두어리마ᄂᆞᄂᆞᆫ
션ᄒᆞ면 아니올셰라
위 증즐가 大平盛代

설온님 보내ᄋᆞᆸ노니 나ᄂᆞᆫ
가시ᄂᆞᆫᄃᆞᆺ 도셔오쇼셔 나ᄂᆞᆫ
위 증즐가 大平盛代 【가시리】

이렇게 두운, 각운형 여음은 압운 효과를 가져오면서 또한 행과 행, 연과 연 사이의 휴지로 작용하여 그 이음새를 매끄럽게 해 준다. 또한 연이 반복되는 과정에서 고정된 위치에서 반복 출현하여 결속력cohesion을 강화할 뿐 아니라 그 여음 출현 이후의 리듬 전개를 예상 가능케하고, 다시 다음의 동일 여음의 출현으로 예상이 실증되어, 수신자는 쾌감을 느끼게 된다.

3) 행간(行間) 여음

행간 여음은 대체로 본사부의 음보율격에 의한 리듬과 기복을 같이 하면서, 말뜻에 의한 정서 환기의 과정을 오직 리듬감에만 의존한 정서환기로 그 채널을 교체 시킨다. 그래서 이 행중 여음에 의해 앞선 의미의 반향이 일어나고 그 리듬감을 안은 채 다시 다음의 본사부로 넘겨준다. 즉 시의 표현은 〈말의 뜻에 의한 특정 순간의 감흥의 기표화(記表化)〉 - 〈리듬에 의한 특정 순간 감흥의 기표화〉-〈말의 뜻에 의한 감흥의 기표화〉의 과정이 된다. 이는 거시적으로 볼 때 커다란 굴곡이 되는데, 이것이 청자의 마음속에 파장을 일으켜 심리적 율동화의 효과를 가져온다. 이때 리듬은 또 언제나 의미와 유기적 관계를 맺고 있으니 그 효과는 배가되는데, 그 방식은 자체가 의미를 대신하여 본사부의 의미 진행이 계속되게 하는 경우와 의미적 병치로서 강조, 반향이 되는 경우의 두 가지이다. 행간여음에는 다음과 같은 것들이 있다.

> 죠고맛감 삿기광대 네마리라 호리라
> 더러둥셩 다리러디러 다리러디러 다로러 거디러 다로러
> 긔자리예 나도 자라 가리라
> 위위 다로러거디러 다로러
> 긔잔더 ᄀ티 덤거츠니 업다　　　　　　　　　　　【쌍화점】

> 東方애 持國天王님하
> 南方애 廣目天子天王님하
> 南無西方애 增長天王님하
> 北方山의ᄉ 毗沙門天王님하
> 다리러 다로리 로마하
> 디렁디리 대리러 로마하
> 도람다리러 다로링디러리
> 다리렁 디러리
> 內外예 廣四目天王님하　　　　　　　　　　　　　【성황반】

등과 이 외에, '위 덩더둥셩'〈사모곡〉, '다롱디우셔 마득사리 마득
너즈세 너우지'〈이상곡〉, '다로럼 다리러'〈내당〉, '둥덩 다리로러
마'〈잡처용〉 등이 있다.

4) 전·후절 간 여음

　이것은 대개 단련체에 나타나는 여음 '아소님하'를 지칭하는 것
으로서, 이는 형식상이나 의미상의 전환을 가져오는 고정점이 될
뿐 아니라 단연체의 리듬구조를 특징짓는 요소가 된다. 〈만전춘별
사〉의 경우는 연장체이나, 여음으로 인해 작품 전체의 리듬을 하나
의 통일체로 이끄는 역할을 한다는 점에서는 단련체와 동일한 것
이다. 이는 본사부의 음보율격이나 연단위의 반복되던 리듬이 이
제 종결될 것임을 암시하며, 전대절부터 계속되어 온 리듬패턴에
파격을 주면서 리듬감을 강조, 집중 시킨다. 위의 행간 여음과 함
께 이 전후절간 여음은, 코울리지가 비유한 '계단오르기'와 같이 한
걸음 한 걸음 위로 올라갈 때, 하나의 계단이 특별히 높거나 낮다
는 것을 문득 발견하게 되어 주의력이 갑자기 환기되는 것과 같이,
단조로움을 제거하고 주의력을 환기시켜 준다. 〈이상곡〉, 〈사모
곡〉, 〈정과정〉, 〈만전춘별사〉에서 이러한 전후절간 여음의 존재를
볼 수 있다.

　　　이러쳐 뎌러쳐 期約이잇가
　　　아소님하 흔디녀젓 期約이이다　　　　　　　　　　　　【이상곡】

　　　錦繡山 니블안해 麝香각시를 아나 누어

藥든 가슴을 맛초ᄋᆞ사이다 마초ᄋᆞ사이다

아소님하 遠代平生애 여힐술 모ᄅᆞᄋᆞ새 　　　　　　【만전춘별사】

아바님도 어이어신마ᄅᆞᄂᆞᆫ

위 덩더둥셩 어마님ᄀᆞ티 괴시리 업세라

아소님하 어마님ᄀᆞ티 괴시리 업세라 　　　　　　　　【사모곡】

믈힛마러신뎌 / 살읏브뎌 아으

니미 나ᄅᆞᆯ ᄒᆞ마 니ᄌᆞ시니잇가

아소님하 도람 드르샤 괴오쇼셔 　　　　　　　　　　【정과정】

5) 후렴(後斂)

후렴은 연단위로 반복되는 여음이다. 이것은 앞의 실사부와 함께 연을 이루고 이러한 연단위의 리듬패턴이 반복됨으로 해서 일정한 정연감을 느끼게 되는데, 이러한 반복임을 정확히 드러내는 것이 후렴이다. 후렴은 하나의 리듬패턴이 종결되었음을 느끼게 해 주며, 동시에 다시 이 리듬패턴이 처음으로 돌아갈 것임을 예기하게 해 준다. 또 후렴은 스스로 독특한 리듬을 지니고 연단위로 반복되면서, 작품 전체 리듬구조의 큰 틀이 되어 통일감을 준다. 후렴으로 인해 작품전체의 리듬효과를 가져오는 것은 고려속요에서 가장 특징적인 것이다. 반복되는 후렴에 의해 작품전체의 리듬은 하나의 통일된 전체로서의 선율구조로 느껴지고, 연단위로 반복되는 리듬패턴은 그 아래서 하나의 선율구조를 이루는 리듬단위로 재평가 된다. 즉 연 단위의 수직운동인 리듬패턴들을 작품을 전체적으로 인식할 때, 리듬의 선적 진행을 느끼게 되는 것이다. 이러한 후렴은 다음의 고려속요들에서 나타난다.

> 〈정읍사〉; 어긔야 어강됴리 아으다롱디리
>
> 〈동동〉; 아으 動動다리
>
> 〈가시리〉; 위 증즐가 大平盛代
>
> 〈서경별곡〉; 두어렁셩 두어렁셩 다링디리
>
> 〈청산별곡〉; 얄리얄리얄랑셩 얄라리얄라
>
> 〈나례가〉; 리라리러 나리라 리라리,
>
> 〈잡처용〉; 다롱다로리 대링디러리 아으 디렁디리 다로리,
>
> 〈대국1.2.3〉; 얄리얄리얄라 얄라셩얄라둥[34]

이상에서 살펴본 것과 같이 여음들은 작품 내의 각 충위들에서 작용하여 리듬효과를 가져온다. 또 각 단위의 여음들은 특정 위치에서 본사부의 리듬과 상호관련을 맺으며 서로 호응하고, 작품의 구성단위들의 반복되는 과정에서 고정된 위치에서 연기(繼起)하면서 작품전체의 리듬을 강화한다. 이렇게 일정한 규칙을 지닌 리듬들은 반드시 기대감을 생기게 하여, 그 기대에 맞으면 쾌감을 느끼며 감정이 고조된다. 기대는 부단히 일어나고 여음의 리듬은 그 기대에 부단히 부응해 준다. 그래서 자연스럽게 시가내용과 청자의 마음이 교감되어 감정의 어울림이 일어난다. 특히 여음의 리듬은

---

34) 〈쌍화점〉의 "긔자리에 나도 자라 가리라 / 위위 다로러거디러다로러 / 긔잔딕 구티 덤거츠니 업다"와, 〈정석가〉의 "有德하신님 여희ᄋ와지이다"는 본 논의의 여음 개념 규정상 후렴으로 처리하지 아니하였다.

실사부의 음보율격에 의한 리듬을 겹싸서, 한편의 고려속요 작품을 구조화된 리듬의 통일체로서 인식될 수 있게 한다. 이럴 때 청자는 선율감을 느끼게 되고, 고려속요는 선율중심의 시melopoetry로서 기능하게 되는 것이며, 여음은 이 기능을 담당하는 주된 요소가 된다. 특히 리듬은 작품을 하나의 유기적 구조로 인식할 때, 형식과 내용의 유기성을 더욱더 밀접히 해 주는 역할을 한다. 이것은 여음이 시가작품 내의 총체성의 요소로서 파악되어야 한다는 유기적 총일성(總一性)의 개념을 근저에 깔고 있는 것이다. 의미의 탐구는 곧 형식form의 탐구인 것이며, 형식form이 모양을 갖춘 내용이라면 형식form과 내용의 분리는 불가능한 것이기 때문이다.[35] 이렇게 고려속요가 리듬을 통해 의미와 어울려 청자에게 경험될 때, 시가로서의 고려속요 텍스트는 완결되는 것이다.

4. 의미구조의 역동화

앞 절들에서는 고려속요 존재방식으로서의 여음이, 형식 구성의 틀로서, 그리고 리듬을 주도하여 고려속요 작품을 하나의 통일적 리듬구조로 이끌고 있음을 밝히고자 하였다. 이 절에서는 여음의 존재로 말미암아 비로소 한편의 시가작품으로서 고려속요의 의미가 온전히 드러날 수 있음을 밝히고자 하는 목적으로, 여음이 고려속요 작품의 의미구조의 역동성에 기여하는 방식을, 의미의 매개와 의미표현의 대치의 기능으로 대별하여 고찰하고자 한다. 의미

---

35) 김상태, 『문체의 이론과 해석』, 새문사, 1982, 98면.

의 매개와 의미표현 대치의 두 기능은 분명히 구분되어 일어나는 것은 아니다. 그러나 전자가 의미구조의 긴밀화에 기여하는 방식으로 이루어진다면, 후자는 그 자체로써 의미하는 방식으로 나타난다.36) 그러나 본사부 의미의 반향이요 강조이며 구체적 의미의 추상화의 표현37)이라는 점은 두 기능이 공유하는 것이다.

1) 의미의 매개

여음의 의미매개의 기능은 수신자가 앞선 요소들을 기반으로, 뒤따르는 요소들에 대해 특정의 예측을 실행할 수 있도록 하는 기능이다.38) 그렇지만 이런 매개적 기능이 언제나 가능한 것은 아니다. 낯선 형태 혹은 일탈적이거나 이질적인 형태가 돌연히 등장한다는 것은, 변화와 파격이라는 데서 일단 호기심을 유발시켜 관심을 집중시킬 수는 있을 것이다. 그러나 그것이 미적 효과를 얻을 수 있기 위해서는 어떤 지속의 기반 위에서의 일탈이어야 하지 그

---

36) 물론 '여음'자체가 독립적인 어의 의미를 가지는 것은 아니다. 하지만 하나의 시가작품을 완결된 구조로 보고, 여음을 그 구조를 이루는 다른 단위들과 함께 상호보족적인 관계로 맺어져 있는 하나의 '구조내 단위'로 볼 때, 즉 여음이 하나의 구조 속에서 재평가 될 때, 다른 단위들과의 의미적인 맥락과 관련하여 의미화의 기능을 가지게 된다는 뜻이다.

37) 김열규는 본사부의 의미가 여음에 확산되어 본사부와 기복을 같이 한다는 의미에서 '의미의 멜로스이고 멜로스의 의미'라 하였다. (김열규, 「여음의 주술성」, 『향가의 어문학적 연구』, 서강대 인문과학연구소, 1972, 47면.)

38) 이런 맥락에서 A.Moles는 미적 지각을 "구성요소들이 이루는 복합성 안에서 어떤 관계상의 특질을 탐색해 냄으로써 단일성을 포착하고자 지향하는 〈두뇌의 통합작용의 결과〉이다." 라고 하였다. (D.Delas & J.Filliolet, 앞의 책, p.293에서 재인용.)

변화와 일탈이 수신자가 방향을 잃고 혼란을 일으켜 일관된 큰 흐
름의 축으로 되돌아 올 수 없을 정도 ─즉 하나의 유기적인 통일체
로서 인식하지 못할 정도─가 되어서는 안 된다는 것이다. 그럴 때
에야 비로소 작품과 수신자 간의 미적 교감이 실현되는 것이다. 고
려속요의 여음이 이러한 매개적 기능을 수행할 수 있다는 것은, 첫
째 수신자의 장르관습에 의해 여음의 형태가 익숙한 것으로 받아
들여지는 것이고, 둘째, 그 나타나는 위치가 경험상 어느 정도 고
정되어 있으며, 셋째 비록 허사로 이루어져 있는 것이더라도 가창
(歌唱)이란 연행방식의 특성상, 리드미컬한 음성들의 뭉치가 감정
을 직접 촉발시키는 동시에 본사부 의미의 반향적 효과를 낸다는
등의 이유로 가능하다. 이러한 매개의 기능은, 형식적인 측면 뿐
아니라 특별히 의미상으로도 앞선 본사부의 정조나 주지(主旨), 정
서, 심리상태 등을 반추·음미하기를 유도하며, 다음에 올 것에 대
한 기대를 불러일으키고 이 기대가 충족되는 과정의 반복에 의해,
하나의 고려속요작품은 수신자에게 온전히 경험되는 것이다. 의미
의 매개 기능은 다음의 두 가지로 나누어 살펴볼 수 있다.

(1) 의미전환적 매개

의미전환적 매개는 첫째, 앞서 계속 이어져 온 본사부의 내용이
여음을 축으로 하여 그 내용의 개요를 되풀이하며 작품을 끝맺게
되는 경우로, 앞선 본사부의 구체적 내용들이 기원적 의미로 전환
된다. 둘째, 여음을 축으로 하여 앞뒤의 의미가 전환되는 경우에서
볼 수 있다. 먼저 첫째의 경우를 보면, 〈정과정〉, 〈사모곡〉, 〈이상

곡〉, 〈만전춘별사〉등 네 작품은 똑같이 '아소님하'란 낙구적(落句的) 성격의 여음구를 가지고 있다.

아소님하 도람드르샤 괴오쇼셔 　　　　　　　　【정과정】

아소님하 어마님ᄀ티 괴시리 업세라 　　　　　　【사모곡】

아소님하 흔디녀졋 期約이이다 　　　　　　　　　【이상곡】

아소님하 遠代平生애 여힐술 모ᄅᆞᆸ새 　　　　【만전춘 별사】

이 '아소님하'란 여음구는 작품 전체의 의미 맥락상 간곡한 기원이 담긴 정점이라 할 수 있으며, 다음에 올 의미를 미리 내정해 주는 장치가 된다.[39] 이 여음구 다음에는 전소절(前小節)의 요약적 의미가 기원적 형식으로 나타나게 될 것이라는 짐작이 가능해 지는데, 이것은 장르관습 때문에 일어나는 경험적 반사로서이다. 이런 의미에서 '아소님하'라는 여음구는 고려속요의 한 장르표지로 작용하고 있다 할 수 있겠다.

두 번째로 의미전환적 매개가 반전으로서일 때이다. 이는 〈사모곡〉, 〈이상곡〉, 〈쌍화점〉 등의 행중(行中)여음에서 찾아볼 수 있는 것으로, 이들 여음은 그 앞의 문맥에 대한 반전의 문맥이 이어질 때 삽입된다는 점에서 공통된다.[40]

---

39) 김대행은 "종결부에 나타나는 '아소'라는 감탄사가 대체로 종합적 전환의 기능을 갖는다"고 하며, 〈쌍화점〉의 '위 위'도 노래 전체의 종합적 전환을 이루는 기능에서 '아소'계의 감탄사와 상통하는 것으로 보고 있다.(김대행, 「쌍화점과 반전의 의미」, 『고려시가의 정서』, 개문사, 1990, 203-205면.)

40) 김대행은 고려속요 외에도, 민요에서 보이는 여음에 의한 반전의 기능을 논구하고 있다. (김대행, 「쌍화점과 반전의 의미」, 『고려시가의 정서』, 203-205면.)

(2) 의미 축적적 매개

"시인은 의미상으로 분명하게 경계를 정하는 단어들을 피하고 이미지 면에서 정서적으로 연상작용이 풍부한 표현을 택한다."[41] 그래서 여음은 동질의 의미를 지닌, 비슷한 기호내용의 다른 기호 표현이라고 볼 수도 있다. 이런 측면에서 그 자체로 무의미한 어사 (語辭)의 나열인 여음은 어떤 특정 상황의 심리적, 정서적 상태의 재창조의 표현이라 할 수 있다. 시 언어는 메시지를 점점 더 애매하게 하려고 노력하면서 조직되는 측면이 있다. 여음은 이러한 관점에 입각한 기호표현의 한 방식이라 볼 수 있다. 그러나 이때 이 여음이란 형태의 기호표현은 - 몇 번이고 보고 다시 읽으면서 의미를 곰씹어 볼 수 있는 씌여진 텍스트와는 달리 - 그 표현 자체가 수용하기 쉬워야하고, 당대 수신자들에게 공적이고 대중적인 낯익은 것이어야 한다는 점이 전제가 된다.[42] 이런 두 가지 측면에서 후렴은 "시연이 끝날 적마다 명확한 종지를 밝혀주고 시연의 정서적 내실을 총괄"[43]하게 되는 것이다. 〈정읍사〉와 합성가요라 할 수 있는 〈서경별곡〉의 후렴은, 연과 연 사이에 벌어져있는 의미의 간극을 메꾸어주고, 의미의 흐름이 원활히 되도록 중개해 준다. 또 '둥덩 다리로러마'〈성황반〉, '위 덩더둥셩'〈사모곡〉, '아즐가'〈서경별곡〉, '어긔야'〈정읍사〉 등의 행중 여음도 마찬가지의 기능을

---

41) Jan Mukarovsky, op. cit. p.55.

42) 왜냐하면 여음의 경우 축자적 의미를 통해 메시지의 애매성이 구축되는 것이 아니라, 전혀 이질적인 표현자체가 의미의 애매성을 유도하는 것이기 때문이다.

43) W.J.Kayser, 『언어예술작품론』, 김윤섭 역, 대방출판사, 1982, 262면.

수행한다.

> 둘하 노피곰 도드샤
> 머리곰 비취오시라
>
> 全져재 녀러신고요
> 즌디롤 드디욜셰라
>
> 어느이다 노코시라
> 내가논디 졈그롤셰라

　위 인용한 〈정읍사〉에서 여음을 삭제하고 보면, 한편의 시가로서의 성립 가부는 두고서라도, 행과 행뿐만 아니라 연과 연 사이의 의미 격차가 너무 커서 전체 내용의 의미를 잡기가 쉽지 않다. 이런 경우, 여음의 존재가 있음으로 해서 행간(行間), 연간(聯間)의 의미 간극을 메꾸어주고 동시에 형식상으로도 정제성을 부여하여 훌륭한 한 편의 시가작품이 될 수 있게 해 주는 것이다.

　이밖에 〈청산별곡〉, 〈동동〉등의 후렴들도 앞선 본사부의 반향·내실을 기함 등의 기능으로, 각각의 연의 소주제를 한번 더 음미하게 하면서, 일정한 위치에서 반복되어 나타나, 각 주제들이 작품 전체의 주제에로 이끌릴 수 있도록 의미일관성을 부여하는 장치가 된다.

2) 의미표현의 대치

의미표현의 대치라 함은, 하나의 완결된 구조로서 고려속요 작품들을 볼 때 전체적인 맥락상, 여음이 여음자체로 의미화의 기능을 하는 경우를 말한다. 이 경우는 여음부가 빠진다면 시적 효과가 떨어지는 정도가 아니라 시의 의미구조가 불완전하게 된다. 왜냐하면 시의 의미가 뜻을 지닌 단어나 문장을 통해서 드러나는 것이 아니고, 리듬만을 지닌 무의미한 음성들의 연속체인 여음을 매개로 하여 드러나기 때문이다. 앞서의 '매개의 기능'을 담당한 여음들이 의미의 연결이나 강조, 반향 등의 기능으로 어느 정도 보조적 의미기능을 담당하고 있기는 하지만, 그것이 의미구조의 긴밀성을 위해 작용하는 것이라면, 의미대치로서의 여음 기능은 여음이 의미하기 위해서 존재한다는 것이다.

이 기능은 무계속요의 여음에서 두드러진다. 무계속요들은 그 제목 및 실사부의 가사에서 무가 특유의 주술적 성격이 강하게 드러나고 있으며44), 나아가 그 주술적 주원(呪願)의 성격이 여음에서 리드미컬한 무가 특유의 언어적 형태로 나타나고 있기 때문인 것으로 보인다.45) 여기서 다룰 무계속요 작품들은 무가 자체는 아니

---

44) 이들 무계속요들의 무속적 배경에 대해서는, 김동욱이 「시용향악보 가사의 배경적 연구」(『한국가요의 연구』, 을유문화사, 1961.)에서 많은 참고자료를 토대로 하여 상론하고 있다.

45) A.Welsh는 주문(呪文, charm)과 창가(唱歌, chant)의 차이를, 전자는 음성패턴의 강력한 반복과 내재적이고 불규칙한 리듬 및 공적인 목소리로 나타나며, 후자는 단일 리듬으로서 어사(語辭)와 행들의 반복이 규칙성을 가지고 있는 것으로 둘을 구분하여 설명하고 있다. (A.Welsh, 앞의 책, ch.6 참조) 무계 속요 여음도 위 주문(呪文)과 같은 맥락에서 이해될 수 있으리라 본다.

고 대개 무가 일부를 따와서 고려속요화 하는 등, 어떤 식으로든 무가의 형식적, 내용적 특질을 지닌 채 고려속요화 되어있는 작품들이다.[46) 따라서 무계속요는 무가 그 자체는 아니더라도, 그 무가적인 속성은 민요계속요가 가진 민요적 속성과 비슷한 수준의 것일 것이다.

무가에 있어서 메시지의 수신자는 청중이 아니다. 발신자가 던지는 코드를 해호(解號)하는 것은 사람인 청중이 아니라 신이다. 따라서 무당과 청중 사이에 전언(傳言)의 장애가 발생하는 경우가 있더라도 그것은 아무런 문제가 되지 않는다. 그래서 무가의 언어는 일상언어와는 다른 차원의 것이다. 따라서 무가에서 그 언어적 징표가 주는 정보량은 거의 없고 정보성은 극대화 되는 것이다. 이런 극도로 낮은 정보량은 오히려 무가를 보다 무가답게 하는 요인이 된다. 이런 무가적 성격을 다분히 지닌 무계속요들에서, 여음은 신과의 교통수단으로서의 의미를 지닌 언어로서 기능하게 되는 것이다.

이렇게 무계속요에서 나타나는 여음을 무당의 신성언어(神聖言語; secret language) 혹은 주술언어(呪術言語; charm language)라 할 수 있는데, 이는 일반 언어와는 분명히 다른 것이다. 본 논의에서는 이들이 무의적(巫儀的)인 맥락에 있어서는 신성언어이지만, 속요화 되는 과정에서 이것들도 '여음화'되어 시가작품 속에 나타나게 된 것으로 보아, 여음의 한 종류로 보는 것이다. 그렇지만 이 경우에도, 무당의 언어secret language를 이해하지는 못하지만, 축귀(逐鬼)나 치병(治病) 등의 주원적(呪願的)인 맥락context이 청자

---

46) 임재해, 「시용향악보 소재 무가류 시가 연구」, 『영남어문학』 9, 1982 참조.

에게도 공유되고 있는 것이다. 특히 무의(巫儀)의 현장이라면 더욱 그러할 것이다. 〈군마대왕〉, 〈별대왕〉, 〈구천〉 등 여음만으로 이루어져 있는 고려속요[47]에서 보이는 〈ㄹ〉 + 모음의 교체로 반복되는 여음들은, 이러한 주술언어charm language가 여음화 되어 존재하고 있는 것으로 볼 수 있다.

> 리러루 러리러루 런러리루
> 러루 러리러루
> 리러루리 러리로
> 로리 로라리
> 러리러 리러루 런러리루
> 러루 러리러루
> 리러루리 러리로　　　　　　　　　　　　　　【군마대왕(軍馬大王)】
>
> 리로 리런나
> 로리라 리로런나
> 로라리 리로리런나
> 오리런나

---

47) 시용향악보 소재 시가들은 모두 악곡상의 한 절만 실려 있는 것이다. 따라서 위 세 편의 시가의 원래 모습이 연장체로서 현재 전하는 여음만으로 된 것은 그 노래의 첫 연일 수도 있을 것이다. 그럴 경우 여음으로만 이루어진 첫 연은 서사(序詞)와 같은 구실을 하고 그 뒤는 제명(題名)에 관련된 가사들로 이루어졌을 가능성도 있다. 그러나 그런 경우이더라도 음성의 불규칙한 반복과 그것이 가져오는 리듬 자체가, 무가 특유의 힘power을 지닌 언어charm-language로서의 기능은 차이가 없을 것이다.

나리런나

로런나

로라리로 리런나   【구천(九天)】

노런나 오리나 리라리로런나

니리리런나 나리나 리런나

로로런나 리런나

로로린나 리런나   【별대왕(別大王)】48)

즉 일상의 언어로 신격에게 기원하는 것보다 주술언어에 의할
때 기원의 의미는 보다 더 고양되는 것이다. 고려속요의 청자들은
이러한 사회·문화적 맥락을 공유하고 있었던 것이기에, 이러한 주
술언어가 고려속요의 여음으로써, 혹은 여음 자체로 한편의 시가
로 이루어져 불리워 질 때에도 충분히 훌륭한 한편의 시가작품이
될 수 있었던 것이다. 이런 종류의 단조로운 음성적 반복과 그 리
듬이 노래나 노래의 일부가 되어 주술적 효과를 가져오는 예는, 다
른 민족의 경우에서도 어렵지 않게 찾아볼 수 있다.49)

---

48) 이상 세 곡의 행 구분은, 이숭녕의 연구(「국어음성상징론에 대하여」, 『언어
   3.1』, 1978.)에서 보여준 것처럼 바로 잡이야 할 것도 있겠으나, 편의상 연세대
   동방학연구소刊 영인본의 악보 뒤에 다시 부기(附記)한 것을 그대로 따랐다.

49) 김열규는 Finno-Ougrien민요 "lo-lo-lo-lo, lo-lo-lo", "lul-lul lul-lu" 등의
   예를 들면서, 이들과 〈군마대왕〉 등 노래와의 형태적 의의가 유추될 수 있을
   것임을 시사하였다. (김열규, 『한국민속과 문학연구』, 일조각, 1975, 19면.);
   A.Welsh는 세계 여러지방의 무가와 그것을 이루는 언어구조를 밝히면서, 주술언
   어에서는 음성의 반복패턴과 그로인한 리듬자체가 주술행위로서 힘power을 갖
   는다는 것을 논증하고 있다. (Roots of Lyric, 133-161면 참조.); P. Hajdu는

이러한 맥락이 전제되어야 〈별대왕(別大王)〉, 〈군마대왕(軍馬大王)〉, 〈구천(九天)〉등 전체가 여음으로 이뤄진 고려속요들의 의미를 유추 이해할 수 있을 것이다. 또 이와 같은 맥락에서,

> 東方애 持國天王님하
> 南方애 廣目天子天王님하
> 南無西方애 增長天王님하
> 北方山의사 毗沙門天王님하
> 다리러 다로리 로마하
> 디렁디리 대리러 로마하
> 도람다리러 다로링디러리
> 다리렁 디러리
> 內外예 廣四目天王님하　　　　　　　　　【성황반(城皇飯)】

의 신명(神名) 호격(呼格) 다음의 여음구를, 성황신께 드리는 치성과 기원의 의미를 담고 있는 것으로,

> 瘡ᄀᆞᆺ실가 三城大王
> 일ᄋᆞᆺ실가 三城大王
> 瘡이라 難이라 쇼셰란더
> 瘡難을 져차쇼셔
> 다롱디리 三城大王

네넷족 무가의 분석에서 음절들의 반복이 어떻게 시가화 되는가를 논구하고 있다.(P. Hajdu, 「무가분석」, 『시베리아샤머니즘』, 민음사, 1988.)

　　　다롱디리 三城大王

　　　녜라와 괴쇼셔　　　　　　　　　　　　　【삼성대왕(三城大王)】

의 "다롱디리 三城大王 다롱디리 三城大王"은 창난(瘡難)을 제거해
달라는 기원의 의미가 함축되어 있는 것으로 이해될 수 있을 것이
다.50)

5. 결론

　이상의 논의에서 본고는, 여음을 작품과 분리시켜서 살피는 것
을 지양하고 작품 구조 내 단위로 파악, 작품구조 속에서 재평가
하여, 여음을 고려속요의 존재방식으로 보고자 하였다.

　고려속요에서 여음은, 주로 민간가요가 궁중의 속악가사로 전용
되는 과정에서 생성된 것으로, 자체로는 의미가 없는 것들이다. 그
러나 여음이 일단 고려속요라는 시가작품 속으로 들어와 시적 구
성요소가 됨으로써, 작품의 다른 단위들 즉 본사부와 상호관련을
맺게 되었다. 그리하여 여음은 하나의 통일된 전체로서의 시가작
품을 구성하는 기능적 단위가 되었다. 고립된 것으로의 여음은 의

---

50) 〈나례가(儺禮歌)〉의 여음은 무계속요(巫系俗謠)들의 이러한 여음이 공식화
되어서, 시가의 후렴으로 쓰인 것으로 추정할 수 있을 것이고, 〈大國 1.2.3〉의
후렴은 그 음성적 특질이 일단의 무계속요(巫系俗謠)들의 여음과 비슷하여 차
용되었던 것이 아닌가 한다. 그러나 이 두 경우 모두, 여음에 노래의 제명(題
名)과 가사(歌詞)와 관련을 가지는 기원(祈願)과 주원적(呪願的) 의미가 확장
되어 있을 것임은 같다.

미가 없는 것이고, 또 여음의 존재가 없는 실사부(實辭部)만으로는
이미 고려속요라 할 수 없는 것이다. 따라서 여음은 실사부(實辭部)
와 함께 고려속요를 구성하는 불가분의 관계에 있는 것이고, 고려
속요는 여음에 의해 그 존재방식을 획득하게 되는 것이다.

이를 위하여 본고는 먼저, 여음이 고려속요 형성 시 개편의 원리
로 작용하여 형식구성의 틀이 되고 있음을, 여음에 의한 고려속요
작품들의 형태분류를 통하여 보이고자 하였다. 다음으로, 여음은,
여음자체의 음성적 속성에 의한 리듬효과뿐 아니라, 본사부의 음
보율격과 기복을 같이 하면서 작품전체를 통해 통일된 리듬구조를
이루어, 작품을 하나의 선율구조로 인식되게 하였다. 마지막으로,
여음은 형식·리듬뿐 아니라 의미론적인 측면에서도, 고려속요의
존재기반이 된다는 것을 보이고자 하였다. 그래서 여음이 작품의
의미구조의 역동성을 구축하는 방법을, 의미의 매개와 의미표현
대치의 기능으로 나누어 고찰하였다. 전자는 작품의 의미구조를
긴밀화하는 방식으로 나타나고, 후자는 여음자체가 의미화의 기능
을 가져오는 경우를 말한다. 특히 이 의미표현 대치의 기능을 통하
여, 〈별대왕(別大王)〉, 〈군마대왕(軍馬大王)〉, 〈구천(九天)〉 등 여음
만으로 이루어진 무계속요들에 대한 해석적 기반을 제시하고자 하
였다.

시조의 담화 유형과 그 특성

1. 서론

이 연구는 시조 작품들에 나타나는 화자-청자 관계의 유형의 분류를 시도함으로써, 시조 담화유형의 한 양상과 그 특징을 살피고자 하는 것이다.

시 텍스트를 하나의 담화로 파악한다는 것은 시 텍스트를 화자와 청자 간의 의사소통이란 측면에서 파악코자 하는 것이다. 이때 시 텍스트가 어떤 특징적 전달경로를 가지느냐에 따라, 시적 담화는 서로 상이한 양식적 특성들로 변별될 수 있다. 작품 속에 구현된 메시지를 사이에 두고 담화상황을 이루는 가장 기본적인 두 가지 축은 발신자와 수신자 즉, 화자와 청자가 될 것이다. 이들 중 본고에서는 특히 청자의 유형에 따라 화자가 어떤 태도를 갖느냐 그리고 그로부터 화자와 청자가 어떤 담화적 관련양상을 갖느냐에 따라 시조의 화자-청자 관련양상을 유형화해보고 그런 후 그 유형별 특성을 살펴보고자 한다.

하나의 시가 작품의 내용과 의미는 시인의 작품 속 대리자라고 할 수 있는 화자(話者)가 취하는 태도를 통하여 구현되는 것인데,

이때 화자의 태도는 시적 대상으로서의 화제와 발화상대인 청자, 그리고 자기 자신에 대해 가지는 태도 등에 따라 결정된다. 이 중에서 본고에서는 화자의 발화상대인 청자를 중심으로 하여, 청자에 대하여 화자가 관련 맺는 유형을 나누고 그 양상과 특성을 살펴보려 하는 것이다. 이런 과정에서 '자기 자신' 역시도 넓은 의미의 청자로 포괄될 수 있을 것이다.

시조의 화자-청자 간의 담화유형에 대한 기왕의 본격적인 연구는 살피기 어렵지만 이와 관련되어 화자와 청자의 유형과 성격에 대한 논의들은 '시론'류의 이론서와 개별 논문들을 통해서 드물지 않게 이루어져 왔다. 그 중 김대행은 『시조 유형론』과 『시가 시학 연구』[1]에서 화자와 청자의 유형을 분류하여 살폈는데, 특히 『시조 유형론』에서는 시조 화자와 청자의 유형적 특성에 주목하여 시조의 양식적 특성을 가늠하는 데에까지 이르러 본 논의에 큰 도움이 되었다. 또, 노창수[2]의 화자에 대한 연구와 고려속요 작품들에 나타나는 화자의 태도를 분석적으로 살피고 그 여성 화자들의 성격을 고찰한 최미정[3]의 논문도 화자의 특징적인 성격을 면밀히 살핀 것이다. 그러나 이 연구들은 화자와 청자의 성격과 특징에 보다 비중을 두면서 화자와 청자의 관련되는 양상을 담화유형으로 파악하여 살피는 데에 이르지는 않고 있어서, 시조라는 장르의 양식적 성격을 더욱 정치하게 파악하기 위해서는 화자-청자 관계를 통한 담

1) 김대행, 『시가 시학 연구』, 이화여자대학교출판부, 1991, 93-122면.; 김대행, 『시조 유형론』, 이화여대대학교출판부, 1986, 283-297면 참조.
2) 노창수, 『한국 현대시조의 화자(話者) 연구』, 조선대 박사학위논문, 1993.
3) 최미정, 『고려속요의 수용사적 연구』, 박사학위논문, 서울대학교, 1990.

화유형과 그 특성에 대한 고찰이 필요하다 하겠다.

화자와 청자를 중심으로 한 시조의 담화유형에 대한 이해는 하나의 작품의 성격을 살피는 데에도 필요하지만 시조라는 장르 전체의 양식적 특성을 살피는 데에도 필요하다. 화자는 청자에 대한 태도에 의해서 결정되는 것인데 하나의 장르 안에서 청자에 대한 화자의 태도들이 각각의 특징적 담화양식으로 유형화되고 또 그것들이 특징적인 비중을 두고 나타난다면, 이는 하나의 장르가 지닌 양식적 특성을 드러내는 것이라 볼 수 있기 때문이다.

2. 화자 청자 관계를 통한 시조의 담화 유형 분류

화자와 청자 관계를 통한 시조의 담화 유형을 살피기 위해서는 청자에 대한 화자의 태도를 적절히 구분할 필요가 있는데, 그 구분은 청자가 누구인가에 따라서가 아니라, 화자와의 관계에 따라서 이루어져야 할 것이다. 시적 담화의 구조가 화자가 청자에게 말을 건네거나 청자와 말을 주고받는 구조를 지니고 있는 경우, 청자는 화자의 태도에 영향을 미치는 지배적인 요소로 작용하게 된다. 청자와의 관계에 따라 화자의 태도가 달라지게 되며 그 태도의 차이는 담화 유형의 차이로 나타나게 된다. 청자에 대한 화자의 관계 유형에 따른 담화 유형의 차이는 특징적 방식으로 개별 시가 작품의 의미를 형상화하며 시적 분위기를 형성한다. 때로는 이를 통하여 한 작가 혹은 한 시대나 장르의 특징을 범주적으로 파악할 수 있게도 할 것이다. 이러한 화자-청자 간의 관계는 화자가 우위에

있는 경우, 청자가 우위에 있는 경우, 그리고 화자와 청자가 대등
한 경우의 세 가지로 나누는 것이 적절할 것이다.

시인에 의한 비전의 직접적 제시는 화자 우위의 담화 유형에 상
응한다. 화자 우위의 담화 유형을 통한 극단적인 주석적 제시의 양
식의 경우는 헤르나디의 좌표적 장르 설정[4])에서 금언이나 속담과
같은 것들이 될 것이다. 이러한 주석적 제시는 어떤 관념을, 하나
의 사건이나 말하고 있는 특정 목소리에 관련시키지 않고서도 이
관념을 표상한다. 그래서 이러한 주석적 제시의 성격을 가지고 있
는 화자 우위의 양식은 모든 사람에게 진리로 여겨질 수 있는 보편
타당한 비전을 제시하는 경우가 많으므로, 화자의 목소리-대개 작
가의 권위적 목소리-는 객관성과 교훈성을 띠는 경우가 많다.

화자 우위 유형에서는 보편적 내용을 강조하며, 그것이 사적인
전달행위로 화하지 않는 범위 내에서 설명하기telling의 방법으로
작가의 목소리를 드러낸다.[5] 즉 경구와 마찬가지로 발화자의 사
적인 목소리는 드러내지 않은 채 권위적인 목소리로 보편적인 내
용을 제시하는 것이 화자 우위 유형의 기본적인 모습이라 할 수
있다.

화자 우위 유형에서는 작품 내의 현상적 화자와 현상적 청자의
관계보다는 실제 화자로서의 시인과 실제 청자로서의 청중의 직접
적인 관계가 강하게 전제된다. 화자 우위 유형은 보편 진리나 당위
를 수사미로써 전달코자 하는 목적이 있으므로, 작품 구조 밖에 더

---

4) Paul Hernadi, *Beyond Genre: New Directions in Literary Classification*,
   Ithaca and London: Cornell Univ. Press, 1972, pp.156-170.
5) 신은경, 『사설시조의 시학적 연구』, 개문사, 1995, 203면 참조.

관심을 둔다. 이 경우, 화자는 공공의 목소리를 대변하는 구실을 하게 되는 경우가 많으며, 그 목소리는 권위적이고 설득적인 남성적 목소리로 나타난다.

고전시가 일반에서 화자 우위의 담화 유형의 경우가 종교 혹은 이념을 바탕으로 한 신념과 당위를 청자에게로 전달해 주고 가르쳐 주는 권위적이고도 설득적인 목소리로 나타나는 데 비해서, 담화의 유형이 청자 우위의 경우일 때, 그것은 대개 주술적 혹은 종교적 믿음을 기반으로 한 위력적인 청자에게로 향한 기원의 양상으로 나타난다. 이와 같은 청자 우위의 유형은 향가나 고려속요 등에서 그 모습을 자주 확인할 수 있다. 그러나 특이하게도 시조의 경우에는 청자 우위의 상황이 드러나는 경우가 매우 드물다. 그것은 임금이나 님과 같이 화자보다 우위에 있는 대상을 놓고 발화가 이루어질 만한 상황일 때, 시조에서는 이들 관계를 곧잘 화자−청자의 직접적인 관계로 설정하여 드러내지 않고 불특정 청자를 향해 돌려 말하거나 혹은 자기 자신에게 말하는 투로 선언적으로 회피해 버리는 경향이 있기 때문이다. 그것은 시조의 연행관습이 대개 현장에 있는 청자를 앞에 두고 그들을 향해서 말을 하게 되는 것이므로 자연히 자신의 의지나 태도의 표명이 중시되었고 따라서 그 표현은 'ᄒ노라'류의 선언적 어미를 동반하거나 공감대를 형성하는 데 주력하게 되는6) 것과도 관계가 있을 것이다.

화자 우위 유형이나 청자 우위 유형은 화자의 의지를 청자에게 공개적으로 직접 전달한다는 면에서 비슷하지만 그 전달의 태도가

---

6) 김대행, 『시조 유형론』, 이화여대대학교출판부, 1986, 137면.

전자는 명령이나 권유의 형태로, 후자는 기원이나 청유의 형태로 나타난다는 점에서는 서로 다르다. 화자와의 관계에 있어서 청자의 성격은 담화 유형의 차이와 함께 그에 따른 목소리와 어조의 변화도 동반하게 된다. 화자에 대한 청자의 상대적 위계에 따라 화자가 청자보다 우위에 있을 때에는 담화의 성격이 교훈적이 되고 청자가 화자보다 우위에 있을 때에는 기원적이 된다.[7]

화자 우위 유형에서의 담화적 전달양상의 특성이 시인과 실제청자의 작품 외적인 관계가 집중적으로 초점화되어 나타났다면, 화자−청자 등위의 유형에서의 담화적 전달양상은 작품 구조 내의 화자와 청자에 집중되어 나타난다. 따라서 전달의 방식은 화자가 시를 감상하고 있는 청중으로서의 실제청자에게 직접적으로 말을 건네는 방식이라기보다는 오히려 실제 청자로부터 등을 돌리는 방식으로 실현된다. 이 때 실제청자는 화자의 목소리를 엿듣게 되고 시적 상황에 동화되고자 한다.

화자−청자 등위의 유형은 개인적이고 구체적인 체험을 사적(私的)인 프리즘을 통한 개성적 방식으로 전달하고자 하는 것이다. 화자−청자 등위의 유형에서 세계는 은유의 원리에 의해서 작품 속으로 수용된다. 화자−청자 등위의 유형과 화자 우위의 유형은 정신

---

7) 이렇게 보면 화자 우위 유형과 청자 우위 유형을 같이 묶어 화자−청자 유형과 둘로 대별하는 것이 담화유형의 설명에 더 기능적일 수 있다. 그러나 시조 외의 장르에서는 청자 우위의 유형이 더 자주 나타나면서 장르의 특성을 드러내기도 한다는 점에서 그 유형을 뚜렷이 드러낼 필요가 있다고 판단하여 본고에서는 세 가지의 유형으로 설정하였다. 하지만 시조장르를 살피는 자리이므로 논의의 과정에 있어서는 주로 화자 우위 유형과 화자−청자 등위 유형이 서로 대비되는 방식으로 진행될 것이다.

적 비전의 세계를 환기한다는 점에서 공통되지만, 화자 우위 유형이 사실로서 증명될 수 있을 듯한 보편적 진리의 세계에 초점이 맞춰지는 것과는 달리, 화자-청자 등위의 유형은 사적인 관점과 사적인 시간의 프리즘을 통과하여 굴절된 주관적 진리를 표현한다.

화자 우위 유형은 비전을 제시하고 화자-청자 등위의 유형은 비전을 설정한다. 전자는 배경을 중시하고 후자는 전경을 강조한다. 세계를 환기하는 방법 또한 전자는 작자의 권위적 목소리를 담고 있는 주석적 시점을 통한 것이라면, 후자는 사적(私的)인 시점을 통한 것이다.

이상에서 시조의 담화 유형을 화자 우위 유형과 청자 우위 유형 그리고 화자-청자 등위의 유형으로 나누어 보았는데, 이는 시조라는 시적 담화의 전달방식의 특성을 화자와 청자의 관계를 중심으로 하여 분류해 본 것이다.

3. 화자 청자 관계를 통한 시조의 담화 유형별 특성

1) 화자 우위의 유형과 그 특성

화자 우위의 담화유형에서는 화자[8]와 실제 청자와의 직접적인 관계설정이 초점화되어 나타난다. 일반적인 시적 담화가 〈실제 화자-함축적 화자-함축적 청자-실제 청자〉의 관계 속에서 이루어진다고 보았을 때[9], 화자 우위의 담화유형은 시 텍스트 내의 함축

---

8) 이때 화자는 실제 화자와 대등하게 생각되는 화자이거나, 화자가 속한 사회의 공적 대변인으로서의 성격을 갖는다.

적 화자-함축적 청자 관계보다는 실제 화자-실제 청자의 관계에 더욱 큰 비중을 두고 있다.

시인이 발신자라면 수신자는 실제 청자라 할 수 있다. 화자 우위의 담화적 상황에서는 발신자가 제시한 정보내용과 수신자가 수용한 정보내용이 거의 같다. 그래서 시 텍스트가 담고 있는 정보 내용은 수신자에 의해 다양하게 해석될 여지는 거의 없고 다만 정보의 내용이 폐쇄적이고 단일한 의미의 형태로 수신자에게 일방적으로 '전달'된다. 자연히 이러한 시 텍스트는 암시성과 함축성이 적으며, 수신자가 읽어내야 할 정보의 양은 전달된 메시지 그 자체에서 크게 벗어나지 못하기 때문에, 정보성은 줄어들게 된다.[10] 정보성이 적다는 것은 그만큼 직접적인 의미 전달에 강조점이 주어져 있는 것이라고 볼 수 있다. 발신자와 수신자간의 이러한 직접적인 전달관계는 화자-청자 등위 유형이 취하는 담화양상과 가장 큰 차이점이다.

시를 하나의 담화로 이해하고자 할 때, 화자와 이 화자의 목소리에 대해 살펴보는 일은 필연적인 것이다.[11] 화자 우위 유형에서의 화자는 개별적이고 개성적인 '나'로서의 화자가 아니라, 공동사회의 한 구성원으로서의 성격이 부각된다. 따라서 이런 화자의 목소리에는 작품 외적이고 사회적인 규범에 대한 인식이 반영된다.[12]

---

9) S. Chatman, *Story And Discourse*, Cornell Univ. Press, 1978, p.151.

10) Beaugrande & Dresser, *Introduction to Text Linguistics*, Longman, 1981, pp.139-160.

11) 김준오, 『詩論』, 三知院, 1991, 172면.

12) N. Frye, 임철규 譯, 『비평의 해부』, 한길사, 1982, 416면.

그런 측면에서, 화자 우위 유형에서의 화자는 사회의 대변인으로
서의 시인의 목소리를 드러낸다고 할 수 있다. 이때 시인은, 그를
둘러싼 세계와의 관계에서 생긴 갈등을 사적(私的)으로 수용하여
자기표현적 목소리로 고양된 감정을 새롭게 설정한 시세계 속에서
응축시켜 드러내 보이는, 개성적 개인으로서의 시인이라기보다는
자기가 살고 있는 사회의 대변자가 되는데 열중하는 시인이다. 이
는 시인이 작품을 통해 자기가 속한 사회의 사회적 관습·윤리·이
데올로기 등을 드러내는 대표자로서 기능하는 점을 말한 것이다.

　이와 같은 의미에서의 교훈적이고 설득적인 목소리를 지닌 화자
의 부름을 통해 형상화된 시에 있어서는, 시인의 사회적인 역할이
중요해 진다. 그 사회적 역할이란 시인 스스로가 한 구성원을 이루
고 있는 특정 사회의 환경에 조응되는 보편타당한 진리의 내용을
시 형식에 담아 단일 의미로, 또 직접적으로 제시하는 것이다.

　　　강원도 백성들아 형제 숑亽 ᄒ디 마라
　　　죵쮜 밧쮜ᄂᆞᆫ 엇기예 쉽거니와
　　　어디 가 ᄡᅩ 어들 거시라 홀귓 할귓 ᄒᆞᄂᆞᆫ다　　　　　/ 정철(鄭澈)

　위의 시조는 강원도 관찰사로서의 정철이 강원도 백성들을 교화
하기 위한 목적으로 지은 것이다. 이 시조에서의 화자는 정철임이
실증되고 있지만, 설사 작자가 고증되지 아니하더라도 화자의 목
소리는 민심의 교도(敎道)를 위해 유교적 보편 덕목을 가르치는 사
대부의 목소리임이 어렵지 않게 확인된다. 또,

이바 아히둘아 날 신다 짓거 마라
자고 새고 자고 새니 歲月이 몃춫 가리
百年이 하 草草ᄒ니 나는 굿버ᄒ노라   / 신계영(辛啓榮)

世上 사ᄅᆞᆷ들아 聾瞽를 웃지 말나
視不見 聽不聞은 녯 사ᄅᆞᆷ의 警戒ㅣ로다
어듸셔 妄伶엣 벗님니는 남의 是非 ᄒᆞᄂᆡ   / 박문욱(朴文郁)

와 같이 서두에 경청을 요구하는 돈호법을 통한 표현은 화자가 청
자를 직접 불러들이는 부름이며, 이때 화자는 시인의 대변인으로
서, 작품 속의 청자는 실제 청자와 등가적인 의미로서 파악될 수
있을 것이다.13)

화자 우위의 담화유형에서의 화자와 청자 간의 전달 관계는 일
상적 담화에서의 전달관계와 유사하다. 일상적 담화에 있어서의
'화자-화제-청자'의 관계가 시적 담화에서는 '시인-시 텍스트-청
자(독자)'의 관계로 바뀜으로써 성립된다.14) 따라서 일상 담화와 시
적 담화는 유사관계이다. 그러나 시적 담화는 그것이 작품으로 바
뀌면 그 자체로서 하나의 자율적 존재가 되고, 또한 수용자들의 특
정 장르에 대한 기대지평이 이런 일상적 담화와 유사한 담화를 문
학적 담화로 수용한다. 주술적 시가나 시조에서의 실제 청자 지향
적인 교훈적 작품들이 일상담화와 다르게 수용되고 또 양산되는

---

13) 이렇게 서두에서 경청을 요구하는 문구의 등장은 공동사회의 시에 매우 가까
   운 특성을 보여준다고 한다.(프라이, 앞의 책, 418면 참조)
14) 노창수, 『한국 현대시조의 화자 연구』, 조선대 박사학위논문, 1993, 15면.

것은, 일종의 장르관습으로 이해될 수 있을 것이다.

대부분의 시조 작품들이 보여주는 언어는 추상적이고 개념적이다. 그것은 이러한 작품들의 인식이 구체적 현실을 바탕으로 삼은 것이 아니라 개념적이고 보편적인 공인된 관념으로 일관[15)되었던 것이기에 그렇다고 할 수 있다. 이렇게 개념적이고 보편적인 관념이 시조를 통해 나타나는 담화방식은 크게 작품 내향적인 것과 작품 외향적인 것의 두 갈래로 나누어 볼 수 있을 것인데, 이 중 시조의 화자가 어떤 구체적 목적을 가지고 청자에게 그 목적이 미쳐지도록 하려 할 때, 그러한 시조의 담화는 외향적 발화의 양상으로 나타나게 된다. 즉 많은 수의 시조들이 취하고 있는 유교적 리(理)의 추구에 있어서, 청자를 앞에 두고 선언하는 태도를 취하거나 계훈, 교시나 풍교의 태도를 취하게 될 때, 시조의 담화적 양상은 작품 외의 청자를 향한 외향적 발화의 양상을 취하게 되는 것이다. 그럴 때 작품 내의 화-청자의 관계보다는 현실의 실제적 청자와 실제 화자와의 작품 외적인 관계가 더 중요하게 된다.

物外에 벗님네야 風景은 죠타ᄒ나
니 몸이 臣民이여 님금을 니즐 썻가
언의 곳 莫非王土ㅣ니 글을 혀여 보시소   / 김수장(金壽長)

聖恩이 罔極ᄒ 줄 사름들아 아ᄂ손다
聖恩곳 안니면 萬民이 살로소냐
이 몸은 罔極ᄒ 聖恩을 갑고 말려 ᄒ노라   / 박인로(朴仁老)

---

15) 박철희, 『한국시사연구』, 일조각, 1980, 39면.

위의 인용은 외향적 발화를 취하고 있는 시조 작품들의 몇 예를 보인 것이다. 여기에서 화자가 부르고 있는 대상들과 그 부르는 방식을 살펴볼 때, 그것이 자기 자신을 향한 독백적 담화의 방식을 취하는 것이라고 보기는 어렵다. 오히려 권위적이고 고압적인 목소리로 대상들에게 당대적인 공인된 관념을 제시하고 전달하는 것이다.

시조는 서정장르이다. 그러나 여타 서정장르에 비해 관념성이 대단히 강하게 배여 있다. 그 관념성은 유교적 세계관을 당대의 단일한 보편질서로 요구했던 조선조라는 시대적 특징에서 기인하는 것이다. 시조에서 '유교경전의 시조적 표현이 압도적인 분량을 차지하고 있는 사실'16)도 이런 맥락에서 가능했던 것이다.

훈민시조는 16세기 시조사에 있어서 강호시조와 함께 이 시기 시조문학의 양대 주류를 이룬다.17) 강호시조가 수기(修己)의 이념을 추구한 데 비해, 훈민시조는 치인(治人)의 이념을 담은 문학이다. 따라서 훈민시조는 인간과 인간 사이에 개재한 윤리적 문제를 주로 다룬다.18) 이 시기의 훈민시조인 위의 작품들은 보편적 진리를 함축하고 있는 금언과도 같은 메시지를 불특정 다수에게 제시하고 있다. 어떤 진리에 대해 말하고 또 은근히 이러한 진리의 행위적 수용을 우회적으로 요구하는 방식의 말하기로 이루어져 있다. 위의 시조들에서 각 작품이 전달하고자 하는 의미는 투명하고 지시적이다. 그래서 다양한 해석가능성을 생각하기란 어렵다. 그

---

16) 박철희, 같은 책, 41면.
17) 조태흠, 『훈민시조 연구』, 부산대 박사학위 논문, 1989, 7면.
18) 신영명, 『16세기 강호시조의 연구』, 고려대 박사학위 논문, 1990, 157면.

리고 마치 실제 청자를 앞에 두고 화자가 타이르듯 하는 방식을 취하고 있다. 화자는 유교적 이념의 한 측면을 청자에게 제시하고 또 요구하고 있다. 이들 작품에 있어서 시적으로 재구성된 세계는 당위의 세계이다. 그리고 그 세계는 시인이 실제의 현실세계에서 추구하고자 하는 바와 같은 맥락을 지니는, 곧 하나의 질서 위에 놓여있는 세계로 인식된다.

16세기의 시조에서는 당대 정치현실에 대한 구체적 언급이 거의 없는데 비해, 17에 이르면 정치 현실을 비판 풍자하는 등 자신을 방축·삭탈관직·유배로 내몬 정치현실에 대한 구체적 반응을 보이는 작품들이 나타난다.[19]

> 냇ㄱ에 히오라바 므스 일 셔 잇ᄂᆞᆫ다
> 無心ᄒᆞᆫ 져 고기를 여어 무슴 ᄒᆞ려ᄂᆞᆫ다
> 아마도 ᄒᆞᆫ 믈에 잇거니 니저신들 엇ᄃᆞ리   / 신흠(申欽)

신흠의 시조의 '해오라비-고기'의 관계 설정은 정적(政敵) 제거라는 냉혹한 정치현실을 풍자한 것으로, 약육강식의 자연질서를 이용하여 현실을 풍자·비판하고 있다.[20] 특히 종장은 무자비하게 정적을 제거하는 무리들에 대하여, 당색에만 얽매일 것이 아니라 유교적 대의를 회복하기를 촉구하는 내용이다.

위의 작품이 보이는 메시지의 전달의 방식은 시적 화자가 함축

---

19) 이상원, 『17세기 시조사의 구도』, 월인, 2000, 40면.
20) 이상원, 위의 책, 41면.

적 화자에게로 향한, 즉 내가 나에게로 향한 내적 발화의 양상이라
기보다는, 실제 청자를 염두에 두고 있는 외향적 발화 의 방식으로
보인다. 그러나 이러한 외향적 발화가 뚜렷하게 드러나고 있지 않
은 것은 다음과 같은 이유들 때문이다. 즉 이들 작품들에서의 화자
의 태도는 청자에 대하여 일정정도 거리를 두는 방식을 취하고 있
으며, 직접적 말건네기의 어투가 아리라 선언적 어투이라는 점과
청자가 구체화되어 있지 않고, 보편진리의 전달이 주(主)가 되지만
자기확인적 성격도 있는 것 때문이다. 그러나,

> 강원도 백성들아 형제 숑스 ᄒᆞ디 마라
> 죵위 밧위는 엇기예 쉽거니와
> 어디 가 쏘 어들 거시라 홀킷 할킷 ᄒᆞᄂᆞ다   / 정철(鄭澈)

> ᄆᆞ올 사롬둘하 올ᄒᆞᆫ 일 ᄒᆞ쟈스라
> 사롬이 되어 나셔 올티곳 못ᄒᆞ면
> ᄆᆞ쇼롤 갓 곳갈 싀워 밥 머기나 다르랴   / 정철(鄭澈)

> 이바 아희들아 내 말 드러 비화스라
> 어버이 孝道ᄒᆞ고 어룬을 恭敬ᄒᆞ야
> 一生의 孝悌롤 닷가 어딘 일홈 어더라   / 김상용(金尙容)

위의 작품에서 돈호법을 통한 어법은 직설적 훈계투가 대부분인
데, 이것은 일상적인 담화에서의 어법과 대단히 닮아있다. 이들 작
품들은 대상에 대한 발화의 직접적인 정도가 매우 강해서, 따옴표

로 직접 인용표시를 해도 좋을 듯한 대화적 어투로 이루어져 있다. 화자의 존재는 대상을 부르는 행위로써 드러나게 되는데, 그러한 화자의 목소리가 보편타당한 진리의 내용을 전달하고 있다.[21] 이런 점에서 본다면 이들 작품은 화자와 대상과의 관계를 설정했을 뿐, 이 점만 제외한다면 어떠한 인물의 목소리에도 기대지 않는, 극단적으로 주제적인 금언의 형식이나 크게 다를 바 없어 보인다.

한 편의 시 작품은 현실에 대한 작가적 재구성의 소산이다. 화자-청자 등위 유형에서 이 재구성은 세계와의 갈등에 대한 언어적 해결방식이다. 그리고 그 해결은 현실과 연속되는 질서 상에서의 해결이 아니라 가상적 해결일 수밖에 없다. 그러나 화자 우위 유형에서는 시적 재구성을 통해 시적으로 재구성된 현실과 실제 현실을 하나의 연속되는 질서로 동일화시키고자 하는 의도를 볼 수 있다. 따라서 작품의 효용적 가치가 중요해지게 된다.

2) 화자 – 청자 등위의 유형과 그 특성

화자-청자 등위의 담화 유형은 시적 담화에서, 시적 화자가 실제 청자로부터 등을 돌리고, 설정된 세계 내의 시적 청자와의 관계에 몰두할 때 나타나는 담화유형이다. 이러한 화자-청자 등위의 담화 상황은 발신자인 화자가 실제 청자인 청중을 수신자로 취하는 것이 아니라 화자 스스로가 담화의 수신자가 되는 작품 내적 발

---

21) 나정순은 이와 같이 주제를 직접적으로 전달하는 언어전달의 양상을 띠는 시조를 '정보적 기능의 시조'라 하였다. 이러한 시조에는 개념적 의미가 시조의 문면에 모두 드러나 있어서, 내포적 의미와 외연적 의미가 일치한다. (나정순, 『時調장르의 時代的 變貌와 그 意味』, 이화여대 박사학위 논문, 1988, 62면.)

화의 양상이 된다.

이때 화자는 화자 우위 담화유형에서의 화자와 같은 사회적 기능을 수행하는 것이 아니라, 개성적인 개인으로서 세계를 자기중심적으로 인식하여 그 세계를 자기 표현적인 방법으로 드러낸다. 화자는 청중과의 직접적인 말건넴에 초점을 두기보다는 작품 내의 대상과의 말건넴에 초점을 둔다. 그래서 시 텍스트에서, 시인과 세계와의 관계는 화자와 대상과의 관계인 것처럼 꾸며지고, 청중은 이를 엿듣는 방식을 취하게 된다. 화자는 실재 청자로부터 등을 돌려 간접적으로 엿듣게 만들고, 설정된 세계 내의 현상적 청자인 대상과의 관계에만 몰두한다. 그만큼 화자-청자 등위의 담화 유형에 의한 시적 담화에서 청중은 배경으로 물러나고, 화자와 대상간의 관계가 전경화되어 나타난다. 서정시의 미학을 엿들음의 미학이라고 하는 것은 이러한 담화적인 특성을 두고 하는 말일 것이다. 이러한 발신자-수신자간의 간접화된 관계를 전제하고 나와 세계를 나와 대상간의 관계인 것처럼 꾸미는 것은 화자-청자 등위의 담화 유형의 전형적인 제시방식이다.

> 물은 가쟈 울고 님은 잡고 울고
> 夕陽은 재를 넘고 갈길은 千里로다
> 저님아 가는 날 잡지 말고 지는 히를 잡아라   / 서경덕(徐敬德)

위 작품은 사랑하는 이와 이별해야 하는 순간의 안타까움의 상황을 표현하고 있다. 인간의 한계를 넘어서는 '어찌할 도리없음'의 슬픔의 순간적인 정조가 한탄처럼 '저님아'라는 부름의 말에 집약되어 있다. 그런데 이 '저님아'라는 부름은 화자 앞에 있는 님에게 외치는 말이 아니다. 이미 님은 부재하는 상황이며 시인이 설정한 시세계에서 부르는 소리일 따름이다. 결국 이 작품의 화자의 말은 화자가 자기 스스로에게 건네는 말이다. 다시 말해서 내가 나에게 말하고 있는 내적 독백이 이 작품의 화법이며, 그러한 내적 독백을 나와 너의 관계를 압축적으로 대변하는 '저님아'라는 외침으로써 시의 문면에 두드러지게 드러내 놓고 있는 것이다. 님을 부르는 듯하지만 사실은 님이 부재함을 알고 있으며, 청자를 부르는 듯하면서 기실은 청자가 아니라 화자 혼자 되뇌이는 내적 독백의 형식으로 자신만의 세계를 구축하는 방식, 이것이 바로 화자-청자 등위의 유형이 보여주는 전형적인 담화적 전략이다.

그런데 내가 나에게 말하는 이러한 담화적 양식은 서정시가 취하는 보편적 담화양식이기도 하다. 이러한 방식으로 서정시의 시인은 특정 상황을 혹은 특정 대상을 자기만의 사적인 프리즘을 통해서 노래하고, 그런 방식으로 가상의 새로운 세계 즉 시세계를 구축한다.

화자 우위의 담화유형이 정보내용의 전달 자체에 더욱 관심을 두어 일반적 언어사용의 담화양식과 비슷하다면, 여기서는 정보의 전달 자체보다는 서정적 표출을 위한 다양한 언어조직에 초점이 주어지게 되어, 메시지는 다양한 해석가능성을 가지게 된다. 그만큼 시 텍스트의 메시지 자체가 강조된 시적 기능이 두드러지는 것이다.

이같이 내적 발화의 담화양상을 취하는 시 텍스트에서 발신자와 수신자의 관계가 나와 너의 관계를 띠고 나타날 때, 나와 너는 유기적 관계를 맺는다. 자아가 세계와 교섭해 가는 과정은 유기적 전체로서의 나와 세계를 동일화시켜 가는 과정이며, 나를 세계 속에 포함시키고 세계를 내 속에 포함하는 과정이다. 이것은 곧 개인적 동일성 즉 자기 정체성의 확보라고 바꾸어 말할 수 있다.

> 淸溪邊 白沙上에 혼자 섯는 져 白鷺야
> 나의 머근 뜻을 넨들 아니 아라시랴
> 風塵을 슬희여 홈이야 네오 내오 다르랴 　　　　　/ 유숭(兪崇)

　위의 작품에서 화자는 백구를 '너'로 인식하고 백구와 나의 관계를 통하여 나와 세계를 동일화시키고 있다. 이처럼 '네오 내오 다르랴'의 표현은 시조에서 적지 않게 등장하는 바 대상과의 관계 맺음을 통하여 화자인 나의 정체성을 확보해 가는 모습을 보여 준다. 이같이 작품 내적 관계에 더 초점을 두고 화—청자 관계가 설정되는 유형을 보이는 작품들은 화자와 청자가 대등한 관계로 설정된다. 그것은 화—청자[22]의 관계가 나—너의 관계로 인식되기 때문이다. 대상을 너로 부르는 돈호법을 통하여 실재하지 않는 대상을 시 세계 내로 불러들이기도 하고, 비인격적인 자연물을 인격적인 '너'라는 대상으로 대면시키기도 한다.

　화자—청자 등위의 담화유형의 작품 속에서 화자가 대상을 불렀을 때 그 부름은 작품 속에서는 대상을 부른 것으로 나타나지만,

---

22) 이때의 청자는 작품 내에서의 함축적 청자가 아니라 함축적 화자가 된다. 함축적 화자의 말을 듣게 되는 존재는 궁극적으로 함축적 화자 자신인 것이다.

대상을 부르는 화자의 담화적 지향은 자기 자신에로 향해 있다. 내향적 발화라는 것이 워낙 독백적인 목소리이기 때문이다. 따라서 화자-청자 등위의 담화유형에서의 대상은 곧 함축적 화자로서의 나를 포함하는 대상이기에, 그래서 그러한 나와 대상 간에는 명확히 구분되기 어려운 넘나듦이 있게 된다.

　화자가 어떤 대상을 너로서 인식하고, 나만의 시각으로 그 대상의 속성을 파악하였다면, 그 대상은 나와 특별한 관계를 갖게 된다. 서로가 서로를 포함하는 관계가 설정되는 것이다. 화자가 대상을 '너'로 인식한다는 것은, 화자한테 있어서 그 대상은 '너'이며 '너'인 대상에 의해서 화자인 '나'도 의미를 획득하게 됨을 인식하는 것이다. 이런 경우, 내가 대상을 너로서 불렀지만, 그것은 곧 내가 본 대상의 속성에 의해서 내 스스로의 속성이 인식된 것이므로, 결국 대상인 '너'가 나를 부른 것이기도 하다. 화자가 대상을 '너'로서 인식하고 부를 때, 대상은 화자인 나와의 관계에 있어서 이렇게 상호 주체로 작용하게 되는 것이다.

　　　子規야 우지마라 울어도 俗節업다
　　　울거든 너만 우지 날은 어이 울니는다
　　　아마도 네 소리 드를 제면 가슴알파 ㅎ노라　　　　　/ 이유(李渘)

　　　해 다 져 황혼 되니 천지라도 가이업다
　　　니화 월백ᄒᆞᆫ대 두견이 새로왜라
　　　두견아 너는 누를 그래 밤새도록 우느니

위의 두 작품에서 화자와 청자인 대상 간의 상호 넘나듦을 볼
수 있다. 위 작품의 자규나 아래 작품의 두견은 화자와 정서적 교
류를 통한 상호 몰입의 모습을 보여 준다. 주체와 대상이 서로 공
감되는 감정이입의 경우이다. 이는 화자−청자 등위의 유형이 보
여주는 가장 기본적인 제시방식일 것이다. 그러나 다음의 경우는
차이가 있다.

> 白鷗야 놀너지 마라 너 잡을 니 아니로다
> 聖上이 브리시니 갈 곳 업셔 예 왓노라
> 이지난 츠즈리 업스니 너를 좃녀 놀니라   / 김천택(金天澤)

위의 작품은 백구를 향해 말을 건네고 있고 호감과 동질성을 표
현함으로써 가까운 거리를 설정하고 있는 것 같으면서도 나와 백
구 사이의 상호 몰입이 없는데, 이는 백구를 객관적 위치에 두고자
하는 태도이며 동질성을 드러내면서도 차이를 전제하고 있다.[23]
그런 면에서는 다음의 작품도 비슷하다.

> 白鷗야 말 무러 보자 놀나지 마라스라
> 名區 勝地를 어듸어듸 보왓는다
> 날ᄃ려 仔細이 일러든 너와 게가 놀니라

백구를 '너'로서 부르고 동질감을 나타내고 있으면서도 화자와

---

23) 김대행, 『시조 유형론』, 223면.

대상 즉 나와 백구 사이에는 일정정도 거리감을 느낄 수 있다.[24] 화자-청자 등위의 담화 유형을 취하면서도 화자와 작품 내 청자 사이에 완전한 등위라고 보기 어려운 이같은 모습은 시조가 보여 주는 독특한 모습이다. 대상에 대해 칭송하고 닮고 싶어 하면서도 '너뿐인가 하노라'식으로 표현하곤 하는 시조의 담화 방식은 화자 -청자 등위의 담화 유형이되 화자 쪽에 인식적 우위를 두고자 하는 시조 장르의 한 특징적 담화방식으로 이해할 수 있을 것이다.

한편, 시조에서는 강호(江湖)에서의 한정(閑情)과 취락(醉樂)을 환기하는 '아희'·'백구'·'두견' 등과 같은 대상들이 현상적 청자로 자주 등장한다.

芙蓉堂 瀟灑호 景이 寒碧堂과 伯仲이라
滿山 秋色이 여긔저긔 一般이로다
아희야 換美酒호여라 醉코 놀녀 호노라   / 신희문(申喜文)

낫디롤 두러메고 석양을 쓰여 가니
釣臺 노픈 고디 백구만 모다 잇다
白鷗야 놀나디 마라 내 번 되려 호노라   / 김기홍(金起泓)

杜鵑아 우지마라 이제야 니 왓노라
이화도 픠여잇고 시둘도 도다 잇다
강산에 白鷗이시니 盟誓프리 호노라   / 이정보(李鼎輔)

---

24) 이러한 거리감을 김대행은 대상과의 상호 몰입보다는 대상을 자기 합리화의 도구로 인식하고 있는 데서 기인한다고 보고 있다.(김대행, 위의 책, 224면.)

이 작품들에서 '아희', '백구', '두견'은 모두 한가한 자연 세계를 환기하는 자연의 제유적 대상들이라 할만한 존재들이다. 이들 대상을 '너'로 불러 나와 너의 관계로 만드는 일은, 내가 '너'를 포함하는 일이고 또 동시에 '너'가 나를 포함하는 일이다. 그런 측면에서 시조의 화자와 위의 대상들 간에는 대등한 관계 맺음이 있다고 할 수 있다. 이러한 청자들이 시조에서 많이 나타나는 것은, 유교라는 당대적 보편 이념이 추구하는 하나의 이상으로서의 안빈낙도와 깊이 관련되는 것으로 보인다.

유교적 이상이라는 당대의 보편 관념을 추구하는 작품 이외에 화자의 육화된 경험을 노래하는 시조 작품들에서는 여느 장르에서보다 훨씬 더 다양한 자연 사물들이 대상으로 나타나서 화자와 관계 맺는 모습을 보여 준다. 동물과 식물, 해와 달, 바위, 바람, 술 등 모든 세계의 존재들이 그들의 서정적 인식 속에 녹아들고 있음을 볼 수 있다.

> 山村에 밤이 드니 먼더 기 즈져 온다
> 柴扉를 열고 보니 하늘이 ᄎ고 달이로다
> 져 기야 空山 잠든 달을 즈져 무슴 ᄒ리오   / 천금(千錦)

> ᄇᆞ람아 부지마라 비올 ᄇᆞ람 부지마라
> ᄀᆞᆺ득의 챠변된 님 길즈다고 아니 올셰
> 져 님이 내 집의 온 後의 九年水를 지쇼셔

> 술아 너는 어이 흰 ᄂᆞᆾ출 붉키ᄂᆞ니

흰 낫 붉키ᄂ니 白髮을 검기렴은

아마도 白髮 검은 약은 못 엇들가 ᄒ노라

뿐만 아니라 '한숨아 너ᄂ 어이 히곳 지면 내게 오ᄂ', '숨아 ᄃ겨 온다 님의 방의 ᄃ겨 온냐', 'ᄉ랑아 부대접(不待接)ᄒ거든 괴ᄂ ᄃ로 니거라', 'ᄆᄋᆞᆷ아 너ᄂ 어이 미양에 져멋ᄂ다' 등 추상적 관념조차도 부름의 대상이 되어 화자와 상호주체의 관계를 맺으며 화자-청자 등위의 담화적 유형을 이룬다.

3) 청자 우위의 유형과 그 특성

청자 우위의 담화 유형의 시조 작품들은 메시지의 전달이 강조되는 측면이 있다는 점에서, 그리고 화자와 청자의 관계에 있어 작품 외적인 관계 즉 실제화자인 시인과 실제청자와의 관계에 더욱 초점지워진 경우가 많다는 점에서 화자 우위의 유형과 닮아 있다. 그러나 메시지의 전달의 방향은 화자 우위 유형의 역방향이다. 또한 화자 우위 유형이 위압적이거나 권위적인 화자의 목소리로 나타나는데 비해서 청자 우위 유형에서는 공손한 목소리의 화자로 나타나며 '하소서체'나 '합쇼체'가 주로 쓰이고, 상대존대나 주체겸양을 나타내는 어휘나 형태소들을 통하여 청자에 대한 화사의 위계관계를 어조적으로 설정한다.

시조 외의 장르에서 청자 우위의 담화 유형이 드러내는 작품의 의미는 대체로 주술적 기원이거나 송축이다. 즉 청자 우위의 유형에서는 화자-청자 등위 유형이 작품 내의 정서 표출에 집중되거나

이를 위한 시적 기능이 두드러짐과는 달리 메시지 자체의 현실적 실현에 더 무게가 놓이게 된다. 가령,

> 뵈나하 貢賦對答 쌀찌허 徭役對答
> 옷버슨 赤子둘이 비곱파 셜워ᄒ니
> 願컨댄 이 뜻 아르샤 宣惠고로 ᄒ쇼셔   / 이덕일(李德一)

> 무르쇼셔 술올이다 이몰슴 무르쇼셔
> 仔細이 무르시면 歷歷히 술올이라
> 하늘이 놉고 먼들노 술올길 업ᄉ이다   / 이덕일(李德一)

과 같은 시조는 '공부대답(貢賦對答)'과 '요역대답(徭役對答)'에 찌든 백성들을 보살펴 선혜(宣惠)를 베풀어 달라는 뜻을 간곡히 기원함을 그 내용으로 하고 있다. 같은 작자의 아래의 작품에서도, 임금으로 추정되는 청자에게 직접적으로 메시지를 전달하여 실제로 현실에서 이루어지기를 바라고 간청하는 화자의 목소리가 드러나 있다.

　위의 두 작품은 임금이 청자라면 다음 작품들은 부모와 님(상공)이 청자이다.

> 아버님 가노이다 어마님도 됴히겨오
> 나리히 부리시니 이몸을 니젓녀다
> 來年의 이 時節오나도 가드리지 마르쇼셔

> 묏버들 갈히 것거 보내노라 님의손더

자시는 窓밧긔 심거 두고 보쇼셔
밤비예 새닙곳 나거든 날인가도 너기쇼셔   / 홍랑(紅娘)

相公을 뵈온 後에 事事를 밋ᄌ오매
拙直혼 ᄆ음에 病들가 念慮ㅣ러니
이리마 져리챠 ᄒ시니 百年同抱ᄒ리이다   / 소백주(小栢舟)

　　그런데 이런 청자 우위의 유형에 해당하는 시조 작품들은 매우
드물다. 향가나 고려가요의 경우를 생각해 본다면 그 차이가 두드
러짐을 짐작할 수 있겠거니와 이는 현대시의 경우와 비교해 보더
라도 두드러지는 시조의 특징이라고 할 수 있다. 또, 시조의 종장
종결어미로 '하노라' 류의 선언적 어투나 'ᄒ여라' '하리라'와 같은
화자 중심적 표현 등이 압도적으로 많이 쓰이고 있다. 이러한 표현
들은 대상 혹은 청자와의 관계를 직접적으로 설정해 놓고서도 종
국에는 그 관계를 화자와 삼인칭 대상과의 관계로 변화시키거나
객관화시키는 것과 같이 청자에 대해 거리를 두면서 시상을 마무
리 하는데 기여한다. 이같은 사실들은 결국 시조라는 장르가 근엄
함을 추구하는 사대부의 취향이 근본적으로 배여있는 장르임을 확
인해 준다. 이러한 모습은 절절한 그리움을 노래하는 여성화자의
시조에서도 마찬가지이다.

梨花雨 흣뿌릴 제 울며 잡고 이별한 님
秋風落葉에 저도 날 생각는가.
천 리에 외로운 꿈만 오락가락 하노매.   / 계랑(桂娘)

신분적 처지로 보나 님을 그리워하는 여성화자의 관행적 목소리라는 측면에서 비추어 보나, 간절히 호소하고 직접적으로 기원하는 화법이 나올 만한 자리에서 위 작품처럼 님을 두고 '저도 날 생각는가'와 같이 빗겨 표현하는 모습은 시조가 지닌 특징적인 면이다. 이는 다른 장르에서 '님이여'라고 부를 것을 시조에서는 '저님아'라고 거리를 두어 부르는 표현과도 통한다. 이처럼 시조 장르에서는 청자 우위의 유형이 드물고 화자 우위의 유형이 압도적인 것은 시조라는 장르가 보여주는 특징적인 담화유형으로서 그 양식적 특성으로 볼 수 있을 것이다.

4. 결론

이상에서 본고는 시조 작품들에서 화자와 청자를 중심으로 하여 그 담화유형의 분류를 시도하고 각 유형별 특징을 살펴보았다. 이를 간략히 요약하면 다음과 같다.

화자와 청자 관계를 통한 시조의 담화 유형 분류를 위해서는 우선 청자에 대한 화자의 태도를 살필 필요가 있는데, 이때 청자가 누구인가가 중요한 것이 아니라 청자에 대한 화자의 관계에 따라서 분류가 이루어져야 한다. 이에 따라 시조의 담화 유형은 화자 우위의 담화 유형, 화자-청자 등위의 담화 유형, 청자 우위의 담화의 세 가지로 나뉠 수 있었다.

화자 우위의 담화 유형은 작품 내의 화자와 청자보다는 작품 바깥의 실제화자인 시인과 실제청자와의 관계에 더 비중이 주어진 담화유형으로 보편타당한 진리의 내용을 직접적으로 제시하고 전달하는 데 역점을 두며, 권위적이고 교훈적인 화자의 목소리를 통하여 실현된다.

화자−청자 등위의 담화 유형은 화자가 실제청자로부터 등을 돌리고 설정된 시세계 내의 현상적 청자와의 관계에 몰두할 때 나타나는 담화 유형으로서, 시인과 세계의 관계를 화자와 대상과의 대등한 관계처럼 재구성하거나 화자 스스로가 청자가 되는 방식으로 나타난다.

청자 우위의 담화 유형은 작품 외적 화−청자 관계가 중요시 되고, 메시지의 전달이 강조된다는 면에서 화자 우위의 담화유형과 닮았으나, 그 전달의 방향이 역방향이란 점에서 다르며 여성적 화자의 공손한 목소리로 실현된다. 특히 이 유형은 시조 장르에서 매우 드물게 나타나는데 이러한 점이 의미하는 바를 통하여 시조라는 장르적 특징적인 한 면을 살필 수 있었다.

시조 장르를 놓고 화자와 청자의 관계를 통해 담화 유형을 분류하고 그 특성을 살펴본 본고를 계기로 하여, 필자는 나아가 시조를 시조답게 하는 담화적 특성이 무엇인지 그리고 그것은 여타 장르와 어떤 변별성이 있는지를 밝혀 시조의 장르적 특성을 더욱 정치하게 규명코자 하는 후속작업으로 연결하고자 한다.

조선 후기 여항인 시조의 전환기적 특성

1. 서론

18세기에는 중인·서리·위항천류 등의 계층이 시조의 새로운 담당층으로 등장하면서 시조사에서 커다란 변화가 일어났다. 이 새로운 시조의 담당층들은 새로운 소재와 표현방식으로 다양한 내용의 변화를 시도하였으며 사설시조라는 새로운 시조형식을 시험하고 이를 통하여 새로운 미의식을 담아내기도 하였다. 특히 이 시기에는 전문 가객들이 집단적으로 시조의 창작과 유통에 참여하였을 뿐만 아니라 당대의 작품들을 수집하여 일정한 기준에 의해 분류한 시조집을 편찬해 내기도 하여, 시조사의 새로운 국면을 이루는데 크게 기여하였다.

이 시기 사대부층의 시조도 시대변화에 따라, 그리고 그에 수반한 처지의 변화에 따라, 내용적 변모를 겪었다고 할 수 있겠으나, 18세기 이후 시조사의 전체적 흐름에 비추어 보면 미미한 수준이었고 이미 그 "주도권을 상실했다고 보아도 좋"[1]을 정도의 형편이었다.

---

1) 정흥모, 『조선후기 사대부 시조의 세계인식』, 월인, 2001, 309면.

이러한 조선후기 시조사의 변혁에 있어서 그 정점에 놓여 있는 것이 '여항육인(閭巷六人)'이라 할 수 있다. 이들을 필두로 여항인들은 조선후기 시조의 전개에 있어 주도적인 역할을 해 나갔다.

〈청구영언(靑丘永言)〉(진본)에는 '여항육인(閭巷六人)'이라는 항목이 특징적으로 설정되어 있다. 김천택(金天澤)이 〈청구영언(靑丘永言)〉을 편찬하였을 당대에는 여항시인(委巷詩人)들이 대두하는 시기로, 임준원(林俊元), 홍세태(洪世泰)를 중심으로 낙사(洛社)가 결성되어 집단적 한시운동이 일어났으며, 〈해동유주(海東遺珠)〉가 편찬되는 등, 위항시인들이 활발한 움직임을 보였던 시기여서, '여항육인(閭巷六人)' 항목을 따로 만든 것도 이러한 당대적 영향의 맥락에서 이해할 수 있을 듯하다. 거기에다 "17세기 말에서 18세기 초에 이르는 기간은 문화 전반에서 평민층이 대두한 전환기로서 시조 역시 그 주요 담당층이 사대부에서 평민가객으로 옮겨간 때"[2]로, '여항육인(閭巷六人)'이라는 항목의 설정은 새로운 문화운동의 담당자로서의 자부심이 발로된 의도적 설정으로도 볼 수 있다.[3]

조선후기 시조사에 있어 이 여항육인(閭巷六人)을 필두로 하는 평민가객의 출현은 사설시조의 등장과 함께 우리 문학사에서 특기할

---

2) 고미숙, 『조선후기 평민가객의 문학적 지향과 작품세계의 변모양상』, 고려대 석사학위 논문, 1986, 8면.

3) '여항육인(閭巷六人)'조의 의의에 대한 논의는 다음 논의들을 참조하였음.
  조규익, 「〈靑丘永言〉 所載 '閭巷六人'論」, 『숭실어문』 제10집, 1993.; 박노준, 「'閭巷六人'의 현실인식과 그 극복양상」, 『조선후기 시가의 현실인식』, 고려대 민족문화연구소, 1998.; 김용찬, 「'閭巷六人'의 작품세계와 18세기 초 時調史의 일국면」, 『시조학 논총』 제12집, 1996.; 윤정화, 『조선후기 가객들의 시조에 나타난 자연』, 부산대 석사학위논문, 1995.

만한 변화라 할 수 있다. 여항육인(閭巷六人)은 김천택을 비롯하여 김유기(金裕器), 김성기(金聖基), 주의식(朱義植), 장현(張鉉), 김삼현(金三賢)을 이름인데, 이들은 17세기 말에서 18세기 초까지 생존한 여항인이다.

이 글은 이러한 시조사적 변화의 중요한 위상을 지니고 있는 여항육인(閭巷六人)의 작품세계를 살펴보는 것으로 출발하고자 한다. 여항육인(閭巷六人)이 활동했던 시기는 정치사회적으로도 대단한 변화가 일어난 시기인데, 그들의 작품세계에서도 그런 변화의 조짐을 포착하려 하는 것이다. 그 변화의 조짐은 기존질서 속에서 나타나는 것이어서 필연적으로 공시적으로는 모순적이고 양면적인 상태로 존재하게 될 수밖에 없다. 이 글은 이같은 여항육인(閭巷六人) 시조가 보여주는 양면성을 전환기적 특성으로 연결시켜 몇가지의 특징적 요소로 나누어 보고, 이를 토대로 이후 조선후기 시조가 이들 여항인들에 의해서 어떻게 전개되어 나갔는가를 추적해 보고자 하는 것이다. 그리고 그러한 과정에서 추출된 결과가 조선후기 시조의 근대적 성격을 가늠해 보는데 도움이 되기를 바란다.

2. 여항육인 작품 세계의 양면성

1) 현실인식의 양면성

'여항육인'의 시조 작품들 중에는 아래와 같이 강호자연에서 동화와 합일을 추구하고 나아가 그 속에서 흥취를 노래하는 작품들을 다수 찾아 볼 수 있다. 이 작품들은 강호자연라는 공간을 소재로 한 전형적인 사대부 취향의 노래의 모습이다.

白鷗야 놀나지 마라 너 잡을 니 아니로다
聖上이 보리시니 갈곳 업셔 예 왓노라
이지난 츠즈 리 업스니 너를 좃녀 놀니라   / 김천택(金天澤)

蘆花 기픈 곳에 落霞를 빗기띄고
三三五五히 섯거 노는 져 白鷗ㅣ야
므서세 좀챡ᄒ엿관디 날 온 줄을 모로ᄂ니   / 김천택(金天澤)

이 몸이 홀 일 업서 西湖롤 츳자 가니
白沙 淸江에 ᄂ니ᄂ니 白鷗ㅣ로다
어듸셔 漁歌一曲이 내 興을 돕ᄂ니   / 김성기(金聖基)

이들 작품의 작가에 대한 정보를 알고 이 작가들이 지닌 당대적 처지에 입각하여 작품을 면밀히 바라본다면 이 작품들을 사대부 취향의 노래라고만 판단하기는 어려울 것이다.4) 이런 면은 이들 여항인 시조 작품들의 평가 전반에서 고려되어야 할 전제적 요소이기는 하다. 그러나 그럼에도 불구하고 작품 자체가 보여주고 있는 세계는 세속과 거리를 둔 자연공간 속에서 조화로움을 이루고

---

4) 이러한 방향의 해석에 대해서는 박노준(「김천택과 위항시인적 삶의 갈등」,『조선후기 시가의 현실인식』, 고대민족문화연구원, 1998.)과 김용찬(「'閭巷六人'의 作品世界와 18세기 초 時調史의 일국면」,『시조학논총』12집, 1996. 12.)이 대표적이다.

있는 세계이다. 위의 인용된 작품들은 환로에서 벗어난 치사객의 감흥을 담아내고 있는 작품으로 보아 전혀 무리가 없을 정도로 그 소재의 선택이나 시상을 전개하는 방식이 사대부류 귀자연 시조의 전형적인 모습을 띠고 있다. 세 작품 모두 백구(白鷗)로 표상된 자연과 나-너의 친밀한 사적인 관계를 맺음으로써 자연과의 합일을 추구하는 일종의 '자동화'된 시상의 전개를 보이고 있다. 특히 첫 번째 작품에서 '聖上이 브리시니' 오게 되었다고 하는 표현에 이르러서는 이 작품의 작가가 여항인임이 의아스러울 정도이다.

이런 모습은 '요일월순건곤(堯日月舜乾坤)은 녜대로 잇것마는'(김천택)이나 '경성출경운흥(景星出慶雲興)ᄒ니 일월(日月)이 광화(光華) ㅣ로다'(김유기)처럼 요순건곤과 태평성대를 노래하는 작품들과 함께 이들 작품이 '사대부 취향'을 답습하거나 혹은 이를 통하여 그들의 상승 욕구를 드러낸 이른바 사대부의 아류적 작품들이라고 평가절하의 비판을 받기도 한다.

그러나 새로운 시조의 담당층으로서의 여항인들이 활발하게 시조 활동을 벌이기 시작하고, 〈청구영언(靑丘永言)〉(진본)에 당당히 '여항 육인'이라는 편목으로 묶일 수 있었던 사정이 있었다고 하더라도, 아직도 여전히 이들에게 있어 전통적인 시조적 구현방식은 지배적인 것이었고 익숙해져 있는 것이었다. 자연공간을 대하는 이들의 시각이 사대부의 시각과는 차이가 있거나 판이하다 하더라도 그러한 점이 표현과 내용으로 완연한 새로움을 얻기에는 이들이 익히고 노래한 전통적인 시조의 관습이 훨씬 더 지배적인 것이 저간의 사정이었기 때문에 그 '다름'은 기존의 장르가 보여준 관습 안에서 시도될 수밖에 없는 것이었다.

다음에 이어서는 이 '다름'의 모습을 살펴보고자 한다. 여항육인의 자연공간에 대한 노래 모두가 사대부취향 일변도이거나 아류의 모습으로만 나타나는 것은 아니다. 그래서는 이러한 논의의 의미가 없을 것이다. 오히려 더 많은 비중을 차지하고 있는 다른 작품들에서는 '다름'의 모습을 취하고 드러내고 있다.

인간은 자연을 대립적인 공간으로서 파악하기도 하는 한편 동화되고 포섭되기를 바라는 공간으로 파악하기도 한다. 인간사와 대립적인 공간으로 자연을 바라볼 때 인간은 자신의 존재의 실상을 인식하게 되거니와 또 동시에 그런 생각에서 인간은 자연의 질서 속에서 인간사를 견주어 보고, 그 큰 질서 속에 포섭되기를 꿈꾸게 된다.

여항육인의 작품들에서 자연은 지속적인 시적 소재이자 그들의 세계인식을 드러내는 주요한 단서가 되고 있다. 그러나 여항육인에게 있어서의 자연은, 수양의 도량(道場)이자 조화로운 보편성을 발견할 수 있는 유교적 이상으로서 추구된 사대부들의 자연과는 사뭇 차이가 있다.

여항육인에게 있어서 자연은 환로(宦路)에서 꿈꾸는 하나의 유교적 이상으로서의 공간이거나 치사(致仕) 후 돌아갈 수 있는 공간이라기보다는, 현실로부터 그들을 격리시켜주고 그들의 울분을 보듬어주고 잊게 해 주는 체념과 치유의 공간이라 할 수 있다

　　가)
　　聾巖애 올라 보니 老眼이 猶明이로다.
　　人事이 변흔들 산천이쓴 가실가.

巖前 某水某丘이 어제 본 둧 ᄒ예라.   / 이현보(李賢輔)

나)
當時예 녀던 길흘 몃 ᄒᆡ를 ᄇ려 두고
어듸 가 ᄃᆞ니다가 이제사 도라온고.
이제아 도라오나니 년듸 ᄆᆞᄉᆞᆷ 마로리   / 이황(李滉)

다)
雲霄에 오로젼들 ᄂᆞ래업시 어이ᄒᆞ며
蓬島로 가쟈ᄒᆞ니 舟楫을 어이ᄒᆞ리
출하리 山林에 主人되야 이 世界를 니즈리라   / 김천택(金天澤)

라)
蓼花에 ᄌᆞᆷ든 白鷗 션줌ᄭᆡ야 ᄂᆞ지마라
나도 일업서 江湖客이 되엿노라
이後ᄂᆞᆫ ᄎᆞ즈리 업스니 너를 조차 놀리라   / 김성기(金聖基)

가)는 환로(宦路)에서 고향 강가로 돌아와, 변하지 않는 고향의 자연을 통해 변화하는 인간사를 돌아보고, '노안(老眼)이 유명(猶明)'해 진다고 하면서 자연으로 돌아온 반가운 심정을 드러내고 있다. 그런 가운데 자연의 질서 속에서 합일을 지향하고자 하는 지은이의 의중을 볼 수 있는 작품이다.

나)는 이황이 명종 20년에 도산서원에서 후학들을 가르치던 때에. 지은이의 뜻을 말한 언지(言志), 학문과 수덕(修德)의 실제를 시

화(詩化)한 언학(言學) 등 12수로 된 연시조 중 한 편이다. 인간 속세를 떠나 자연에 흠뻑 취해 사는 자연 귀의 생활과 후진 양성을 위한 강학(講學)과 사색에 침잠(沈潛)하는 학문 생활을 솔직 담백하게 표현해 놓은 작품들인데, 이 중 위의 작품은 치사(致仕) 후 고향에 돌아온 감회를 읊고 있다. '당시(當時)예 녀던 길'이란 곧 학문의 길이겠는데, 고향과 학문과 자연이 하나의 큰 틀 안에서 서로 교융하는 사대부적 삶의 한 모습을 보여준다. 이들 작품은 자연에서 시조를 읊으며 사대부로서의 도리를 구현하며, 이를 통하여 자연과의 만족스러운 화합을 지향하고 있다.

그러나 김천택의 다)시조에서의 자연은 도학일치의 장으로서의 자연에 합일코자 하는 위의 작품들과는 다르다. 그에게는 치사할 만큼의 환로에서의 생애도 없었고 돌아와 반길 고향의 자연도 설정될 수 없다. 신분적, 사회적 차별에 의해 경국제민(經國濟民)의 바람은 애당초 가능하지 않은 것이었기에, 김천택에게 있어 자연은 어찌할 수 없는 선택적 귀결이 되었다. 이 작품에서 운소(雲霄)나 봉도(蓬島)로 비유된 현실적 이상은 'ㄴ래'와 '주즙(舟楫)'이 없으므로 도달될 수 없는 곳이다. 이룰 수 없는 '어이할 수' 없는 좌절이 드러나고 있는 것이다. 그래서 '출하리' '니즈리라'고 하는데, 그 대상은 '세계' 즉 그가 꿈꾸나 이룰 수 없는 현실적 이상이며, 그 방편은 '산림(山林)에 주인(主人)'되는 것이다.

라)는 〈청구영언〉(진본) '여항육인'조에 어은(漁隱)으로 명기되어 8수의 작품이 실려 있는 김성기(金聖基)의 작품이다. 이 작품에서 특히 '일업서'라는 표현이 주목된다. 일없다는 것이 조정(朝廷)이나 세상사에 구애됨이 없어 일없는 것이 아니라, 조정(朝廷)이나 세상에서 자신이 원하는 마땅한 일을 얻고 펼치지 못해서 일없는 것이기 때문이다. 그의 음악적 기예가 대단하고 명성이 높았지만, 신분이 극히 한미하고 생업이 어려웠으며, 그러한 맥락에서 여항육인들과 사회적, 현실적 처지는 비슷하였다고 하겠다. 따라서 '일업서'는 강호객(江湖客)이 될 수밖에 없는 필연적인 귀결이다. 그런 후 백구(白鷗)라는 자연의 객관적 상관물과의 합일을 추구하고 있다. 그러므로 이때 백구(白鷗)로 표상된 자연은 그에게 있어서 이상적이고 자족적인 공간, 혹은 "그 자체로서 합목적적인 자유롭고도 분방한 노래의 터전"5)이라기보다는 현실적 좌절을 떨치고 선택한 체념과 치유의 공간이라 할 수 있을 것이다.

여항육인은 자연인식에 있어서도 전통적 시조가 취하던 것과는 뚜렷이 구별되게 하였음을 알 수 있다. 그러면 그들에게 있어서의 자연의 의미와 중세적 전통의 사대부적 자연관 혹은 시조적 자연관이라 할 수 있는 강호가도에서의 자연과는 구체적으로 어떤 차이를 보이는지를 살펴보기로 하자.

자연에 도학적(道學的) 의미를 부여하는 사대부의 강호가도(江湖歌道)는 "자연을 통해 도의(道義)를 기뻐하고 심성(心性)을 기르는 규범성을 발견"6)하는 것이며, 때를 얻으면 현실로 돌아가서 경국제민(經國濟民)의 이상을 실현시키는 것이 그들의 사명이었다.7) 그런 의미에서 사대부 시조에서의 자연은 "도의 온축(蘊蓄)을 위한 도량(道場)으로서 연학(研學), 조양(助養), 선정(善政)을 충전시키는 공

---

5) 권두환, "金聖器論", 『백영정병욱선생 환력기념논총』, 신구문화사, 288면.
6) 최진원, 『국문학과 자연』, 성균관대 출판부, 1977, 59면.
7) 최진원, 위의 책, 26-28면 참조.

간"8)이다. 그래서,

> 靑山은 엇뎨ㅎ야 萬古애 프르르며,
> 流水는 엇뎨ㅎ야 晝夜에 긋디 아니는고
> 우리도 그치디 마라 萬古常靑 호리라   / 이황(李滉)

라고 도학과 자연을 일치시킬 수 있었다. 그런 점에서 "재지사림(在地士林)이었던 사대부들의 경제적 안정성과 자연에서의 조화로운 보편서의 발견이라는 철학적 인식과 결부되어 그 맥이 심화되어 왔던 시적 전승"9)을 강호가도라 할 수 있는 것이다.

　여항육인에게 있어 자연공간은 사대부들이 추구했던 보편질서를 발견코자 했던 완전하고 자족적인 공간이 아니었으며, 돌아갈 자연도, 규범적 미의식을 발견할 만한 학문적 수양의 기회도 갖기 어려웠다.10) 여항육인 작품들에서 강호자연은 '강호(江湖)에 ㅂ린 몸'11)으로 '홀일없어'12) 선택할 수밖에 없었던 것이어서, 자연을 바라보는 태도의 차이를 보인다.

　한편 강호가도의 작품들에서나 여항육인의 작품들에서 공통적으로 볼 수 있는 것은 현실적인 여건에 의해서 의도적으로 자연을 노래한다는 점이다. 그러나 그 현실적 여건의 양상은 서로 다른데,

---

8) 이민홍, 『사림파의 문학연구』, 형설출판사, 1989, 258면.
9) 고미숙, 같은 책, 19면.
10) 고미숙, 같은 책, 23면.
11) 김성기(金聖基), 〈청진238〉.
12) 김성기(金聖基), 〈청진238〉.

정치가 도학정치여야 하는데 그럴 수 없다는 것이 판명되자 자연
에다 도학적 의미를 부여하고 강호가도를 표방[13]하면서 새로운 방
향을 찾은 것이 강호가도 작품들이 자연을 노래한 연유라면, 여항
육인들의 작품에 있어서는 신분적 여건이 자연을 노래한 연유가
되고 있다.

그러나 "강호가도에서 염증을 느꼈던 것은 '부패한 정치현실'이
라는 사회의 한 층위에 불과했기 때문에 이상으로서의 사회에 대
해서는 화합에의 소망과 현실적 완성에의 의지를 드러내고 있"[14]
다는 점은 여항육인과 다른 점이다. 여항육인이 염증을 느꼈던 것
은 부조리한 현실사회였고, 그들이 자연을 찾은 것은 자연만이 그
부조리함이 없는 평등한 질서의 세계였기 때문이다.

> 말하면 雜類라 ᄒ고 말 아니면 어리다 ᄒ니
> 貧寒을 눔이 웃고 富貴를 새오ᄂᆞ듸
> 아마도 이 하ᄂᆞᆯ 아레 사롤 일이 어려왜라   / 장현(張炫)

에서 장현(張鉉)은 자신을 드러낼 수도 드러내지 않을 수도 없는 모
순적인 처지를 탄식하고 있다. 더욱이 자신이 처한 처지에서는 빈
한(貧寒)하면 남이 웃고 폄시할 뿐, 청한(淸閑)한 사대부로서 존숭받
고 자적(自適)하는 것은 바랄 수 없는 현실임을 보여준다. '이 하늘'
이란 장현에게 있어 자신의 뜻을 펼 수 없는 부조리한 '사롤 일이

---

13) 조동일, 『한국문학통사』 2, 지식산업사, 1983, 320면.
14) 성기옥, 「고산시가에 나타난 자연인식의 기본틀」, 『고산문학』 창간호, 고산연
구회, 1987, 215면.

어려'운 곳이다. 여항육인의 이러한 현실인식은 자연 만이 그러한 세상현실을 잊게 해 주는 질서로서의 대상임을 깨닫게 만든다.

> 江湖에 브린 몸이 白鷗와 벗이되야
> 漁艇을 흘리노코 玉簫를 노피부니
> 아마도 世上興趣는 잇분인가 ᄒ노라 　　　　/김성기(金聖基)

이 작품에서, 강호에 브린 몸이지만 세상흥취를 맛 볼 수 있는 유일한 공간이 바로 백구(白鷗)로 표상된 자연과 벗하는 것임을 체념적으로 말하고 있다. 따라서 그들에게 있어 자연은 도의(道義)를 기뻐하고 심성을 기를 수 있는 도량(場)으로 이상사회의 대체적 질서의 공간이 아니라, 현실을 피해 세상사의 흥취를 느낄 수 있는 '잇분'인 공간인 것이다.

이렇게 볼 때, 신분적 미미함과 그로 인한 차별과 좌절이라는 여항육인의 공감대를 이루는 현실인식이 자연을 통해 나타날 때 두 가지 상이한 모습을 보임을 알 수 있다. 전통적 사대부 취향의 자연관을 답습하면서 이를 통해 상승지향적 욕구를 드러내는 사대부 아류적인 모습과 부조리한 현실 질서를 한탄하면서 자연을 통하여 현실과 거리를 두고 아픔을 잊으려고 하는 도피와 체념의 모습이 그것이다.

2) 현실 대응방식의 양면성

유교적 이상의 추구라는 당위와 현실과의 거리가 전대 사대부의

갈등이었다면, 여항육인의 갈등은 유교적 이상의 추구라는 기득권
적 당위를 추구할 수조차 없는 부조리한 현실과의 갈등이다. 그것
은 계층적 피해의식에서 온 것이거니와 그들의 작품에서는 따라서
유가적 이상실현으로서의 당위와의 갈등은 찾기가 힘들고, 가끔씩
그런 당위를 한 번씩 선언적으로 보일 뿐이다.[15]

　　　尼山에 降彩ᄒ샤 大聖人을 내오시니
　　　繼往聖開來學에 德業도 노프실샤
　　　아마도 群聖中集大成은 夫子ㅣ신가 ᄒ노라　　　　　　/ 김천택(金天澤)

　　　遏人慾存天理ᄂ 秋天에 氣象이오
　　　知言養氣ᄂ 古今에 긔 뉘런고
　　　아마도 擴前聖所未發은 孟軻ㅣ신가 ᄒ노라　　　　　　/ 김천택(金天澤)

　앞의 작품은 '군성중집대성(群聖中集大成)은 부자(夫子)'라고 하여
공자(孔子)의 덕업(德業)을 송축하는 작품이고, 뒤의 작품은 앞서 난
성인이 아직 열지 못한 바를 넓힌 이는 맹자라고 하여, 맹자를 기
리고 있는 작품이다. 이들 작품에서 보인 정신세계는 전통적 유교
적 관점과 차이가 없어 보인다. 그러나 여항육인의 신분이나 사회
현실 등 저간의 정황을 비추어 보면 사정은 달라질 수 있다.
　최동원이 "사대부의 정서를 답습하고 모방한 감을 주어 그의 시

---

15) 그나마도 이런 작품들은 가객으로서 이들이 사대부가의 연회에 불려가서 불
　　렀던 정황과 관련되는 것이라 생각할 수 있다.(조태흠, 「南坡시조에 나타난 '自
　　然'의 의미」, 『인문논총』 제39집, 부산대학교, 1991 참조.)

조에서 미적인 감흥을 감소시키는 요인이 된다"[16]고 하거나, 김용
찬이 김천택의 이와 같은 류의 작품을 놓고 "식견을 드러내기 위한
수단으로 창작했던 것으로 보인다."[17]고 언급한 사실도 이러한 사
정을 뒷받침해 주고 있다. 즉 이러한 류의 작품들은 그들이 현실에
좌절·원망한 후, 자연에의 합일에서 자족적일 수 있음을 애써 보
였음에도, 한편으로는 사대부들과 정신적으로 닮으려고 노력했던
어찌할 수 없는 양면적 모습을 보여준다.

그러나 한편 이러한 점은 그들이 맞닥뜨리고 있는 현실을 벗어
나는 한 방편의 구실도 하는 것으로 보인다. 다음 작품들은 성현을
기리는 데서 더 나아가서, 상고시대를 간절히 동경하고 있다.

> 堯日月舜乾坤은 녜대로 잇것마는
> 世上人事는 어이져리 달란는고
> 이몸이 느저 난 줄을 못내 슬허ᄒ노라   / 김천택(金天澤)

> 唐虞는 언제 時節 孔孟은 뉘시런고
> 淳風禮樂이 戰國이 되야시니
> 이몸이 서근 선븨로 擊節悲歌ᄒ노라   / 김성기(金聖基)

두 작품 모두 인간사의 달라진 모습을 원망하면서 요순시절을
그리워하고 있다. 늦게 태어난 것을 슬퍼하고 격절비가(擊節悲歌)

---

16) 최동원, 고시조론, 삼영사, 1980, 307면.
17) 김용찬, 「閭巷六人의 작품세계와 18세기 초 시조사의 일 국면」, 『시조학 논총』
    12집, 119면.

를 부르는 까닭은 자신들의 처지를 한탄함이겠고 또 동시에 차별
없는 이상세계로서의 요순시대를 동경하기 때문이겠다. 현실의 부
조리함이 없는 이상세계를 꿈꾸는 것은 여항육인의 처지로서는 어
쩌면 자연스러운 귀결이다. 이와 같이 성현을 기리고 이상세계로
서의 상고시대를 그리워하는 것은 그들이 그들의 현실에 대응하는
하나의 시적 방식이 되고 있다.

　여항육인이 그들의 현실에 대응하는 또 하나의 시적 방식은 현
실에 대한 우회적 비판이다. 이것은 여항육인이 지닌 또 다른 양면
성이기도 한데, 그들은 현실에 의해 좌절하고 체념하기만 한 것이
아니라 현실에 대한 비판과 냉소를 보이기도 하고 또는 그들의 자
의식을 보이기도 하기 때문이다.

> 荊山에 璞玉을 어더 世上사롬 뵈라가니
> 것치 돌이여니 속 알 리 뉘 이시리
> 두어라 알 닌들 업스랴 돌인드시 잇거라　　　　　/ 주의식(朱義植)

와 같은 작품에서는 겉이 돌인 줄만 보고 속은 볼 줄 모르는 세상
을 비판하고 있다. 고사를 인용하여 자신을 알아주지 않는 현실을
한탄하고 있다.

> 구레버슨 千里馬를 뉘라셔 자바다가
> 조죽 술믄 콩을 술지게 머겨둔 들
> 本性이 왜양ᄒ거니 이실 줄이 이시랴　　　　　/ 김성기(金聖基)

이 작품은 자신을 구레버슨 천리마로 표현하여 "세상에서 버림
받거나 제대로 쓰임을 얻을 수 없는 존재"[18]로 표현하였다. 그런데
그 천리마를 세상 사람들이 알아보고 살지게 먹일 리도 없거니와
그렇다 하더라도 거부하겠다는 의식을 나타내었다. 이 역시 위의
작품과 같이 겉만 보는 세상을 비판하면서, 강한 자부심과 함께 그
릇된 세상에 대해 앙앙대소하는 듯한 느낌을 주게 한다.

다음 작품들은 부조리한 현실에 대한 비판과 그 부조리한 현실
에 대한 대응의 모습을 보여준다.

　　　　하늘이 놉다ᄒ고 발져겨 셔지말며
　　　　짜히 두텁다고 ᄆ이 붋지마롤거시
　　　　하늘 짜 놉고 두터워도 내 조심을 ᄒ리라　　　　/ 주의식(朱義植)

　　　　功名을 즐겨마라 榮辱이 半이로다
　　　　富貴룰 貪치 마라 危機를 넓ᄂ니라
　　　　우리ᄂ 一身이 閑暇커니 두려온 일 업세라　　　　/ 김삼현(金三賢)

앞의 작품은 현실의 부조리함을 마치 세상사의 일반 진리를 말
하는 것처럼 비켜서고 있으나, 현실에 대한 강한 불신감이 드러나
있다. 뒤의 작품은 부귀와 공명을 즐기고 탐하는 행위를 경계하고
있다. 화자가 일반에게 들려주는 듯한 교훈적 목소리로 가장했지
만, 그 속에는 현실에 대한 비판과 그 현실과 거리두기, 그리고 자

---

18) 김용찬, 앞의 논문, 107면.

신들의 동류의식을 엿볼 수 있다. 부귀와 공명은 현실의 질서이고 '저들'의 질서에서 얻을 수 있는 것이다. 따라서 '저들'의 탐하고 즐기는 행위를 비아냥거리듯 비판하면서, '우리'로 표현된 동류 의식을 드러내고 있다.

> 窓밧긔 아히와셔 오늘이 새힛오커눌
> 東窓을 열처보니 녜 돗든 히 도닷다
> 아히야 萬古 흔 히니 後天에 와 닐러라   / 주의식(朱義植)

주의식(朱義植)은 뜻이 맞지 않는 당시의 세상에 대한 불평을 드러내고 있는 작품이 많다. 특히 위의 작품은 당시의 세상을, 어제나 오늘이나 '녜 돗든 히' 돋는 세상으로 파악하여 만고(萬古) 변하지 않는 세상에 대해 절망과 무관심 혹은 냉소라 할 만한 정서들을 복합적으로 풍겨내고 있다.

한편 여항육인의 작품 중에는 자주, 체념이나 한탄도 유가적 이상으로서의 자연과도 전혀 상관없이 오로지 즐김 그 자체에 매몰되어 있는 작품도 볼 수 있다.

> 오늘은 川獵ᄒ고 來日은 山行가시
> 곳다림 모믜ᄒ고 降神으란 글픠ᄒ리
> 그글픠 邊射會ᄒ홀제 各持壺果 ᄒ시소   / 김유기(金裕器)

위 시조에서는 여항 가객이란 미미한 신분으로 체념·한탄하던 그들의 모습을 어느 곳에서도 확인할 수 없다. 그것은 송강(松江)이

'보리밥 풋나물을 알마초 머근 후에……'에서 보이는 안빈낙도(安貧樂道)의 모습과 커다란 상거가 있다. 이럴 때에는 유교적 리(理)를 취하곤 하는 작품들이 오히려 자신들의 실상을 감추고 가식하는, 혹은 격조를 높이기 위한 도구로까지 보이는 것이다. 어쩌면 저러한 과정 속에서 진지함이 차츰 사라지고 행락과 유희와 도취로서 자신들의 세계를 만들어간 것이기도 할 것이다. 이렇게 현실적 갈등에 대해 치열하지 못한 점은 이들의 시작태도 및 시적 상상력의 한계로 지적될 수 있을 것이다.

이상에서 여항육인이 부조리한 현실세계에 대응하는 두 가지의 시적 방식의 양상들을 살펴 보았다. 그 하나는 성현을 기리거나 상고시대를 동경함을 통해 이상적인 세계를 꿈꾸는 방식으로 나타나고 또 하나는 현실에 대한 비판의 방식이다. 그러나 이 두 가지의 방식은 교묘하게 양면성을 띠고 있어 서로 복잡하게 얽혀 있는 만큼, 여항육인의 당대 현실에 대한 복잡한 심회를 드러내는 듯도 하다.

3. 여항육인시조의 전환기적 특징과 그 향방

1) 여항육인 시조의 양면성으로 본 전환기적 특성

앞에서 여항육인 작품세계에서 보여주는 양면적 모습을 현실 인식의 측면과 현실 대응방식의 측면으로 나누어 살펴 보았다. 이를 통하여 여항육인의 작품세계에서는 양가적인 양상들이 대립하면서 공존하고 있음을 볼 수 있었다. 그런데 이러한 현상은 사적인 전환기에 있어 나타나는 보편적인 현상이다. 문학사의 전개에 있

어서도 하나의 시대 내에는 고급스러운 장르와 민중적인 장르 혹
은 서정적인 장르와 교훈적인 장르들이 서로 같이 '비대칭적'으로
존재하고 있으면서 그 중 어느 한 장르가 시대를 주도하는 장르로
서의 역할을 한다. 그러나 장르의 교체기에 이르면 주도적인 장르
는 자동화되어 식상해 지고 비주도적인 장르가 전경화되어 나타나
게 된다.

18세기 초 〈청구영언〉(진본)의 '여항육인'조에 실려 있는 이들의
작품세계를 살펴보면, 이와같은 주도적 경향의 부침의 단초를 보
게 된다. 즉 시조라는 장르가 내적으로 재편성 혹은 재조정되는 기
미를 이 여항육인의 시조 작품들을 통해서 보게 된다는 것인데, 그
러한 기미가 위의 여항육인 시조의 양면적인 성격으로 나타나는
것이다. 이러한 관점에서 이 양면성이 의미하는 바가 무엇인지를
18세기 시조의 전환기적 성격과 관련하여 살펴보고자 한다.

(1) 담당층의 변화

먼저, 여항육인의 시조세계가 보여주는 양면성은 담당층의 변화
라는 관점에서 이해할 수 있을 것이다. 현실과 자연공간에 대한 여
항육인의 시조 작품들이 보여주는 이질적인 두 모습은 근본적으로
사대부들의 전유물이었던 시조라는 기존 형식에 이들 여항인들이
새롭게 참여하는 과정에서 생겨난 필연적인 현상이다.

시조는 4음 4보격의 안정감을 갖도록 하되 3장 6구의 가장 짧은
시형태로 정제된 형식적 틀을 지니고 있으며, 그 사상적 기반은
〈시경〉의 시정신과 〈예기〉 및 공자의 음악관에 기초하여 온유돈후

한 실속이 있어 성정을 순화하고 민풍의 교화와 세교에 도움이 되도록 한 것이다. 특히 시조는 치자, 학자, 인격자로서의 자질을 고루 갖춘 군자의 노래로서 현실정치 뿐 아니라 학문과 인격수양과 그 완성을 지향하는 노래로 실현[19])되었던 고급장르였다.

이러한 형식적, 사상적 틀은 사대부에 의해서 수백 년 동안 향유되고 정제되어 온 것이었는데, 이를 중인 이하의 서리(胥吏)가 중심인 여항가객들이 부르고 지어서 자연스러움을 얻기에는 애초에 무리가 있었을 것이란 점은 어렵지 않게 짐작할 수 있다. 더욱이 이 당시의 대부분 중인이었던 위항시인은 한시를 지을 만한 교양을 갖추었지만, 가객은 위항인 중에서도 지체가 낮아서 한시를 짓는 모임에 참가할 처지도 아니었으며, 가곡을 부르는 음악활동으로 보람을 삼고 생계의 보탬도 얻었던[20]) 이들이 대부분이었다.

이러고 보면 이들에게 있어 시조는 상승욕구로서의 사대부 취향을 만족시켜 주는 매체가 될 수 있었지만, 현실의 상황은 여전히 유교적 신분제의 질서 속에 있는 것이어서 시조라는 형식 속에 담겨져 왔던 내용을 그대로 답습하기에는 마땅하지 못한 면이 많았을 것이다. 즉 그들의 태생적 연원과 시조라는 형식의 사상적 기반이 서로 아퀴가 맞지 않는 이질적인 조우가 18세기 초 여항육인 시조작품들에서 나타난 것이라 할 수 있다.

이러한 사정이 앞에서 살펴 본 바와 같이 자연을 노래하되 한 편은 유가적 강호가도에 편승하면서 또 다른 한편으로는 자연을 현

---

19) 김학성, 「시조의 시학적 기반」, 『한국고시가의 거시적 탐구』, 집문당, 1997, 310면.

20) 조동일, 『한국문학통사』 3, 지식산업사, 1984, 170면.

실로부터 격리시켜주고 현실의 울분을 치유시켜 주는 공간으로서 인식하는 양면성을 보였던 것이라고 할 수 있다.

(2) 규범적 이데올로기에 대한 갈등

여항육인 작품세계가 보여주는 양면성의 이유의 두 번째로는 규범적 이데올로기에 대한 갈등으로 이해할 수 있다. 한 사회의 규범이 되는 이데올로기란 그를 통하여 자신이 살아가고 있는 세계를 자각하고 이해하고, 나아가 해석할 수 있게 하는 정형화된 관념이라 할 수 있다. 사람들은 이데올로기를 통해 그들이 어떠한 정치적 권리, 의무, 특권을 가지고 있고, 어떠한 기대를 할 수 있는지를 가늠할 수 있다. 그런데 한 시대의 지배적인 이데올로기가 약화되거나 도전받아 흔들리게 된다면 이는 사회 내의 여러 집단들의 갈등을 유발하게 되는 것은 필연적인 현상이다.

여항인들은 수백 년 간 지속되어 온 유교적 이데올로기에 대해 회의를 품고 새로운 질서를 희망했던 이들이라 할 수 있다. 조선시대의 17세기 말에서 18세기 초라는 시기는 그 이전에는 볼 수 없었던 획기적인 변모가 광범위하게 일어난 시기이다.

> 서울을 중심으로 한 도시와 상공업의 발달이라는 물적 기반의 변화-상품경제의 번성, 인구 및 생산력의 급격한 증가-와 그에 따른 신분계층의 이동현상, 그리고 이를 기반으로 한 실학이나 천기론 및 성령론 같은 사상적-이데올로기적 변동이 그러한 전환기의 구체적 모습이다.21)

　이 같은 전환적 시기는 서울을 중심으로 예술에 대한 새로운 인식적 전환이 일어나게 되었고, 이 중 중서가객층의 활동은 이러한 전환기 시조의 창작과 향유를 이끌어 간 한 축이었다.[22] 여항육인은 이같은 인식의 변화를 느끼면서 또 행동으로 이끌어 간 중심 주체로 활동한 것이었으니, 이들에게 있어 출생 신분으로 규정되는 유교적 질서에 대한 회의가 자라나고 이들이 새로운 질서를 희망하게 됨은 당연한 귀결일 것이다. 그래서,

> 雲霄에 오로젼들 ᄂᆞ래업시 어이ᄒᆞ며
> 蓬島로 가쟈ᄒᆞ니 舟楫을 어이ᄒᆞ리츌하리
> 山林에 主人되야 이 世界를 니즈리라　　　　　/ 김천택(金天澤)

라고 이상을 실현 시킬 수 없는 현실에 대한 답답하고 허탈한 마음을 노래하거나,

> 春風桃李花들아 고온 양ᄌᆞ 쟈랑말고
> 長松綠竹을 歲寒에 보려므나
> 亭亭코 落落한 節을 고칠 줄이 이시랴　　　　/ 김성기(金聖基)

와 같은 작품을 통해서는 공적인 화자의 목소리로 일반 진리를 말하고 있는 것으로 가장하였으되, 그 실상은 현실 사대부들을 겨냥

---

21) 김학성, 「18세기 초 전환기 시조 양식의 전변과 장르 실현 양상」, 『한국시가연구』 23집, 2007, 276면.
22) 김학성, 위의 책, 같은 면.

하여 그들의 처신에 대한 비판의 소리를 높이고 있는 것이다. 이 작품에서 여항가객으로서의 화자가 춘풍도리화(春風桃李花)들로 비유된 사대부들에게 장생녹죽(長松綠竹)이 지닌 세한(歲寒) 속에서의 절(節)을 보라고 이르고 있다. '장생녹죽(長松綠竹)'의 절(節)을 세한(歲寒)에 보라고 하는 말은, 전언의 대상인 위정자나 사대부들이 '정정(亭亭)코 낙락(落落)한 절(節)'에 미치지 못하고 있음을 말하고 있는 것이다.

이와 같이 여항육인의 시조 작품들에서는 기존 질서를 인정한 채 상층세계의 정신적 기반을 닮으려고 하는 사대부 지향적 색채를 띤 시조 작품들을 다수 볼 수 있거니와 또 동시에 그러한 기존 질서 때문에 낙담하고 개탄할 수밖에 없는 심정을 읊거나 혹은 에둘러 비판하는 모습을 보여준다. 이러한 대척적인 두 모습이 동시에 나타나는 것은 유교적 이데올로기를 기반으로 한 굳건한 유교적 신분 질서에 대하여 현실의 변화를 체험한 이들이 가질 수밖에 없는 갈등의 결과인 것이다.

(3) 새로운 유흥의 시도

장현(張炫)과 주의식(朱義植) 작품이 〈해동가요〉의 '고금창가제씨' 항목에 수록되어 있는 것으로 이들이 가창자였음은 확인되는 바이고, 김삼현(金三賢)은 〈청구영언〉(진본)에 그의 작품 6수가 실려있으니 역시 가창자로 보아도 좋을 것이다. 김유기(金聖器)는 시조 작가로서보다 악사로서 더 주목을 받았던 이이고, 김유기(金裕器) 역시 〈청구영언〉(진본)과 〈해동가요〉(박씨본)의 기록에 따르면 제자를 기르며 가악생활을 했던 이임을 알 수 있고[23], 김천택(金天澤)은 더 말할 나위 없는 조선 후기 대표적인 시조작가요, 가집 편찬자이자 가창자이다. 이들은 공히 신분이 미미했을 뿐 아니라 이 시기의 시조 가창자는 중인 계층 중심의 위항시인들보다도 낮게 취급받았으며 가창자의 신분과 활동이란 '가곡을 부르는 음악활동으로 보람을 삼고 생계의 보탬도 얻다 보니 시조 작가 노릇을 하게 된 이들이며, 한시까지 지으면 지체를 높이는 데 도움이 되었겠지만 실제로 그런 능력이 없었을 듯한'[24] 이들이다.

따라서 이들에게 있어 시조는 자신의 욕구를 반영하고 지체를 높이는 데 소용되는 수단이 될 만한 것이었고, 이를 통하여 풍류의 격이 양반 사대부에 필적할 수 있음을 자부할 수 있는 소중한 것이었다. 그러나 시조를 통하여서도 현실이 마련하고 있는 벽은 너무 높고 두터운 것이기도 하거니와 "자신과 외부세계를 엄정함과 극기로 다스려 양자 사이의 조화와 안정을 추구하는 사대부층의 유가적 덕목과 미의식"[25]의 소산인 시조의 사상적 기반과 온전히 일치될 수 없었던 이들은 시조를 통하여 새로운 활로를 찾으려고 시도하게 되었다.

> 人間 어니 일이 命 밧긔 삼겻시리
> 吉凶禍福을 하늘에 붓쳐 두고
> 그 밧긔 녀남은 일으란 되는디로 ᄒ리라   /김천택(金天澤)

---

23) 황충기, 「閭巷六人考」, 『어문연구』 46·47합집, 1985, 330-332면 참조.
24) 조동일, 『한국문학통사』 3, 지식산업사, 1984, 170면.
25) 김학성, 『한국 고시가의 거시적 탐구』, 집문당, 1997, 292면.

위의 시조는 모든 것을 체념하고 포기하는 좌절감을 보여준다. 여항인으로서의 삶의 현실이 화자로 하여금 뿌리깊은 절망감을 토로하게 한 듯한 정서를 보여주고 있다. 극기와 조화는커녕 모든 것을 운명에 맡겨버리는 시조이되 '시조답지 않은' 시조이다.

> 씨면 다시 먹고 醉ᄒ면 누어시니
> 世上榮辱이 엇더튼동 닌 몰너라
> 平生을 醉裡乾坤에 씰 날 업시 먹으리라   / 김천택(金天澤)

> 浮生이 꿈이여늘 功名이 아랑곳가
> 賢愚貴賤이 죽은 後ㅣ면 다 ᄒᆞᆫ가지라
> 아마도 살아 ᄒᆞᆫ 盞 술이 즐거온가 ᄒ노라   / 김천택(金天澤)

위 같은 작품에서는 그러한 체념적인 운명론이 술로써 구체화되어 나타난다. 이런 류의 흐름은 삶을 절제와 긴장 속에서 조화와 안정을 추구하기 보다는 그 절제를 긴장과 놓아 버리고 유락적인 지경으로 몰아가는 모습을 보이기도 한다.

> 人生을 혜여ᄒ니 ᄒᆞᆫ바탕 꿈이로다
> 죠흔 일 구즌 일 꿈속에 꿈이여니
> 두어라 꿈갓튼 人生이 아니 놀고 어이리   / 주의식(朱義植)

이라든지,

> 오늘은 川獵ᄒ고 來日은 山行가ᄉᆡ
> 곳다림 모믜ᄒ고 降神으란 글픠ᄒ리
> 그글픠 邊射會홀제 各持壺果 ᄒ시소   / 김유기(金裕器)

와 같은 작품에 이르면 이들에게 있어서 긴장과 조화보다는 해소
와 풀이에 더 무게중심이 옮겨져 있음을 볼 수 있다. 그것은 안빈
낙도(安貧樂道)나 안분지족(安分知足)의 마음가짐으로부터 나온 것
이 아니라 잠깐 당겨진 활시위가 풀리듯 유희적 도취에 낙락하고
있음에 지나지 않는다.

이처럼 여항육인의 시조는 그것이 편승하려 한 것이든, 자부심
을 갖고 수용하려 한 것이든 간에 근엄한 사대부적 취향을 보이는
작품이 있는가 하면, 반대로 현실의 고뇌를 지탱해 내지 못하고 여
지없이 유락적 세계로 빠져들어 풀어져 버리는 양면의 모습을 보
이고 있는 것이다.

2) 여항육인 시조의 전환기적 특성과 조선후기 여항인 시조의 향방

(1) 담당층의 교체와 여항인 시조의 한계

시조사에 있어 조선후기는 여항육인을 필두로 여항 가창자들이
시조의 담당층으로 적극적으로 참여하기 시작하여 주도권을 잡아
가면서, 가단을 형성하여 활동하고 가집을 편찬하여 시조를 집대
성하면서 시조의 영역을 확충해 간 시기이다. 조선후기의 시조는
이같이 여항인의 활동과 참여로서 그 변화를 이루어 내었고 그 과

정에서 일반 대중들의 생활상과 욕구를 다양하게 반영하였으며, 여항의 삶과 정서를 시조로서 담아내었다. 조윤제는 이러한 평민 문학이 크게 일어난 데에 대단한 의미를 부여하면서 "그들 작가는 모두 과거와 같은 귀족층의 인물이 아니고 소위 평민계급에 속하는 인물들이며, 또 모두 창곡가들이다. 이 사실은 국문학사상 적지 않은 큰일이며, 시조문학에 일대 변동이 일어났음을 말하는 것이다"[26]라고 하면서 특히 김천택과 김수장을 중심으로 '일세(一世)의 성사(盛事)를 이루었다'고 평가하였다. 이러한 사실은 시조가 어엿이 '국민문학'의 지위를 지니게 되는 계기가 되었으며 또, 근대적 지향점을 내재적으로 마련해 가고 있었다는 점에서 의미가 있는 결과일 것이다.

그러나 한편으로 보면, 여항인이 주된 시조의 담당층이 되어 다양한 시정의 생활과 정서를 담아내었지만, 그것도 시간이 흐름에 따라 더 이상 새로움이 될 수 없었고 오히려 작품의 문학적 완성도는 전기시조에 미치지 못하는 작품들이 양산되었다. 더욱이 오랜 기간동안 여항인들이 시조를 주도하면서도 조선전기 사대부 시조가 지향했던 것처럼의 뚜렷한 목적이 없이 부유하는 모습을 보여주었다.

그러나 이 시조들이 소재의 차원을 넘어선 총체적 의미에 있어 새로운 성취를 획득했다고 보기는 어려울 것 같다. 물론 그 가운데 그와같은 진전을 성취하고 있는 것도 없지 않지만 지배적인 경향은 현

---

26) 조윤제, 『국문학개설』, 을유문화사, 1967, 171면.

실과의 긴장관계를 포기하고 '감상적'인 사랑타령과, 허무와 향락, 현실순응의 퇴행을 노정하고 있는 것이다.[27)]

이와 같은 관점에서, 여항인이 주도했던 18세기 이후의 시조사의 흐름은 한 시기 찬란히 빛을 발하다가 갈수록 목적과 방향, 가치를 상실하여 갈 곳을 잃고 스스로 상투화된 표현과 주제를 남발하면서 장르의 생명력을 새롭게 부흥시켜 가지 못하고 쇠퇴해 간 것이라고 할 수 있다. 이는 여항인이라는 계층이 가지고 있는 한계로부터 비롯된 것이겠으나 담당층의 교체가 현실과 개인에 대한 새로운 각성에 도달하는데 이르지 못하고, 훗날 외세의 충격으로 인해 민족적 자아의 각성으로 연결되는데 그치고 만 것은 아쉬운 일이다.

(2) 기존질서에 대한 거부와 새로운 논리의 부재

여항육인은 그들의 작품들을 통해서 이미 중세적 질서에 대한 거부의 기미를 보여 주었다. 그것은 규범적 유교 이데올로기로에 대한 갈등으로 나타났고, 이는 여항육인의 작품세계가 전혀 이질적인 두 대척적인 방향으로 양면성을 보이는 양상으로 나타났고, 이를 통하여 이들이 새로운 질서에 대한 희망을 간접적으로 추구함을 볼 수 있었다.

〈청구영언〉을 편찬한 김천택은 옛날 중국의 노래와 자기 당대의 노래가 대등하다고 하고, 명공석가의 시조와 위항천류의 시조가

---

27) 고미숙, 『18세기에서 20세기 초 한국 시가사의 구도』, 소명, 1998, 249-250면.

같은 자리를 차지할 수 있다고 했으며, 사설시조도 옹호하였다. 당
대의 노래의 위상을 높인 사유는 한시와 비견하여 시조의 가치가
덜할 것이 없다는 생각을 보이고자 한 것이겠고, 또한 시조는 김천
택을 위시한 여항인들이 자부심을 가지고 자신들도 수준 높은 풍
류의 취향을 구가할 수 있음을 피력하는 것이었다. 그리고 시조집
의 편찬에서 '여항육인'을 '명공석사'와 구분하기는 하였지만 하나
의 시조집에 나란히 배열될 수 있었다는 사실은 당시의 사정으로
보아서는 대단한 의지의 표현이 아닐 수 없는 일이다.

　여항인들은 시조에서는 신분의 차별이 문제될 수 없다고 생각으
며, "한시에서 마련된 규범이 문학의 척도라고 믿고 그만 못한 시
조도 같은 위치에 올려놓고자 했으며, 사대부의 풍류를 가객들의
시조에서도 재현할 수 있다는 것을 보여주어 인정을 받고자"[28]했
다. 따라서 그들에게 있어 시조는 상층계급과 현실적 거리를 좁힐
수 있는 그리고 그들의 취향을 나누고 나아가 그들에 필적할 수 있
는 너무나 적합한 수단이 될 수 있었던 것이다. 이는 상하신분 계
급이 엄격한 사회에서 '경제적 능력' 혹은 돈이라는 재화가 신분질
서의 토대를 위협하고 그 경제적 능력으로 신분상승을 꿈꿀 수 있
었던 저간의 형편과도 통하는 것으로 판단할 수도 있을 것이다. 또
한 여기에 현실적 좌절로 인한 여항인들의 동류의식도 이에 보탬
이 되었을 것이다.

　이러한 생각들은 앞에서 살펴본 바처럼 일견 시조를 통한 상승
욕구의 추구처럼 보였지만 시대의 실상은 그렇지 않아 여항인들은

---

28) 조동일, 『한국문학통사』 3, 지식산업사, 1984, 292면.

시조 속에서 그들의 좌절을 반복해서 보여주고 있다. 이런 형편이어서 여항인들은 시조 내에서부터 기존 사대부적 질서에 대항하여 새롭게 소재와 내용을 시조적으로 시도하는 노력을 하기에 이르러게 되었고, 그것은 유락성의 추구와 소재의 다변화로 나타나게 되었다고 볼 수 있다. 한 예로 18세기 말에 편찬된 것으로 추정되는 〈병와가곡집〉을 보면, 18세기 '강호한정'을 노래한 작품이 초·중반에 편찬된 가집에 비해 큰 폭으로 줄어든 반면 '애정과 그리움'을 주제로 한 작품의 비중이 크게 증가하였으며, 평시조에서까지도 성을 주제로 한 작품이 나타나고 있다.29) 또 한편으로 조선후기 여항인들의 시조에서는 이전에 보기 어려운 소재와 표현을 통하여 정서표출의 영역을 확장하는 모습을 보여 주었다. 그러나 이러한 모습들은 이 시기가,

> 농업생산력의 비약적 증가와 상품 화폐 경제의 발달로 특징지어지는 조선후기는 중세 해체의 징후가 쭈렷이 노정되는 시기였다. 아울러 토대에서의 그 같은 움직임은 상부구조의 전 영역에 걸쳐 낡은 것을 고지하는 세력과 새로운 것을 지향하는 세력 간의 이데올로기 투쟁으로 현상하게 되었다.30)

고 평가될 수 있는 시기이고 보면 여항인들은 사대부층의 규범적 이데올로기에 대하여 대항의 기제나 방안을 적극적으로 찾아 내지 못하고 시정의 생활과 소박한 감상적 정서를 표현하는데 재빨리

---

29) 김용찬, 『18세기의 시조문학과 예술사의 위상』, 월인, 1999, 292면.
30) 고미숙, 앞의 책, 64면.

관심을 돌려 그 속에서 만족하는데 그쳤다고 판단된다. 물론 〈청구영언〉의 서, 발문을 통해서 그리고 여항육인과 만횡청을 따로 항목화했다는 점, 그리고 김수장이 김천택의 작품 일부를 감정의 허식(戱飾)이요, 관념적 모방이라 비판한 점[31], 조선중기의 가단이 위항한시에 비겨 독자적인 위상을 추구하고자 노력했던 점[32] 등등은 그들의 노력과 인식의 한 단초를 보여주는 것이다. 또, 여항인이 조선후기 시조의 주도적 담당층으로 자리잡게 된 사정도 그들의 문화적 능력이 현저하게 성장하였고, 문학관에 대한 근본적인 반성이 있었기 때문이겠지만, 그와 같은 것들이 확대되고 구체화되어 폭과 넓이를 더하지는 못했던 것으로 생각된다.

(3) 가창의 중시와 장르의 해이

조선후기의 시조는 소재 및 주제와 연행의 상황에 있어서 새로운 시도를 보여주게 된다. 정서표출의 영역이 확장되고 현실주의와 사실주의가 반영된 시조작품들이 대거 등장하였다. 특히 사설시조는 기존의 질서를 최대한 뒤집어 놓는 모습을 보여주었으며, 가창과 관련된 연행관습은 시조에서 음악적 요소가 적극적 활용되고 널리 전파되어 가게 만들었다.

18세기는 문학 뿐 아니라 음악에 있어서도 급속한 변화를 이루었다. 가창자였던 위항인들은 시조의 창작과 가창에 적극적으로 참여하였는데, 상업이 발달하면서 생긴 대중들의 경제적 여유는 가창자

---

31) 최동원, 「남파시조와 노가재시조의 성격」, 『고시조론』, 삼영사, 1980, 308면.
32) 김용찬, 앞의 책, 258-259면.

에 대한 수요를 증가시켰고 이에 따라 위항인 가창자들은 큰 인기를 누리게 되었다. 이러한 변화는 사회적경제적 변화와 도시적 분위기 등에서 요구된 예술적 수요 때문에 나타나게 된 것이다.

〈청구영언〉(진본)에 수록된 여항육인의 시대만 하더라도 이들의 가객 혹은 금객으로서의 활동뿐 아니라, 당대적 상황을 살펴보면 이미 가창의 환경이 널리 조성되어 있음을 알 수 있으며 음악을 전수하고 후진을 양성하는 모습을 볼 수 있다. 18세기 중반에는 김수장을 중심으로 수많은 가창자들이 등장했는데 이러한 상황은 이미 여항육인의 시대로부터 그 기반을 가지고 있었던 셈이다. 18세기 후반기로 넘어가면서는 가곡의 인기가 더 커져서 곡조가 한층 세분화되었으며 가객의 수가 대폭 늘어났는데,[33] 〈해동가요〉에 첨부된 '고금창가제씨'에서 56명의 가창자를 들고 있는 것을 보면 이 시기의 가창자들의 수가 전대에 비해 큰 폭으로 늘어났음을 알 수 있을뿐더러 가창에 대한 대중의 수요의 정도도 짐작할 수 있을 만하다.

김수장은 특히 가창에 지대한 관심을 가졌는데, 가창자로서 노래를 부르고 시조를 지었으며, 다른 이의 노래에 대해 비평을 하기도 하였다. 그는 "'써서, 보는 문학'으로서의 한문학과 '불러서, 듣는 문학'으로서의 노래가 각각 지니는 특성과 장단점 등을 인식하고 지속성의 결여라는 후자의 단점을 보완하고자 전자의 방법 즉 문자로의 정착을 시도"[34]하였다. 김수장의 이런 태도는 이전의 시

---

33) 조동일, 앞의 책, 173면.
34) 조규익, 「김수장론」, 『시조학논총』 7집, 1991, 12, 152면.

조를 보는 태도와는 사뭇 차이를 보이는 것이다. 이는 시조에서 음악의 가치를 문학으로서의 시조보다 더 중요하게 인식한 것으로 해석될 수 있는 말이다. 이전 시기의 가집의 편찬의식에 있어서 이런 측면은 어느 정도 작용했으리라 생각될 수 있는 것이기는 하지만, 김수장에 이르러서는 시조에서 음악적인 측면이 매우 중시되고 있음을 보이는 것이다.

한편 조선후기 시정-여항을 중심으로 창작 향유되는 많은 시가들이 "텍스트 그 자체를 향유하기 위해 생산된, 시정의 불특정 다수 독자를 위한 작품들이 상당한 비중을 차지"[35]하고 있다고 하는 점을 생각해 보면, 이 시기 시조의 가창에 있어서 음악적인 측면이 얼마나 큰 비중을 차지하고 있었던가를 상대적으로 짐작할 수 있을 것이다.

그러나 창곡이 번성하게 되면서 상대적 현상으로 시조의 창작을 줄어들게 되었으며, 시조를 보는 사상적 기반으로서의 시조관의 형성이나 발전은 고사하고 시조의 노랫말의 중요성이 악곡의 지위에 눌리고, 따라서 자연히 시조라는 본래의 형식적 기반이 극도로 해이해져 갔다. 이에 더해 평시조의 형식과 격조를 극단적으로 풀어헤치면서 사설시조가 부상하기도 하였다. 문학사의 진행은 새로이 등장한 주도적 세력이 전시대의 자동화된 관습이나 세계관에 도전하여 새로움을 추구함으로써 새로운 관습이나 세계관을 담은 틀로서의 장르가 중심으로 부상하게 된다. 사설시조가 18세기 중

---

35) 김학성, 「18·19세기 예술사의 구도와 시가의 미학적 전환」, 『한국시가연구』 11집, 한국시가학회, 2002, 8면.

기 이후 시조문학의 한 중심을 이루게 된 것은 이같이 기존의 평시조가 그 형식과 장르관습이 해이해지고 자동화된 결과로 파악할 수 있다.

이와 같은 조선후기 시조의 커다란 변화의 중심에는 전문가창자로서의 위항인들이 자리잡고 있었다. 사회 경제적 변화로 인한 시대의 요구와 여항인 가창자들의 취향이 어울려 시조장르는 그 시조다움을 잃고 관습적 틀이 심각하게 위협받았다. 이러한 현상으로 인하여 시조는 자연스레 다음 단계로 새롭게 변모해 갈 추동력을 마련하지 못하고 있는 상태였으나 시조의 가창은 여항전문인들에 의해 심화되거나 더 집중되고 대중화되어 널리 퍼지고 음악으로서의 대중성을 확보하기에 이르렀다.

4. 결론

이 글은 조선후기 시조사의 흐름에 적극적으로 참여하여 시조의 영역을 확장하고 담당층의 변모를 가져왔던 여항인들의 활동과 그 영향을 살펴, 이들의 참여가 시조사의 전개에 어떤 의의를 가져오게 되었는지를 살펴보기 위한 것이었다. 이는 18세기라는 특징적 시기의 시조가 보여준 근대적 성격을 가늠해 보기 위한 전제로서, 전기와 후기 시조의 전환적 시기인 18세기 초 여항육인의 작품세계를 살피고, 이들의 작품세계가 보여준 전환기적 요소들이 이후 시조의 전개에 어떤 변화의 요소로서 작용하였는가를 고찰하고자 하였다.

이를 위해 여항육인 시조가 보여주는 양면성에 주목하고, 이 양면적 성격을 전환기적 특성과 결부시켜 담당층의 변화와 기존질서에 대한 태도, 새로운 예술적 욕구 등의 세 가지 요소를 중심으로 하여 이후의 시조에 이들 요소가 어떻게 작용하고 있는지를 살펴보았다.

그 살펴 본 결과는 요약해 보면 다음과 같다.

첫째, 여항인이 시조의 담당층으로 참여하여 담당층의 확대라는 커다란 변화를 이루었지만, 실상 그 담당층의 교체가 현실과 개인에 대한 새로운 각성에 도달하는데 이르지 못하였다.

둘째, 여항인 시조에서 기존질서에 대한 갈등과 거부의 움직임이 시조작품으로 반영되어 나타나기에 이르렀으나, 그 같은 의식이 구체화되지 못하여 시조의 새로운 면모를 만들어 가는데까지 이르지는 못한 것으로 생각된다.

셋째, 중기 이후 여항 가창인들의 적극적인 활동에 힘입어 시조의 연행에서 가창의 역할이 매우 중시되었으나 이는 동시에 장르의 해이를 야기했고 결과적으로 시조의 새로운 경지를 보여주는 데에는 실패하였다.

이러한 결론은 이미 성호경에 의해서 '김천택·김수장을 위시한 여항 가창인들은 시조의 활발한 창작과 가창활동을 했지만 사대부 시조를 넘어서는 경지를 개척하여 새로운 세계를 펼침에는 나아가지 못하고 말았'[36]던 것으로 개괄적으로 지적된 바 있는 것이나 이 글은 그 구체적 실상을 따져 보았다는데 의미를 두어야 할 듯하다.

---

36) 성호경, 『한국시가의 유형과 양식연구』, 2판, 영남대학교 출판부, 1997, 432면.

　문학의 지속과 변이의 양상을 논하는데 있어서 근대라는 개념을 둘러싸고 복잡다기한 논란이 있어왔고 그러한 상황은 지금도 여전한 것으로 보인다. 그만큼 문학에 있어서 근대적 성격의 유무는 개별 작품이나 장르의 속성을 거시적으로 평가할 수 있는 중요한 기준이 되며 시대적 흐름을 볼 수 있는 유용한 잣대가 되는 것이기 때문일 것이다. 글을 마무리하는 시점에서 바라는 것은 우리 문학사에서 18세기가 정치·사회·경제적으로 전에 없던 커다란 변화를 가져온 시기이며, 특히 중인 이하의 하층 계급이 대거 시조의 새로운 담당자로 등장하게 되었다고는 하나, 그러한 요소들이 장르의 새로운 면모를 펼치고 구축해 내기는 어려웠다는 점에서 근대성과 관련된 이 시기에 대한 판단이 신중했으면 하는 것이다.

참고문헌

강명관, 「조선후기 여항문학연구」, 성균관대학교 박사학위논문, 1991.

고미숙, 『18세기에서 20세기 초 한국 시가사의 구도』, 소명, 1998.

구자균, 『조선평민문학사』, 민학사, 1947.

권두환, 「金聖器論」, 『백영정병욱선생 환력기념논총』, 신구문화사.

김대행, 「쌍화점과 반전의 의미」, 『고려시가의 정서』, 개문사, 1990.

_____, 『고려시가의 틀』, 문학과 비평사, 1989.

_____, 『시가 시학 연구』, 이화여자대학교출판부, 1991.

_____, 『시조 유형론』, 이화여자대학교출판부, 1986.

_____, 『한국시가 구조 연구』, 삼영사, 1976.

김상태, 『문체의 이론과 해석』, 새문사, 1982.

김승찬, 『한국상고문학론』, 새문사, 1987.

김열규, 「鄕歌의 文學的 硏究 一般」, 『鄕歌의 語文學的 硏究』, 西江大 人文
科學硏究所, 1972.

_____, 「韓國詩歌의 抒情의 몇 局面」, 『동양학』 2집, 단국대학교 동양학연
구소, 1972.

_____, 『한국문학사』, 탐구당, 1992.

_____, 『한국민속과 문학연구』, 일조각, 1975.

김용찬, 「'閭巷六人'의 作品世界와 18세기 초 時調史의 일국면」, 『시조학논
총』 12집, 1996.

_____, 『18세기의 시조문학과 예술사적 위상』, 월인, 1998.

_____, 『조선후기 시조문학의 지평』, 월인, 2007.

김준오, 『詩論』, 三知院, 1991.

_____, 『가면의 해석학』, 이우출판사, 1987.

김학성, 「18·19세기 예술사의 구도와 시가의 미학적 전환」, 『한국시가연구』 11집, 한국시가학회, 2002.

_____, 「18세기 초 전환기 시조 양식의 전변과 장르 실현 양상」, 『한국시가연구』 23집, 한국시가학회, 2007.

_____, 「속요의 장르상의 諸問題」, 『천봉이능우박사 七旬記念論叢』, 도서출판 한일, 1990.

_____, 『한국 고시가의 거시적 탐구』, 집문당, 1997.

_____, 「18세기 초 전환기 시조 양식의 전변과 장르 실현 양상」, 『한국시가연구』 23집, 2007.

나정순, 「시조장르의 시대적 변모와 그 의미」, 이화여자대학교 박사학위 논문, 1988.

남기심·고영근, 『표준 국어문법론』, 탑출판사, 1987.

노창수, 「韓國 現代時調의 話者 硏究」, 조선대학교 박사학위논문, 1993.

박노준, 「김천택의 시조와 위항인적 삶의 갈등」, 『연민학지』 1집, 연민학회, 1993.

_____, 『신라가요의 연구』, 열화당, 1982.

_____, 『조선후기 시가의 현실인식』, 고려대학교 민족문화연구원, 1998.

박철희, 「시조의 구조와 그 배경」, 『영남대 논문집』 제7집, 1974.

_____, 『문학개론』, 형설출판사, 1975.

_____, 『한국시사연구』, 일조각, 1980.

서우석, 『시와 리듬』, 문학과지성사, 1981.

성기옥, 「〈龜旨歌〉와 서정시의 관련양상」, 『울산어문논집』 4, 울산대학교 국어국문학과, 1988.

_____, 「감동천지귀신의 논리와 향가의 주술성 문제」, 『고전시가의 이념과 표상』, 최진원박사정년기념논총, 1991.

_____, 「고산시가에 나타난 자연인식의 기본틀」, 『고산문학』 창간호, 고산연구회, 1987.

_____, 「공무도하가 연구」, 서울대학교 박사학위논문, 1988.

성현경, 「만전춘 별사의 구조」, 『고려시대의 언어와 문학』, 형설출판사, 1975.

성호경, 「조선 후기 시가의 양식과 유형」, 『한국시가의 유형과 양식 연구』, 영남대학교 출판부, 1997.

_____, 『한국시가의 유형과 양식연구』, 영남대학교 출판부, 1997.

_____, 『신라 향가 연구』, 태학사, 2008.

송효섭, 『문화기호학: 대우학술총서 인문사회과학 92』, 민음사, 1997.

신영명, 「16세기 강호시조의 연구」, 고려대학교 박사학위 논문, 1990.

신은경, 『사설시조의 시학적 연구』, 개문사, 1995.

양태순, 「고려속요와 악곡과의 관계」, 『청주사대논문집』 15, 1985.

_____, 『「정과정」(眞勺)의 연구』, 서울대학교 박사학위논문, 1991.

外山卯三郎, 최정석 외 역, 『詩形態學序說』, 학문사, 1990.

袁行霈, 姜英順 外 譯, 『中國詩歌藝術研究』, 아세아문화사, 1990.

윤석산, 『소월시 연구』, 태학사, 1992.

윤재민, 「중인·평민·위항의 개념 한계」, 『어문논집』 27집, 고려대학교 국어국문학연구회, 1987.

윤지영, 「1950-60년대 시적 주체 연구」, 서강대학교 박사학위논문, 2003.

이명구, 「〈處容歌〉 연구」, 김열규·김동욱 編, 『고려시대의 가요문학』, 새문사, 1981.

이민홍, 『사림파의 문학연구』, 형설출판사, 1985.

이상원, 『17세기 시조사의 구도』, 월인, 2000.

李在銑, 「鄕歌의 語法과 修辭」, 『鄕歌의 語文學的 研究』, 西江大 人文科學研究所, 1972.

이종출, 『한국고시가연구』, 태학사, 1989.

이지양·조남호·배주채, 「국어의 특질」, 이승재 외 편, 『한국어와 한국문화』, 새문사, 2001.

임기중, 「신라가요에 나타난 呪力觀念」, 『동악어문논집』 5, 1967.

_____, 『新羅歌謠와 記述物의 研究』, 이우출판사, 1981.

임재해, 「시용향악보 소재 무가류 시가 연구」, 『영남어문학』 9, 1982.

정재호, 「평민시조의 세계」, 『한국시조문학론』, 태학사, 1999.

정종진, 「고전시가의 頓呼法 연구」, 서강대학교 박사학위논문, 2001.

정흥모, 『조선후기 사대부시조의 세계인식』, 월인, 2001.

조규익, 「김수장론」, 『시조학논총』 7집, 1991, 12.

조동일, 「판소리의 장르 規定」, 『어문논집』 제1집, 계명대학교 국문학과, 1969.

_____, 『한국문학사상사시론』, 지식산업사, 1978.

_____, 『한국문학통사』 1, 지식산업사, 1982.

_____, 『한국문학통사』 3, 지식산업사, 1984.

조윤제, 『국문학개설』, 을유문화사, 1967.

조태흠, 「훈민시조 연구」, 부산대학교 박사학위 논문, 1989.

朱光潛, 정상홍 역, 『詩論』, 동문선, 1991.

최동원, 『고시조론』, 삼영사, 1980.

최미정, 「고려속요의 수용사적 연구」, 서울대 박사학위논문, 1990.

최철, 『향가의 문학적 연구』, 새문사, 1983.

황지하, 「고려속요 율격론」, 서강대학교 석사학위논문, 1983.

황충기, 「閭巷六人考」, 『어문연구』 46·47합집, 1985.

_____, 『한국여항시조연구』, 국학자료원, 1998.

Abrams, M. H., *A Glossary of Literary Terms*, Third edition, New York: Holt, Rinehart and Winston, 1971.

Beaugrande & Dresser, *Introduction to Text Linguistics*, Longman, 1981.

Brooks, Cleanth and Warren, Robert Penn., *Understanding Poetry*. Third edition. New York: Holt, Rinehart and Winston, 1960.

Culler, Jonathan, "Reading lyric", *The Lesson of Paul de Man*, Yale Univ. Press, 1985.

Erlich, Victor., 박거용 譯, 『러시아 형식주의』, 문학과 지성사, 1983.

Fenner, David E. W., *The Aesthetic Attitude*. New Jersey: Humanities Press, 1996.

Frye, N. 임철규 譯, 『비평의 해부』, 한길사, 1982.

Hernadi, Paul. *Beyond Genre; New Directions in Literary Classification*. Ithaca and London: Cornell Univ. Press, 1972.

Jakobson, Roman, "Linguistics and Poetics", *Style in Language*. T. A. Sebeok ed. The M.I.T. Press, 1960.

_____, *On Language*, 권재일 역, 『일반언어학이론』, 민음사, 1989.

Katies, Wales., *A Dictionary of Stylistics*, London Longman, 1989.

Kayser, W.J., 김윤섭 역, 『언어예술작품론』, 대방출판사, 1982.

Langer, Susanne K. *Feeling and Form.*, Charles Scribner's Sons, 1953.

Lotman, Y. M., "Primary & Secondary Communication-Modeling Systems", "Two Models Of Communication", *Soviet Semiotics*, trans.& ed. Daniel P. Lucid. The Johns Hopkins Univ. Press, 1977.

_____, *Universe Of The Mind*. trans. A. Shukman. Indiana Univ. Press, 1990.

Mukarovsky, Jan. *The Poet*. 박인기 譯, 「시인이란 무엇인가」, 『현대시의 이론』, 지식산업사, 1989.

Ortega y Gasset, José. *The Dehumanization of Art and Other Essays on Art, Culture, and Literature*. Princeton, New Jersey: Princeton University Press, 1968.

Preminger, A. & Brogan, T.ed., *The New Encyclopedia of Poetry & Poetics*, Princeton Univ. Press, 1993.

Preminger, Alex ed., *Princeton Encyclopedia of Poetry & Poetics*. Princeton univ, press, 1989.

Steinberg, H. ed., *Cassell's Encyclopedia.*, Cassell's Company, 1973.

Wales, Katie, *A Dictionary of Stylistics*, London: Longman, 1989.

초출알림

한국시가 어조의 유형 분류
원제 : 「한국시가의 語調 유형 분류 試論」 (성호경·정종진·윤지영 공저, 『한국시가연구』 25집, 한국시가학회, 2008.)

고시가의 주제적 양식에 대한 검토
원제 : 「주제적 양식의 고시가 검토」 (『성심어문』 25집, 성심어문학회, 2003.)

주술시가의 시적 양식화의 특성
원제 : 「주술시가의 시적 재구성의 특성」 (『한국고전연구』 9집, 한국고전연구학회, 2003.)

고전시가 돈호법의 한 국면
원제 : 「고시가 돈호법의 몇 가지 양상」 (『한국서정문학론』, 태학사, 1997.)

고전시가 돈호법의 시적 기능
원제 : 「古典詩歌 頓呼法의 詩的 機能考」 (『어문연구』 34집, 한국어문교육연구회, 2006.)

고려속요의 주제 양식적 성격
원제 : 「고려속요의 주제 양식적 성격 고찰」 (『한국문학이론과 비평』 4집, 한국문학이론과 비평학회, 2006.)

고려속요의 존재방식과 여음
원제 : 「고려속요의 존재방식으로 본 여음고」 (『한국고전연구』 12집, 한국고전연구학회, 2005.)

시조의 담화 유형과 그 특성
원제 : 「화자-청자 관계를 통한 시조의 담화 유형과 그 특성」 (『한국문학이론과 비평』 12집, 한국문학이론과 비평학회, 2008.)

조선 후기 여항인 시조의 전환기적 특성
원제 : 「'여항육인(閭巷六人)' 시조의 전환기적 특성과 그 향방」 (『애산학보』 34집, 애산학회, 2008.)

정종진

서강대학교 국어국문학과를 졸업한 후 동 대학원에서 한국고전시가를 전공하여 석사·박사학위를 받았다. 서강대학교 대우교수를 거쳐 현재 가톨릭대학교 학부대학에서 초빙교수로 재직하고 있다. 『한국 고전시가와 돈호법』, 『서정문학론』, 『학술적 글쓰기』, 『읽는 저자, 쓰는 독자』 등의 저서와 「주제적 양식의 고시가 검토」, 「고전시가 돈호법의 시적 기능고」, 「금기 형성의 특성과 위반에 대한 사회적 대응의 의미」, 「표절에 대한 전통적 논의와 대학생 학습윤리 교육의 반성적 고찰」 등의 학술논문이 있다.
llongago@catholic.ac.kr

한국시가문학연구총서23

한국 고전시가의 양식과 수사

2015년 10월 12일 초판 1쇄 펴냄

저 자 정종진
발행인 김흥국
발행처 도서출판 보고사

책임편집 이경민
표지디자인 황효은

등록 1990년 12월 13일 제6-0429호
주소 경기도 파주시 회동길 337-15 보고사 2층
전화 031-955-9797(대표)
  02-922-5120~1(편집), 02-922-2246(영업)
팩스 02-922-6990
메일 kanapub3@naver.com / bogosabooks@naver.com
http://www.bogosabooks.co.kr

ISBN 979-11-5516-456-3 93810
ⓒ 정종진, 2015

정가 15,000원
도서의 국립중앙도서관 출판시도서목록(CIP)은 서지정보유통지원시스템 홈페이지(http://seoji.nl.go.kr)와 국가자료공동목록시스템(http://www.nl.go.kr/kolisnet)에서 이용하실 수 있습니다. (CIP제어번호: CIP2015026465)